翻译研究的对话性路径
——巴赫金思想与翻译研究

李 波 著

中国社会科学出版社

图书在版编目（CIP）数据

翻译研究的对话性路径：巴赫金思想与翻译研究 / 李波著 . —北京：中国社会科学出版社，2017.3

ISBN 978-7-5203-0917-2

Ⅰ.①翻… Ⅱ.①李… Ⅲ.①巴赫金（Bakhtin, Mikhail Mikhailovich 1895-1975）-文学思想-研究②巴赫金（Bakhtin, Mikhail Mikhailovich 1895-1975）-文学翻译-研究 Ⅳ.①I512.065②I046

中国版本图书馆 CIP 数据核字（2017）第 221595 号

出 版 人	赵剑英
责任编辑	任　明
责任校对	王佳玉
责任印制	李寡寡

出　　版	中国社会科学出版社
社　　址	北京鼓楼西大街甲 158 号
邮　　编	100720
网　　址	http://www.csspw.cn
发 行 部	010-84083685
门 市 部	010-84029450
经　　销	新华书店及其他书店
印刷装订	北京君升印刷有限公司
版　　次	2017 年 3 月第 1 版
印　　次	2017 年 3 月第 1 次印刷
开　　本	710×1000　1/16
印　　张	13.75
插　　页	2
字　　数	198 千字
定　　价	68.00 元

凡购买中国社会科学出版社图书，如有质量问题请与本社营销中心联系调换
电话：010-84083683
版权所有　侵权必究

目 录

绪 论 ……………………………………………………………（1）

第一章 巴赫金思想的译介及其与翻译研究关系初探 …………（10）
  第一节 巴赫金思想及其译介 …………………………………（10）
  第二节 巴赫金思想与翻译研究的初步接触……………………（16）

第二章 翻译：基于表述的主体间言语交际过程 ………………（34）
  第一节 巴赫金的言语交际观与翻译过程新探…………………（35）
  第二节 翻译中的主体和客体 …………………………………（40）
  第三节 翻译过程中的理解与解释 ……………………………（49）
  第四节 语境、互文性与翻译 …………………………………（55）
  第五节 巴赫金、翻译与解构主义 ……………………………（59）

第三章 "杂语"与翻译 …………………………………………（66）
  第一节 复调小说与"杂语" …………………………………（67）
  第二节 巴赫金的杂语理论与文学翻译中的连贯性 …………（73）
  第三节 本章小结 ………………………………………………（93）

第四章 众声喧哗的杂语世界
    ——王祯和的《玫瑰玫瑰我爱你》及其
      英译本研究 ……………………………………………（96）
  第一节 《玫瑰玫瑰我爱你》：众声喧哗的世界 ………………（96）
  第二节 方言与翻译……………………………………………（104）

第三节 《玫瑰玫瑰我爱你》中叙述视角的转换与杂语
建构方式的变化…………………………………………（126）

第五章 翻译中的声音、对话与主体间性 ……………（136）
第一节 声音与翻译过程中译者的叙述在场 ……………（136）
第二节 对话的前提 ………………………………………（146）
第三节 对话与翻译中的主体间性 ………………………（155）
第四节 本章小结 …………………………………………（166）

第六章 翻译中的杂语与身份认同 ……………………（168）
第一节 翻译即引语 ………………………………………（168）
第二节 译者的叙述在场 …………………………………（175）
第三节 译文中的杂语与身份建构 ………………………（181）

结　语 …………………………………………………………（197）

参考文献 ………………………………………………………（206）

绪　　论

　　巴斯奈特（Bassnett，1998：106）等人将1976年的鲁汶（Leuven）会议视为翻译研究"里程碑"式的事件；自此，在过去的近30年间，对建立翻译学独立学科地位的呼声此起彼伏，而这种努力的结果就是世界范围内对翻译研究作为独立学科地位的承认。在肯定翻译研究的独立学科地位的同时，学界并没有采取故步自封的态度，而是清楚地看到了翻译研究的跨学科性质。在完善和发展学科基础理论的过程中，研究者们发现，无论从研究客体还是研究范式来说，翻译研究都应该采取开放的眼光。实际上，这是对"把翻译看成字词游戏"的消极态度的反思。霍恩比（Snell-Hornby）指出，巴斯奈特肯定了翻译研究作为独立学科（separate discipline）的地位，而有鉴于这一学科涉及的众多主题，翻译研究应该是"跨学科性的"（interdiscipline）（1995：133）。[①] 赫曼斯（Hermans）指出，翻译研究已经远远超出了霍姆斯（Holmes）当初的设想，而今天的翻译研究（Translation Studies）这一学科名称的内涵也在扩大，其涵盖内容"一方面延伸到旅游、符号语言学与跨文化语用学，而另一方面，'翻译'也开始覆盖所有形式的跨文化交流和文化内交流"（Hermans，2002a：1）。

　　翻译研究不再局限于讨论语言层面上的简单对比，而是将视野放大，积极吸收相邻学科的研究成果，逐渐扩大翻译研究的范围，比如

---

　　① 翻译研究的跨学科性质已经成为一种学科共识，霍恩比等人1994年编辑出版的一本书的题目就是《翻译研究：跨学科》（*Translation Studies: An Interdiscipline*），Snell-Hornby [et al.], Amsterdam, Phildelphia：J.Benjamins，1994。

翻译研究的语言学途径在过去的几十年间就取得了巨大的进展。朱志瑜指出，"语言学的翻译研究并没有停顿，特别是功能语言学的语篇分析在翻译上的应用在近年来进展很快"（2007：i）。1990年，巴斯奈特和勒菲弗尔指出，"翻译的运作'单位'不是词汇，也不是文本，而是文化"（Lefévere & Bassnett, 1990：8），明确凸显了翻译研究领域内的"文化转向"（cultural turn）。由此，学界开始将视野投射到与翻译息息相关的更宏大的社会和文化语境；文学研究、文化研究、人类学研究、民族学研究等，无不与翻译研究联姻，从而产生了积极和深远的影响，也表现出跨学科的对话趋势。除此之外，各种研究方法和思维模式不断引入翻译研究，结构主义、解构主义、女性主义、酷儿理论（Queer theory）、后殖民主义等，使整个翻译研究领域百家争鸣。

在翻译研究蓬勃发展的同时，巴赫金（Bakhtin）研究也在全球范围内得到越来越多的关注，并且随着巴赫金的三次被发现，① 其影响力也逐渐扩大，巴赫金研究也逐渐走上学科化和系统化的方向。托多罗夫（Todorov, 1984）指出，巴赫金是"20世纪最伟大的俄罗斯人文思想家和文学理论家"，列区（Lechte, 1994）也将巴赫金列入其编著的《当代五十大师》（*Fifty Key Contemporary Thinkers*）。巴氏思想在20世纪70年代开始被法国学者发掘出来，随后在欧洲和北美得到进一步的译介和发展，他的许多重要思想在众多人文学科领域开始被接受、反思和发展，并产生积极影响。曾军指出，"巴赫金的学术生涯涉猎广泛，从哲学、美学、文化学、文学到语言学，都留下了重要的思想遗产，其思想所具有的跨学科性也决定了巴赫金接受史亦有着跨学科性"（2004：7）。同时，"在中国，巴赫金接受虽然也具有跨学科性，但是其主要影响仍在于文学研究领域，绝大多数接受者是从文学或者文艺美学角度展开接受的"（同上）。巴赫金思想经历了三次

---

① 有关巴赫金的三次被发现，请参看钱中文的《理论是可以常青的——论巴赫金的意义》（1998）和曾军的《接受的复调》（2004）。

重大发现，而这些发现本身就是通过翻译而被世界接受的，因此巴赫金思想在世界范围内被翻译和接受，本身就是一个值得研究和探讨的课题，比如，巴赫金思想在中国的翻译与影响等。

翻译研究的跨学科特征也日益彰显出来，涉及文学、语言学、文化研究、人类学、哲学等人文社会学科；同时，巴赫金理论也在跨学科的挪用过程中，表现出其理论本身的精髓。那么，在翻译研究和巴赫金理论之间是否存在某种联系呢？或者说，翻译研究与巴赫金理论之间有没有对话的空间呢？回答是肯定的。巴赫金理论已经被翻译研究领域内的学者所关注，并且其理论中的某些核心概念和思想已经和正在被引入到翻译研究中来。[①] 本书所要讨论的，正是巴赫金理论在何种层面上、以何种方式与翻译研究展开对话，在此基础上，本书将提出巴赫金理论与翻译研究进一步对话的空间，从而借鉴巴氏理论为翻译研究发展打开新的思路。本书的题目定为《翻译研究的对话性路径》，就是要寻求翻译研究与巴赫金研究之间对话的空间和理论借鉴的潜力。另外，本书题目中的对话性路径，还指巴赫金的对话性思想在翻译研究中的挪用。本书将在下面的章节中通过杂语、对话、声音等巴赫金思想中的核心概念，对这些问题进行详细的讨论。

一 研究范围

翻译研究在过去几十年的发展，已经显示出强大的生机和活力，而且在研究范围和领域方面，也出现了从单纯的语言分析对比，扩展到以语言为载体的社会文化以及政治、外交等诸多方面。同时，巴赫金在世界范围内经历几次"发现"之后，也逐渐为文学、哲学、语言

---

① 比如塔巴考斯卡（Tabakowska, 1990）；班迪（Pinti, 1994）；德·米歇尔（De Michiel, 1999）；彼得森（Peterson, 1999）；索米宁（Suominen, 2001）；巴巴拉斯（Barbaresi, 2002）；陈德鸿（Chan, 2002）；托洛普（Torop, 2002）；罗宾逊（Robinson, 1994、2003）；格林诺（Greenall, 2006）；梅莱厄（Meylaerts, 2006）；赛彬登（Zbinden, 1998/2006），等等。而在中国大陆，则有辛彬、陈腾澜（1999）；胡壮麟（2001）；陈宏薇（2003）；彭利元、蒋坚松（2005）；陈历明（2006）；等等。

学等领域之外的其他学科所重视。翻译研究和巴赫金思想所体现出来的宽泛的研究领域和内容，使本项研究有了更大的借鉴和融合的空间。当然，本项研究不可能是穷尽性的，即研究者无意试图涉及翻译研究和巴赫金思想的各个方面；限于篇幅，本项研究将会关注二者之间关系最为密切的问题和契合点。

就本项研究的范围而言，在充分认识到翻译研究和巴赫金研究各自发展的不同阶段的基础上，研究主要集中在发现二者之间的联系。巴赫金思想的译介和传播与翻译研究的发展在时间上有很大的重合性，而且在研究关注的内容上有很大的相似性。巴赫金所关怀的语言、文学、人类学、文化研究等内容，又在空间上与翻译研究产生交叉和镜照。因此，作为一项跨学科的交叉研究，本项研究一方面试图将巴赫金有关语言、文学的思想和理论阐释，借鉴到翻译研究中来；另一方面，在对话的层面上，作者希望翻译研究对巴赫金的借鉴能产生应答性的回应，也即对理解和推进巴赫金研究做出相应的贡献。

有鉴于此，本项研究的范围，会涉及翻译研究和巴赫金研究的诸多方面，而这种学科间的借鉴和镜照，也体现出巴赫金的对话性意义，同时也是本项研究题目的主要内涵。本项研究取对话性路径，有两层含义：一方面是体现该研究的跨学科性质，即翻译研究和巴赫金研究的相互交叉，特别是前者对后者的借鉴和挪用；另一方面就是从巴赫金对话性思想的几个核心概念，如杂语、声音、对话、引语等，来考察翻译中的诸多现象，并力图解释这些现象背后的规律。

首先，巴赫金思想在西方、特别是在英语世界的翻译和接受，与其在中国的境遇，都因为时代和文化背景的不同而表现出各自不同的特征，而这些因素也在一定程度上影响着巴赫金思想在这些译入语国家和思想体系中的接受和发展。因为篇幅和语言的局限，我不会在这一点上着墨太多；而且本书也会回顾英、法等语言中对巴赫金译介所产生的一些翻译问题，以及由此导致的对巴赫金思想的整体性接受所带来的影响。同时，巴赫金思想的译介也已经影响到翻译研究领域，我将对这些方面的研究做相应的文献回顾。

其次，在阅读巴赫金的过程中，我发现很多值得借鉴的观点和理论资源，可以用来理解、阐释和指导翻译研究中的相关问题。巴赫金有关表述与言语交际的观点，对于我们理解翻译这种特殊的语言、文化和社会行为，有很大的启发。与传统传意理论的交际模式不同，巴赫金的表述和言语交际观，强调和突出的是对话的层面和意义。[①] 在这个基础上，来理解翻译这一涉及多个主体的社会交际过程，是非常有意义和具有说服力的。本项研究希望能通过这种理论借鉴，来理解翻译这个复杂的社会行为和过程，并且以此来阐释翻译中的主、客体、翻译中的理解与解释、翻译的语境与意义生产、互文性与语境化翻译等诸多问题；而在另外一个层面上，通过对翻译过程中进行解构主义解析，能够帮助我们加深对巴赫金的言语交际观和对话性理论的理解。

再次，巴赫金在《长篇小说中的话语》中提出的杂语这个概念，不但为我们分析文学文本——特别是语言层面——提供了工具，而且对理解文学文本的深层社会内涵和小说的文学性提供了理论基础。文学作品中的杂语是如何被建构的？而这些杂语建构模式，对文学作品的意义和内涵发挥着什么样的作用？本项研究将结合巴赫金的理论阐释以及翻译这一特殊的杂语文本形态进行分析和解释。在这个意义上，台湾作家王祯和的小说《玫瑰玫瑰我爱你》为我们更好地理解巴赫金的杂语观提供了有说服力的个案研究。本书将就杂语建构如何体现台湾在语言意识形态层面上的斗争，结合小说中的实际例子，进行细致的文本阅读和分析，并将结合其英译本来观察这些杂语的建构模式在翻译过程中的损失、补偿、再现等现象。

如果说杂语在原文中发挥着重要的作用，那么，在译文的生产过

[①] 主要内容参见《马克思主义与语言哲学》："在交往理论的基础上，巴赫金探讨了一般语言学所忽视的方面，建立了'超语言学'的语言理论……'超语言学'探讨的，则是语言学不感兴趣的、抽象成规律后留下的大量语言现象，即在交往中、具体语境中活生生的对话人的语言特征。表述、话语、他人话语的形成，在这一理论中占有中心地位，从而建立起了巴赫金的对话理论、语言哲学与符号理论。"（巴赫金，1998b：547）《马克思主义与语言哲学》收入钱钟文主编《巴赫金全集》第2卷，河北教育出版社1998年版。

程中，我们同样应该注意新的杂语建构的意义。这也正好是从杂语到对话性的一个很好的推理过程。在对译者主体性研究进行充分的文献回顾之后，本书试图在主体间性、对话、杂语之间寻找一个合理的解释和联系。在译文中，对译者的声音不能视而不见，而这种声音的痕迹，标志着译者的叙述在场；这种在场，丰富了译作的内涵，同时也使译作的结构更加复杂和微妙。这些都为我们理解译者主体性的实现和翻译中的主体间性提供了分析模式，而这个实现过程中所体现出来的主体间的对话过程，也就成为研究翻译中主体间性的重要思考对象。在这些认识的基础之上，翻译过程中，通过对话而引致的身份建构和身份改造（身份的改写）也成为不可忽视的研究内容。

二 研究方法

翻译研究作为一门新兴的独立学科，在研究方法上表现出多样性的特征。很多人文学科的研究方法，比如定性和定量研究等，也在翻译研究中得到广泛的应用。但是，在翻译研究表现出越来越明显的跨学科特征时，就需要我们对研究方法进行新的思考和考量。我目前所进行的此项研究就表现出非常明显的跨学科特性。这种跨学科特性首先体现在对两个学科的认识和把握上。巴赫金思想和翻译研究都是20世纪后半期快速发展和成熟起来的，而二者不时地出现了重合和交叉，这也成为本项研究开始的基础。因此，要使研究基础牢靠，需要做相应的文献回顾。

巴赫金思想在经历了三次发现之后（曾军，2006），不断地向前推进，在世界范围内引起了学界的兴趣和关注。除了对文学、语言学、哲学等学科领域的影响，巴赫金思想还启发了其他社会科学研究领域，如商业管理（Anderson，2002；DeGooyer，2000）、日本研究（Johnson，2001）等。这些领域对巴赫金思想的引入和挪用，为我们将巴赫金思想更加合理地借鉴和挪用到翻译研究中来，提供了很多可资借鉴之处。另外，翻译研究领域内对巴赫金思想的借鉴，已经出现，并且呈现增长的趋势。① 本项研究在初始回顾的基础上发现，巴赫金思想内涵丰富，为翻译研究借鉴和挪用提供了巨大的空间和潜力。

笔者之所以"发现"巴赫金对于翻译研究的意义，正是在早期研究的过程中，"遇到"了巴赫金思想的某些方面。② 但是，当进入阅读巴赫金的阶段的时候，笔者则采取了阶段性的分道扬镳策略：在阅读巴赫金的时候，尽量把巴赫金思想当成一个独立的整体来对待，而不是简单地为了借鉴而借鉴、为了挪用而挪用。这个时候，翻译研究暂时离开我的思考范围，而将重点放在理解和把握巴赫金思想上。然而，这种看似分道扬镳的研究方法，是为了更好地将巴赫金思想与翻译研究结合起来。在充分的文献回顾的基础上，渐渐寻找巴赫金思想与翻译研究结合的契合点，通过理论借鉴来推进翻译研究。

另外，在充分理解巴赫金思想的基础上，笔者试图借鉴巴赫金思想的主要内容来解释翻译现象和本质。在回顾前人研究的基础上，本项研究试图将巴赫金思想的诸多方面与翻译研究结合起来，从基于表述的主体间言语交际、声音、对话、杂语、引语等几个核心术语出发，分别阐释翻译的过程和本质、翻译中译者主体的叙述在场、翻译中的主体间性、原文与译文中的杂语以及杂语如何影响翻译中的身份认同等问题。

除了在理论层面上借鉴和挪用巴赫金思想用于翻译研究，本项研究还将这些理论推理和分析模式用于个案研究，以期通过具体的个案

---

① 有关内容，参见第一章第二节的相关讨论。

② 笔者在硕士研究阶段关注的是翻译中译者的主体性问题。但是，随着研究的深入发现，单纯地强调译者的主体性对于理解复杂的翻译现象构成障碍。而最近几年，翻译中的主体间性的研究逐渐发展起来。在阅读有关主体间性哲学理论的过程中，笔者不断遇到有关于主体、自我与他者、对话等有关概念的阐释和论述，特别是关于对话的哲学论述，很多时候都会涉及巴赫金的对话性哲学。因此，笔者才逐渐开始阅读巴赫金，并且进一步发现了巴赫金在翻译研究领域内的初步借鉴。在这个基础上，笔者提出了这项新的研究计划，将巴赫金思想与翻译研究结合作为研究重心。

分析，来体现巴赫金思想对于翻译研究的适用性和解释的有效性。本项研究中的个案分析涉及台湾文学（特别是乡土文学）、①严复翻译的《天演论》、同性恋文学的翻译等，这些不同的个案被用来解释不同的翻译问题和现象。在个案选取方面，主要是考虑到文本的语言和文学性等特征，比如《玫瑰玫瑰我爱你》就特别能体现巴赫金的杂语观，其翻译也就成为本书所关注的焦点之一。②

三　研究预期

作为一个跨学科的研究课题，本项研究希望能够充分实现学科之间的交叉影响。巴赫金研究和翻译研究在时空两个维度上存在很大的相似性，而巴赫金思想所表现出来的对文学、语言、社会、文化等的关注，与当前文化转向视野下的翻译研究有很大的重合性。笔者希望能够在充分理解和把握巴赫金思想的基础上，结合翻译研究中存在的问题和诸多翻译现象，在二者之间找到最佳的契合点，希望能够达到的目的是：一方面可以通过对巴赫金的基于表述的主体间言语交际观、杂语观、声音观、对话观、引语观等理论观点，描述诸多翻译现象，解释翻译过程和翻译中的主体间性等诸多本质问题；另一方面，可以通过翻译这个特殊的社会交际行为，来印证和彰显巴赫金的对话性思想，为巴赫金研究从翻译这个视角增加自己的理论贡献。

巴赫金思想并非针对翻译研究产生发展的，但我们却可以把学科间的对话性挪用引入翻译研究中来。而巴赫金思想中的某些分析模式，特别是对于杂语的建构模式的分析，对于我们理解文学作品中的

---

① 这里指本项研究中对王祯和的小说《玫瑰玫瑰我爱你》及其英译本的个案研究。虽然王祯和本人否认自己是乡土文学作家，但小说中大量的台语方言的使用，使得小说在杂语建构方面形成强烈的意识形态斗争的特征。所以，本书依然将这部小说当作乡土文学来看。

② 巴赫金思想不但可以用来对文学文本进行分析，而且也适用于其他文本类型，比如广告。本书主要集中于对文学翻译的研究，但并不否认这些分析模式对其他文本类型的适用性。

语言特征，有很好的启发作用。本书在文本细读和个案分析方面做了一定的工作，希望能够通过这些个案分析，来体现巴赫金思想所提供的分析模式，对于翻译研究中的具体文本分析所具有的解释力和有效性。

作为一个新的尝试，本项研究希望能在相对系统全面的文献回顾的基础上，将巴赫金研究与翻译研究的结合向前推进一步。同时，笔者也意识到该项研究的难度和局限，但始终相信这种跨学科的借鉴和结合，会是一次有意义的尝试。

第一章

巴赫金思想的译介及其与翻译研究关系初探

如本书前面所提及，巴赫金思想在世界范围——特别是在中国语境下——的译介，本身就是一个值得进一步探讨的翻译问题。巴赫金思想涵盖哪些方面？在世界范围内的译介过程中，对巴赫金思想接受有什么影响？在翻译研究领域内，对巴赫金思想的借鉴和挪用发展到什么程度？这些都将成为笔者在进一步研究巴赫金思想和翻译研究结合之前，要回答的基本问题。

第一节 巴赫金思想及其译介

在探讨巴赫金理论与翻译研究之间的对话之前，有必要说明一下有关巴赫金理论的基本情况。巴赫金理论或者思想，英文通常用 Bakhtinian thought，主要是指巴赫金（1895—1975）的学术思想。[1] 由于巴赫金本人与巴赫金小组的关系非常密切，学界通常用巴赫金思想来指代包括巴赫金在内的所有巴赫金小组成员的学术成果，但在某些学

---

[1] 有关巴赫金的生平和主要学术思想，参见 Michael Holquist（1990/2002）：*Dialogism*。

术著作的著作权上，学界存在较大分歧。① 在此，本书不做详细说明和区分，整体上以巴赫金思想泛指整个巴赫金小组的学术思想。巴赫金思想涉及面非常广泛，涵盖文学、语言学、人类学、文化研究、哲学等诸多人文社会科学领域。尽管巴赫金晚年在接受采访时强调，自己是一个哲学家，一个思想者，但其整个学术思想所体现出来的对上述各个学科的关怀，使其成为日后各个学科追根溯源不可回避的关键人物。

巴赫金思想译介在中国起步比较早，但我们需要承认，是西方学者最先"发现"巴赫金及其批评思想的价值的。尽管如此，王宁指出，"具有反讽意义的是，七卷本《巴赫金全集》却率先于1998年在中国出版了中文版。因此美国的巴赫金研究权威性学者麦克尔·霍奎斯特也不得不承认，这是西方学术界的一个'耻辱'"②（2002：26）。

巴赫金思想体系庞大，内容繁杂，涉及文学、语言学、人类学、文化研究、哲学等多个学科领域，因此，给巴赫金思想在世界范围的译介和接受带来很大的挑战。赛彬登（Zbinden, 2006）曾经专门研究巴赫金小组的思想及其在英语和法语世界的翻译问题。他通过回顾巴赫金文集出版——特别是英文译本的整理出版——指出，如果艾默生（Emerson）指责其他巴赫金研究者有意将巴赫金作品系统化，那么她本人和霍奎斯特（Michael Holquist）在译介巴赫金著作的时候，也不应该进行选择性的翻译（Zbinden, 2006：158—159）。赛彬登认为，艾默生和霍奎斯特在翻译的时候，舍弃了另外的两篇相关文章，③

---

① 署名为 Voloshinov 的 *Freudianism: A Marxist Critique* 和 *Marxism and the Philosophy of Language*，以及署名为 Medvedev 的 *Formal Method in Literary Scholoarship: A Critical Introduction to Sociological Poetics* 等学术著作的著作权问题，一直是学界争论的焦点，参见 Brandist（2002）以及 Sue Vice（1997）。

② 1998年，河北教育出版社出版的《巴赫金全集》应该是六卷本，分别为哲学美学、周边集、小说理论、文本，对话与人文、诗学与访谈以及拉伯雷研究。

③ 有关内容，参见梅兰的《巴赫金哲学美学和文学思想研究》，华中科技大学出版社2005年版，第12—13页。

而这两篇文章与其他四篇收入《对话性想象》(The Dialogic Imagination)的文章密切相关,① 所以,这种选择性翻译导致了巴赫金读者对巴赫金思想不全面的理解和把握。②

其实,这是个异常复杂的问题。巴赫金思想的载体,也即《巴赫金全集》的出版,前后经历了非常复杂的过程。巴赫金的学术创作贯穿其大半生的时间,而这些学术著作的出版却并不是与创作时间完全吻合的。而且巴赫金思想所涉及的内容庞杂,不可避免地会导致译者或者说出版商在选择译哪些和不译哪些的问题上,产生很大的分歧。这种分歧也直接影响了译文读者对巴赫金思想的理解和把握。另外,巴赫金自我定位为一个哲学家或思想家,而"他写文艺学著作似乎是不得已而为之,他写它们,为的是表达自己的哲学思想,因为环境不允许他将自己的思想,通过通常的哲学形式加以表达"(钱中文,1998:8)。因此,他通过对语言(特别是小说语言)、小说的复调结构、作者与主人公关系等研究,来表达自己的哲学思想。这就让我们很难把他的思想按照学科类别划分开来,或者试图寻找一个整体性的理论体系。这些都为翻译,特别是翻译中的选材,以及翻译策略的选择带来巨大的挑战。因此,霍奎斯特指出,在理解和接受巴赫金思想的过程中,"任何人想要做'全面的'或'权威的'巴赫金研究,都将是盲目武断的"(1990:xi)。③

另外,赛彬登指出,"巴赫金的很多术语和思想肇始于德国哲学思想,但是这些术语和思想被巴赫金引入之后,在其英文译本中却被模糊地带过,实在是不应该的"(Zbinden,2006:160)。巴赫金在学术写作中习惯用不同的术语来表达相似的概念和内容,而这种特征在

---

① 艾默生和霍奎斯特(Holquist,1981)在《对话性想象》一书的译者注释里面提到,"另外两篇文章没有收录在这本书里,因为它们要么没有英语译文,要么就与其他四篇的主题不相关,也即与小说和小说语言没有多大关系"。
② 有关巴赫金研究整体性的问题,参见梅兰,2005,pp.4—12。
③ 原文为:Any attempt to be "comprehensive" or "authoritative" would be misguided。

翻译的过程中也被抹去了，特别是在英语翻译中，常常用同一个词语来代替这些类似的概念；与此相反，巴赫金坚持使用的某些概念或术语，却在英语译文中被按照不同的语境用不同的英语表达来代替（Zbinden，2006：163）。赛彬登还详细讨论了几个概念的翻译问题，如话语（discourse）、意识形态（ideology）、他者（other）等。以 ideology 为例，赛彬登指出，在俄语原文中，特别是沃罗希洛夫（Voloshinov）和巴赫金使用该词语的过程中，其意义接近于世界观（world-view or conceptual horizon）。但是，在后来的翻译过程中，由于受到目的语语言中近似概念的影响，特别是受到阿尔杜塞（Althusser）意识形态思想的影响，在英法译本中因为语境的改变而生发出 false belief 和 dogmatism 等新的含义（Zbinden，2006：165）。这在翻译中是非常普遍的现象，同时也印证了巴赫金自己所提出的双声语的概念。我们从来都不是第一个说出某个词汇的人，我们总是在不停地重复，或者更准确地说是引述别人的话语，而这个引述的过程，就已经是一个加入引述者声音的过程。所以，在翻译这个特殊的跨语际转述过程中，同样的情形依然存在。①

个别词汇在翻译的过程中，因为目的语的不同特征，产生了不同的翻译结果。比如 *raznorechie* 这个俄语词，"本身是巴赫金小说定义中一个核心的概念，在英文的翻译中，却因为各种不同的翻译方式使其意义变得模糊；而在法文译本中，这个词汇就完全被忽略不计了"（Zbinden，1999：41—59）。② 同样的，这个概念在进入中国语境的时候，因为原文的不同、译介者所处的学术领域不同、翻译的时期不同，而导致这个概念在中文语境下有非常不同的理解和译文出现。

刘康指出，巴赫金的理论有几种独创的名词和概念来概括说明，

---

① 有关于翻译作为一个引语的转述过程，笔者将在最后一章进行论述。
② 赛彬登的这篇文章是 *Traducing Bakhtin and Missing Heteroglossia*（Zbinden，1999），文章中详细讨论了巴赫金著作在翻译成英语和法语时所存在诸多问题。

有人侧重"对话性",有人着重"复调",有人倾心于他的"超语言学"。① 但是近年来,"随着现代理论思潮越来越关心更为广阔的文化问题,人们开始从文化理论的角度来理解和把握巴赫汀理论"(刘康,1995a:207)。而刘康的论述基础,就是将巴赫金的学说当成一种"文化理论来看待",并且他指出,巴赫金学说作为一种文化理论,"最有概括性的核心概念就是'众声喧哗'(raznorechie, heteroglossia)"(同上)。② 刘康指出,之所以用"众声喧哗",是出自王德威的翻译。王德威在其《众声喧哗:三○与八○年代的中国小说》序言中,专门介绍了巴赫金的这个概念:

>"众声喧哗"(heteroglossia)一词原出于俄籍批评家巴赫汀(Bakhtin,1895—1975)的批评用语,意指我们在使用语言、传达意义的过程里,所不可免的制约、分化、矛盾、修正、创新等现象。这些现象一方面显现文字符号随时空而流动嬗变的特性,一方面也标明其与各种社会文化机构往来互动的多重关系。(王德威,1988:5)

刘康在对待众声喧哗这个概念的态度上,与王德威有很大的相似性,而且都将其视为解释文化嬗变的有力工具。王德威认为,"众声喧哗"的理念"可及于我们对文化、历史、政治等人文范畴的再思"(1988:5);而刘康则将"众声喧哗"视为概括巴赫金学说作为文化理论的核心概念(1995a:207)。然而,在中国大陆的巴赫金著作译本中,巴赫金的这个概念被翻译成"杂语"。"杂语"和"众声喧哗"

---

① 同样是刘康的这本著作,在大陆的版本是《对话的喧声:巴赫金的文化转型理论》(1995b),而台湾的版本是《对话的喧声:巴赫汀文化理论评述》(1995a)。本书主要采用"巴赫金"这个译名,部分地方按照台湾译法用"巴赫汀"。

② 刘康这本书的第四章,大陆版本是"小说话语与语言杂多",而台湾版本则是"小说话语与众声喧哗"。由此可以看出同一个概念在大陆和台湾地区翻译上的不同。

这两个译法，哪一个更能体现巴赫金的原本意图呢？其实，在俄文原文中，这个概念是 raznorechie，在英文中是指 many-speech-ness，而其在英语中是译作 heteroglossia。

"杂语"集中体现的是语言多样性层面上的内涵，而众声喧哗则能体现出话语/言语的声音层面，也直接将其所指涉的主体表现出来。然而在使用上，杂语更适合于表达这个概念的名词性含义，如巴赫金在《长篇小说的话语》一文中，专门讨论了小说是如何组织和引进杂语的；众声喧哗则有一种动词的含义，所以如果表述为"小说是如何组织和引进众声喧哗"的，就有些不太符合中文的接受习惯。在这种情形下，在本项研究中，笔者尊重这两种译法各自的使用语境，在大多数情况下，按照《巴赫金全集》中译本中的译法，采用"杂语"这个概念。但在个别地方，还是延续刘康所借用的王德威的译法，使用"众声喧哗"这个译法。

另外，伍晓明在翻译美国学者华莱士·马丁（Wallace Martin）的《当代叙事学》（*Recent Theories of Narrative*）时，将原来英文中的 heteroglossia 译为"多音齐鸣"（伍晓明，2005：42）；赵亚莉、陈红薇、魏玉杰等人在翻译英国学者马尔科姆·琼斯（Malcolm V. Jones）的《巴赫金之后的陀思妥耶夫斯基》（*Dostoyevsky after Bakhtin*）时，将原文中的 heteroglossia 译为"多声部"；辛斌、陈腾澜等则将 heteroglossia 译为"异体语言"（辛斌、陈腾澜，1999：13）等，这些译法各不相同，体现了目的语语境的复杂性。在文学研究、语言学等不同领域内，对这些概念采用了不同的翻译，这在一定程度上造成了术语翻译不一致的问题，值得翻译研究领域内进一步的探讨和思考。

总之，如前所述，在译介巴赫金思想的过程中，无论是美、英、法等西方语言国家，还是在中文语境下，都存在着许多翻译的问题。所以，巴赫金思想在世界范围内的译介本身就是一个非常有意义的研究课题。当然，尽管巴赫金思想在译介过程中还存在这样或那样的问题，但不能否认的是，巴赫金思想经由翻译，已经在世界范围内受到重视和接受，人文社会科学各个学术领域内都可见对巴赫金思想的借鉴和挪用。① 翻译研究虽然起步比较晚，但是，文献回顾表明，巴赫金思想已经开始影响到翻译研究领域，并且受到越来越多研究者的重视。

第二节　巴赫金思想与翻译研究的初步接触

在回顾翻译研究领域内对巴赫金思想的借鉴和挪用之前，有必要先简单讨论一下巴赫金有关于翻译的论述和观点。巴赫金并未曾直接提出过任何的翻译理论，但是巴赫金研究者者却发现，巴赫金思想中反映出巴赫金对翻译问题的反思，而且艾默生（1983）、罗贝勒（Robel）和德·米歇尔（De Michiel）（参见 Peeter Torop 2002）以及赛彬登（2006）等人发现了巴赫金思想与翻译研究之间内在的关系。②

艾默生的文章（Emerson, 1983）提出了一个非常重要的问题，即巴赫金的话语理论对翻译研究有没有理论启发和影响呢？她的回答是肯定的，因为"在宏观意义上，是的，不可避免的：翻译本质上来说是所有人都要做的事情"（1983：23）。对于这一点，爱默森在文章中一开始就有论及，特别是谈到多民族语言和单一民族语言内部的杂语现象时，已经将一条轴的两端都有所涉及：一端是多民族语言，对应于雅科布森（Roman Jacobson）所指出的语际翻译（interlingual translation），而另一端则是单一民族语言内的交际形态，对应于雅科布森提出的语内翻译（intralingual translation）。赛彬登也指出，"尽管巴赫金并未提供一套翻译理论，但是他却认为翻译在文学建构过程中

---

①　参见引言部分的相关论述。

②　分别参见 Caryl Emerson, "Translating Bakhtin: Does his Theory of Discourse Contain a Theory of Translation?", in *University of Ottawa Quarterly*, Vol.53, No.1; Peeter Torop, "Translation as Translating as Culture", in *Sign System Studies*, 2002, 30: 2., 以及 Karine Zbinden, "The Bakhtin Circle and Translaiton", in *Yearbook of English Studies*, 2006。

发挥着非常重要的作用"（2006：165）。他通过巴赫金的《长篇小说的话语》《长篇小说话语的发端》《文本的问题》等文章，探讨了巴赫金有关于翻译问题的论述，特别讨论了巴赫金有关于可译性与不可译性的反思。①

不仅如此，翻译研究领域内开始"发现"和借鉴巴赫金有关思想，来解释和描述翻译现象和问题。进入20世纪90年代之后，翻译研究领域内对巴赫金思想的关注和借鉴得到越来越多的重视，相关研究包括塔巴考斯卡（Tabakowska, 1990）；班迪（Pinti, 1994）；德·米歇尔（De Michiel, 1999）；彼得森（Peterson, 1999）；索米宁（Suominen, 2001）；巴巴拉斯（Barbaresi, 2002）；陈德鸿（Chan, 2002）；托洛普（Torop, 2002）；罗宾逊（Robinson, 1994、2003）；格林诺（Greenall, 2006）；梅莱厄（Meylaerts, 2006）；赛彬登（1998、2006），等等。而在中国大陆，则有辛彬、陈腾澜（1999）；胡壮麟（2001）；陈宏微（2003）；彭利元、蒋坚松（2005）；陈历明（2006），等等。这些研究是如何理解和借鉴巴赫金思想来推进翻译研究的，本书将在下面进行分门别类的总结和分析，以期为进一步借镜巴赫金思想提供基础。

一 "杂语"与多语言文本的翻译

巴赫金在阐释"杂语"（heteroglossia）这个概念的时候指出，"在历史存在的任何时刻，语言从上到下具有杂合性，它表示了现在与过去，过去的不同时代，现在的不同社会意识集团、不同倾向、学派、团体等等之间的社会意识形态矛盾的共存，各有自己的体现形式"（Bakhtin, 1981：291）。这是巴赫金在批判结构主义语言学——特别是索绪尔的语言（langue）和言语（parole）二元论——基础上而提出的重视研究言语的观点。巴赫金自始至终关注现实生活中的语言，也即索绪尔二分法意义上的言语。而罗宾逊（Robinson）在此基

---

① 参见本章后面胡壮麟的有关论述。

础上提出了言有所为语言学（performative linguistics），① 则是对巴赫金语言观的进一步发展，其中，他是这样理解巴赫金的"杂语"：

> heteroglossia 是俄语中 raznorechie 一词被广泛接受的英语译文，意指"不同的言语（性）"（different-speechedness），不同的言说方式（different ways of speaking）：正如默森（Morson）和艾默生（1990：140）所言，"很多'语言'，反映出社会经验、概念化过程、以及价值观的多样性"。（Robinson，2003：235）

因此，"杂语"成为语言学研究的重要课题。胡壮麟在讨论巴赫金与社会符号学之间的关系时，特别强调了"杂语"这个概念，并且指出："一个语言中有这么多时间方言、地区方言、社会方言，千头万绪，该如何研究呢？"（1994：52）如果这是语言学研究所关注的现象，那么与语言直接相关的翻译，也应该关注这一现象；并要在此基础上，进一步考虑如何理解这种杂语建构的现象，以及在翻译过程中如何处理这些现象？对"杂语"这个概念的运用，在翻译研究领域内是为了达到不同的目的，但主要是用来分析文本（包括原文和译文）本身，并指出文本中这种"杂语"现象形成的条件和背后的文学动因，及其对翻译造成的困难和挑战，对原文本的分析可以帮助译者更好地把握原文，而对于译文的分析，则可以观察翻译所采取的针对性翻译策略所反映的社会文化背景。

翻译的传统定义一般认为，翻译就是将一种语言所表达的意义用另外的一种语言表达出来。建立在笛卡尔二元对立逻辑基础上的翻译过程观，也是将单一原语与单一目的语视为翻译的两极。但是，文本中的真实情形仿佛并非如此简单，以至于德里达（Derrida）追问："如果一个文本是用几种语言写成的，那该怎么翻译呢？"（1985：171）这里有个吊诡的问题，就是语言是什么。英语是一种语言，中文是一

---

① 关于 performative linguistics 的译法，参见任士明（2006）。

种语言，这是在民族语言意义上的区分。但另一方面，如果按照巴赫金的语言观，每一民族语言内部又可以分为无限多的地方"语言"，也即杂语。所以，一个文本是用几种语言写成的，我们可以理解为民族语言意义上的语言，也可以拓展为巴赫金意义上的杂语建构的文本。巴赫金的"多语言性"（polyglossia）、杂语（Heteroglossia）和复调性（Polyphony）等概念和核心思想，用以解释某种文本和翻译现象，表现出很强的描述力和逻辑性，本书将在后面分别论述。

陈德鸿指出，一个文本中同时存在两种或以上的语言是非常普遍的现象，特别是在小说中，这也正是巴赫金所说的"杂语现象"（heteroglossia）（Chan, 2002: 50）。但是，文学研究领域对巴赫金这一概念的阐释多是关注小说中的社会言说类型的多样性，而非语言的多样性。巴赫金强调，"文学上积极的语言意识，在一切时候一切地方（在我们所知的历史上的一切文学时代），发现的都是多种'语言'，而不是一个语言"（1981: 295）。巴赫金所强调的正是语言间的对话性互动（社会方言也是如此），而每一语言都反映出特定的世界观。所以，陈德鸿质疑，"如果这种复调性（polyphonic）特征促成了小说作为一种文体的成功——与诗歌创作不同，那么译者忽视了这一特质将会是很危险的"（2002: 50）。

可以看出，翻译研究领域内对巴赫金的"杂语"采取更宏观的视角。如果说巴赫金所关注的是单一民族语言内的语言杂合，[①] 比如时间方言、地区方言、社会方言、性别方言等，翻译研究领域内对语言杂和的认识就更复杂，既包括巴赫金的上述理解，又包括宏观的民族语言之间的杂和等现象。原语文本中存在两种或者以上的民族语言，

---

① 其实，巴赫金对"杂语"的最早讨论也是通过对古罗马和文艺复兴时期的考察而得出的结论，也是集中讨论同一语言或文化的社会内部，存在着两种或者以上的民族语言，但是按照巴赫金的界定，这种现象属于"多语并存"（polyglossia），而不是"杂语"（heteroglossia）。参见 Morris, 1994: 248—249。但是，这种一分为二的对立划分，也受到质疑。艾默生（1983: 23）就形象地利用一个连续轴来模糊这种二分法。

对于这样的文本在翻译时应该怎样处理？陈德鸿针对这个问题，将多语文学文本分为四个主要类别加以讨论，即翻译两种语言（translating two tongues）、翻译经过翻译的内容（translating the translated）、翻译语言间性（translating interlinguality）、翻译语内性（translating intralinguality）等。①

"杂语"是非常普遍的文学现象，前面已经做了一些基本的分析。只有充分认识到文学作品中的这种杂语建构现象，了解其成因、特征、技巧等，才能很好地把握原文，并采用相应的翻译策略在译文中尽可能地反映这种语言特性。当然，有时候并不能达至理想的效果，这也是文学翻译所面临的种种困难中的一种。如果能在翻译研究过程中，对这种杂语现象进行合理的描述，也算是对译文本身的一种完善和补充。但同时，希望在此基础上译者的潜能可以得到激发，充分利用各种语言之间的差异和各自语言的特质，弥补这种"杂语"不可译的不足。

巴赫金的"杂语"在一定层面上反映了语言内部的张力，而将之投射到更为宏大的跨语际交际语境下，其描述性应该更具效果。如果说，巴赫金的"杂语"在分析单一民族语言文学作品时已经发挥了很大的作用，将其挪用到描述和解释跨语际实践的翻译研究中来，应该有更广大的应用空间。只是到目前为止，在翻译研究领域内，我们对巴赫金的"杂语"还没有更为全面的理解和应用。笔者将在后面专门介绍巴赫金的这个概念，并且将结合台湾作家王祯和的小说《玫瑰玫瑰我爱你》，来考察原文中这种杂语特征，及其在翻译过程中的传递问题；同时，还将对译文中新的杂语建构模式进行分析，从而揭示译者叙述在场和主体性的实现，而这些将带来翻译中的诸多有关身份认同的问题。

---

① 详细内容和个案分析，参见 Chan（2002）。

二 语言的"复调性"与文本语言学——维护文本连贯性特征

上面的论述主要集中于文本中存在的"杂语"特征，以及对其完整的把握在何种层面上影响翻译过程中的策略选择。而另外一个核心概念就是语言的"复调性"。在这一点上，翻译研究领域内主要关注的是语言的这一特征与文本语言学（text linguistics）之间的联系，也即如何把握语言的复调性，从而在译文中复制、恢复、模仿这种复调性，达到维护译文文本的连贯性（coherence）。翻译研究领域内很多人也注意到了语言的复调性与文本连贯性的关系，如塔巴考斯卡（Tabakowska 1990）、巴巴拉斯（Barbaresi，2002）等。

巴巴拉斯从讨论文本层面和构成成分开始，讲到本土与全球文本连贯性（text coherence）及互动连贯性（interactional coherence），然后便集中讨论文学语言的"复调性"如何对文本的连贯性构成"挑战"（2002: 126）。巴巴拉斯指出，语言的"复调性在文本连贯性方面是一个很有意思的因素"，同时"复调性可以深化和加强叙事故事和话剧中的人物性格的塑造，但却对其再现的完整性和稳定性构成挑战"（同上）。巴巴拉斯对文学语言中的复调性分为以下几种方式来界定：①

（1）指作者可以采用多种不同的表达方式、语域以及风格等的能力。

（2）指说话人的多声音性，即说话者可以采用不同的方言、

---

① 原文如下：Polyphony is defined in more than one way: (1) as the ability of the autor to adopt a plurality of modes of expressions, registers, styles, etc; (2) as the speaker's multivoicity, that is their abiblity to adopt different lects, idiolects, dialects, and also the ability to accommodate their languages to different interlocutors and situations; (3) as the plurality of voices appearing in one speaker's utterance mainly in the form of reported speech. In this case, the speaker is the ruler. There voices are checked and challenged, namely the speaker engages in a sort of argumentative interaction with the characters whose voices he represents in his utterance.

个人用语、地方方言以及将自己的语言调整以适应不同的对话人和语境的能力。

（3）指一个说话人的话语中出现多个声音，主要是以转述话语的形式出现。在这种情形下，说话人是主宰者。这些不同的声音被检查和受到挑战，也即说话人介于一种与角色的争辩性互动中，而这些角色的声音却是表现在说话人的话语中。（Barbaresi，2002：126）

其中，第一种和第二种方式之间的差别非常微妙。简单来说，第一种情形是指作者可以在不同的叙述部分采用不同的表达方式、语域以及风格等，同时，也可以将这种能力反映在所假借的叙述人身上。但是第二种情形主要是指通过主人公语言引入杂语的模式，因为主人公的多样性，自然为文学作品带来丰富多样的社会杂语。①

巴巴拉斯同时指出，有关复调性的更宽泛的定义源自巴赫金的《长篇小说的话语》一文，包括上面所有三种。巴赫金的对话性理论是有关独白话语与对话性话语的基本原则。巴赫金的多声音性（multivoicity）包括各种各样的语言、语域、风格和意识形态等。巴巴拉斯以戈达（Gadda）的作品为例，指出作者使用了各种可能的策略，来达到一种极其丰富的效果，这种效果在翻译中是很难再现的。除了作者本身之外，小说中的每个角色不但代表自己说话，也不断地代表诸多他人来发言。其结果，就是各种声音的加强和形成一个意义、内涵、联想、关系和对抗等共存的复杂系统。他们之间的互相推动和相互之间的相适性是构成文本连贯性的因素。戈达作品的总体效果就是一系列的不同的语言变体；但是，如果这些语言变体能够得到系统的安排，复调性可以促进秩序和连贯性的形成，从而为区分各种观点和文本维度提供途径。

在这个层面上，翻译的问题就在于如何应对表达方式多样性所带

---

① 有关于小说引入和组织杂语的几种主要模式，笔者将在第三章第二节详细进行介绍。

来的难题。在跨语际翻译语境下，很难在原语和目的与之间寻找到可以相类比的语言变体。也就是说，在一种语言中存在的语言变体，可以体现该语言中表达方式的丰富多样性，成为复调性的有力工具，而在有的语言中，却很难找到对应的语言变体而实现同样的文本效果。以中国翻译家张谷若翻译英国作家托马斯·哈代（Thomas Hardy）的《德伯家的苔丝》(*Tess of the d'Urbervilles*) 为例。托马斯·哈代在原著中使用了丰富的威塞克斯（Wessex）地方方言，而在译作中，张谷若则以山东地方方言来代替，可以说，在某个层面上，这种处理技巧也是一种有效的补偿方式。应该说，每种语言都有其历史、地区、社会、意识形态的变体，而这些语言变体进入小说语言中——特别是角色话语中，便成为构成小说复调性的有力工具。面对这种复调性，译者要细心解读，并尽可能在目的语中寻求可能的表达方式，不管是从语义对等、语用对等还是语篇对等各个层面，都对译者提出了更高的要求。

然而，让我们换个角度看问题。以山东方言代替原著中的地理方言，会不会给人一种时空错乱的感觉，这也是一个值得讨论的话题。[①] 翻译中真的是"此事古难全"，翻译这一行为本身就是跨越语言、跨越文化、跨越时空的，很难一笔抹掉这种跨越的痕迹。要让目的语读者以为自己读到的译文是本土作家用本土语言创造的有关本土的故事，这并不是一件容易的事情。这么多个本土放在一起，似乎可以抹去翻译的痕迹，其实不然。随着世界沟通方式和媒介的增多，世界真的是变得越来越小。我们很难说有这么"本土"的作品，而多多少少都会带有后现代的特征，各种形式和层次上的互文性，也否定了绝对"本土"的概念。

巴赫金的"语言杂合性"，着重分析语言的多样性和变化性，比如时间方言、地区方言、社会方言、种族方言、性别方言（以女性主

[①] 有关方言对译的局限性，参看韩子满的《试论方言对译的局限性——以张谷若先生译〈德伯家的苔丝〉为例》。

义为例)等,这与话语分析里面的语域(register)有很大的关系。如果原文中存在着这么多的语言变体(varieties),那么,在译文中应该怎样把握和传达这种变体现象呢?语言和语言之间的差异,文化与文化之间的差异,未必能保证在两种语言之间发现完全匹配的变体对等,或者说这是非常困难的。面对这样一个难题,难道译者只能望洋兴叹?其实,通过以上分析我们可以看出,很多时候,译者没有完全分析和把握原文的这种独特而普遍的现象,所以没有能够在翻译过程中将其再现或者表达出来。有的时候,是译者面对这样的难题的时候,难以找到相应的对策,似乎无所适从。但是,正是在这种万般无奈之中,也可以体现出译者的主体性作用。译者可以通过寻求其他的方式来取代原文中的这种"杂语"或"语言复调性",即使不能完全取代,也可以通过一定的补偿方式,尽可能地使译文在语义、语用、语篇等功能上拉近与原文的距离。

三 声音、双声与双声翻译

巴赫金的哲学思想从语言着手,批判了索绪尔的二元对立二分法,突出了其对现实话语作为研究对象的重视。在巴赫金看来,文本不是死的,因为文本中存在着杂语——王德威所说的众声喧哗,而这每个声音背后都有一个活的意识在支配它。巴赫金认为,"每个声音都有特定的'声调'(intonation)或者是'重读法'(accentuation),而这些声调或者重读法反映了说话者的意识背后的价值观"(Morris,1994:251)。这样一来,就将文本与人主体联系起来,更能体现巴赫金哲学思想的精髓,也即对话性的内涵,因为对话说到底是主体与主体之间、意识与意识之间的对话。文本提供的语言素材,只是人类思维和意识的载体,体现在语言中的对话性和矛盾冲突,其实是其背后的主体意识和价值观的冲突。

在翻译研究领域,罗宾逊(Robinson)对巴赫金的声音、双声理论进行了阐释和修正,并将它用来具体讨论翻译这一人际活动所体现出来的主体间对话性过程。罗宾逊对巴赫金的阅读和解读由来已久,在其《译者登场》(*The Translator's Turn*, 1991) 中，早已经将巴赫金的语言观与他自己的翻译的身体学理论 (somatics) 结合起来。① 罗宾逊指出，"巴赫金坚持认为，语言中渗透着意识形态——特别是，充斥着来自每个语言言说者的声音，充满着'杂语'……这对巴赫金来说是以'内部对话性'的形式出现的，而我则将之称为通过身体学储存的对话，也即真实话语之间的交换和互动，而这种真实话语已经内化为身体可以感觉得到的声音"（1991：101）。

在翻译的身体学理论基础上，罗宾逊进一步从"言有所为语言学"（performative linguistics）的角度来讨论话语的这种内在对话性，以及其中所折射出来的声音杂合。他首先总结出巴赫金对话性原则的主要内容，即：所有存在都是对话性的；自我的建构是社会性的，从而也是对话性的；作为社会交际媒介的语言，其构成也是对话性的；任何一个话语都具有"内部对话性"的特征，这一立场的出发点在于，任何一个话语同时指向引起该话语的先前话语，又指向该话语即将引起的反应；我们在现实对话中以对话性方式获取语言的每个构成成分，而这些成分充满了过去使用者的声音（2003：99—106）。

在这些基本原则之上，罗宾逊详细分析了话语的"双声"（double-voicing）特征。首先，语言的这种内在对话性是无法根除的，然而却可以通过修辞手法而被压制和隐藏，特别是当说话者希望听者以为，讲话者用以交流的语言是传递真理和事实的透明载体（学术话语），或者传递他们个体思想的载体（传统的说法"文如其人"）；其次，当言说者想要留给读者的印象是，其传达他人话语的时候没有扭曲或者改变原初话语，此时，话语的内在对话性也被压制或者隐藏：比如在引用中，或者在解释（paraphrase）、翻译（translating）的时候。最后，普通话语中最常见的，也是令巴赫金等这些言有所为语言学家感兴趣的，正是下列这种情形：讲话人并不压制或者掩饰这种语言的内在对话性，相反却是按照自己的目的需要来操控语言的这种

---

① 有关罗宾逊的《译者登场》的主要内容和评论，参见谢天振、陈浪（2006）。

内在对话性（Robinson，2003：106—108）。

就最后一种情形而言，罗宾逊指出，言说者希望自己的话语中回响着（至少）两个声音：巴赫金的术语是"双声话语"（double-voiced discourse）。他首先将双声话语分成主动（active）和被动（passive）双声话语，而后者又被分为"单向"（unidirectional）被动双声话语和多向（varidirectional）被动双声话语。

在讨论单向被动双声话语时，罗宾逊指出，"巴赫金将其与模仿他人风格联系起来"，而这一联系又被罗宾逊应用于翻译研究中来。他认为，"作为单向被动双声话语的模仿，是一个很有用的概念，可以用来解释翻译中两种声音的相遇"，特别是，"当译者非常喜欢和支持原作者的声音，并且希望尽可能不加改变地传达原作者的声音——当然，是译者愿意将译作以翻译的形式呈现出来，也就是译作是生产出来的"，而不像理想主义者所期待或要求的那样，"翻译是原作被神奇地运输到目的语中去的"（Robinson，2003：108）。

多向被动双声话语并没有引起罗宾逊的进一步讨论，而在解释最后一种主动双声话语时，罗宾逊指出：

> 当被表征声音获取了力量，开始打断讲话人，巴赫金将这种双声视为"主动"的双声话语，"在模仿他人风格上，在被叙述故事中，在戏拟中，他人话语是被作者掌握，并由其支配的被动工具。也就是说，他（作者）掌控他人软弱而无抵抗力的话语，并在其中加上自己的阐释，迫使其为自己的目的服务"（2003：110）。

奈达（Nida）的动态对等理论，利用翻译为传播宗教服务；殖民翻译和后殖民翻译、目的论、女性主义翻译，都是出于不同的目的为不同的利益集团服务，这些都是译者掌控他人软弱、无抵抗力的话语，并在其中加上自己的阐释，迫使其为自己的目的服务的典型个案。这也是我们说翻译中的对话性的内涵，也即反映在双声话语中的对抗与斗争。这也同时打破了传统翻译的忠实观，也即将译者视为

"透明人",不允许翻译中有译者声音的出现。但是,无论如何,这是不可能的,因为译者声音的出现是不可避免的。

面对这样一个众声喧哗的文本局面,罗宾逊用自己的"言有所为观"来修正或者说是延伸了巴赫金的"双声话语理论",并提出了自己的分类模式,即:明显的众多声音(overt multiple voicing);明显的众多声音,但却对声音进行了强制分层(overt multiple voicing with a hierarchy imposed);以及隐性的众多声音,同时也是对声音进行了强制分层(covert multiple voicing with a hierarchy imposed)(2003:112—113)。

通过对巴赫金的"双声话语理论"进行修正和延伸,罗宾逊提出了"双声翻译"(double-voiced translation)模式。他声称,"这一修正过的巴赫金模式对于翻译研究有很大的启发和借鉴意义;如果讲话者和作者可以将多个声音导入来自他们的口或者笔的话语,那么,翻译同样也可以。毕竟,翻译同我们一样;他们跋涉于众声喧哗之地,如同任何其他的讲话者和作者"(Robinson,2003:113)。罗宾逊随后对"双声翻译"进行了详细讨论,并总结说:

> 巴赫金可以帮助我们看到明显的进展,有精心的对声音改变进行带有修辞的控制,并且译者脑子里的声音混乱也融入到译作中去。静态语言学坚持翻译(将原文原封不动地再造出来)与改编(或者重写、戏拟)之间的僵化的差异,并不能帮助我们看到上面提到的进展。巴赫金式的双声行动计划理论可以帮助我们了解翻译过程中,译者做了些什么;这是分析性的,而且比类似的静态语言学模式更具解释力,可以进行更多的分析性工作。

> Bakhtin can help us see that there is a clear progression here, as the careful rhetorical control of voice slips, as more and more of the vocal pandemonium in the translator's head gets infused into the translation. The constative insistence on rigid distinctions between translating (which reproduces the original unchanged) and adapting or parodying or rewriting does not help us track this progression. A Bakhtinian

performative schema of double-voicing not only helps us view translation in terms of what the translator does; it is analytically, too, far more capacious than similar contative models. It does more analytical work. (Robinson, 2003: 115)

对于罗宾逊来说,巴赫金的双声语理论可以帮助我们更清楚地来观察翻译这个复杂的过程。从中我们可以看到,译者是如何小心翼翼地把控各种声音;同时也可以看到译者是如何将各种各样的声音融入译文中去的。过分强调翻译和改编/戏拟/改写之间僵化的差异,无助于我们观察翻译过程。巴赫金通过双声话语理论提出来的言有所为分析模式,可以帮助我们更清楚地观察到翻译过程中译者做了些什么。

总之,通过分析声音这个关键因素,可以帮助我们看到翻译过程中,译者做了些什么;也是从这一个角度切入,我们可以来探讨译者这一翻译过程中的决定性因素是如何介入文本再创造过程的。罗宾逊的"双声翻译理论"提供了肯定译者主体性作用的理论基础。然而,对译者的叙述在场,也即译者声音怎样融入翻译中去,施雅为(Schiavi,1996)和赫曼斯(Hermans,1996)已经分别有所论述,笔者将在后面相关章节中详细介绍他们的观点。

四 作为符号学家的巴赫金与翻译研究

(一) 符号学、巴赫金对话性理论与翻译研究

巴赫金除了被称为语言学家、文学理论家、美学家、思想家,还因为其"语言作为符号体系"的观点而被视为符号学家。陈宏薇在回顾近年来用于文学和翻译学研究的几种主要理论之后,"发现它们(接受理论、多元系统理论和对话理论)均与符号学有密切的联系"(陈宏薇,2003:11)。① 正如胡壮麟所言,"一切意识形态的东西都

---

① 对话理论即指巴赫金理论,对话理论被视为巴赫金理论的核心内容,巴赫金以语言研究为载体,折射出其哲学思想中的终极人文关怀,即体现为各种各样的对话性关系。

有意义；它代表、表现、替代着在它以外存在着的某种东西，也就是说，它是一个符号"；"精神早已是符号化了的概念"；当物体"作为某种东西的形象被接受，比方说，作为这一单个事物的一种自然稳定性和必然性的体现，这一物体此时的艺术象征形象就已是一个意识形态的产品……在这种情况下，物体就被转换为了符号了"；也就是说，他（指巴赫金——笔者注）认为"世界是文本、符号学或符号系统"。符号具有物质性、历史性、社会性、意识形态性、交际性和对话性。（胡壮麟，2001：10—15）所以，巴赫金的符号学观点，更证实了符号学适用于翻译研究。

陈宏薇（2003：14）认为，巴赫金的话语理论是一笔重要的学术遗产，丰富了符号学的意义三维关系。他认为话语即是口头与书面语言的统称，又是语言交际的单位。话语是话主个人思想的表现，构成话语的要素有三点：① 作为话题的事物，即头脑中反映的客观世界；② 话主的意向和立场，即说话人的意图与对所指事物的评价态度；③ 对他人话语的态度。在这里，巴赫金突出了话主的个人意识，还引出了人际中的对话关系。其实，在这个层面上，巴赫金思想也为翻译研究中的主体间性研究提供了理论基础。

什么是对话关系？白春仁指出：

> 首先，对话关系是指具体话语之间的语意关系，是不同话主的话语中具体思想、情感、见解、信息的相互交流与互动。……其次，对话关系又是说者同他人思维之间的互相依存和影响。……更进一步，巴氏认为个人话语之间的对话体现着人的社会存在，体现着人的精神生活。……对话关系实际成了个人同社会思想和文化的关系。也正是在这个意义上，对话关系成了人的社会存在的本质特征。（白春仁，2000：168）

所以，陈宏薇将作为符号学家的巴赫金的对话性理论与翻译研究联系在一起，指出了巴赫金思想对于翻译研究的适用性。

如果说陈宏薇是从符号学与文学翻译的关系探讨了巴赫金的对话性理论，那么胡壮麟却是从符号学的角度，探讨巴赫金的符号学观点及其对文本可译性的辩证观态度。巴赫金将"语言"看作"符号体系"的一种，他认为任何符号体系原则上都是可以解码的，即译成其他的符号体系。因此，存在着各种符号体系的共同逻辑，有一个潜在的统一的语言之语言，当然这一语言任何时候也不可能成为一个具体的语言，成为诸语言之中的一种。

正是因为这个原因，巴赫金坚持在实际使用中，符号体系只能表现为具体的文本，但恰恰是这个文本，任何时候也不能彻底翻译。之所以不能彻底翻译，巴赫金提出的理据为：（1）这个潜在统一的文本之文本实际上并不存在；（2）就文本而言，一起能够重复出现的成分都只是材料和手段。它的表述则是某种个人的、唯一的、不可重复的东西。具体来说，表述关系到真理、真、善、美、历史的东西。所以，胡壮麟总结认为，"巴赫金的上述理论实际上对翻译理论中有关可译性的讨论持辩证的看法。从符号的角度，对作为一种符号体系的语言的文本，即可译又不可'彻底'译的"（胡壮麟，2001：13）。文本、语言、符号以及可译性之间的关系，笔者将在第二章，结合巴赫金的表述观和言语交际观进行深入的分析，并将结合解构主义翻译观具体讨论巴赫金的文本翻译观。

（二）托罗普——文化符号学与翻译

与陈宏薇和胡壮麟的角度不同，托罗普（Peeter Torop）是从文化符号学的角度来看翻译这一社会行为的。他指出：

> 翻译作为一项活动和译作作为该活动的结果，都与文化这一概念不可分开。文化的翻译潜能是文化特质的一个重要标准。文化在很大层面上是通过翻译活动而运作的，因为只有将新文本吸收到文化中来，该文化才能得到更新和发展。后殖民研究、性别研究等范式进入翻译研究之后，翻译研究与文化研究的界限就更加模糊了。（Torop，2002：593）

翻译与文化的运作机制有何联系？托罗普首先回顾了雅科布森的翻译三分法，即语内翻译（intralingual translation）、语际翻译（interlingual translation）和符际翻译（intersemiotic translation）。图里（Toury）将雅科布森的三分法改造为两分法，即符内翻译（intrasemiotic translation）和符际翻译（intersemiotic translation）。符际翻译包括将语言翻译成非语言形式，而符内翻译又分为两类——系统内翻译（intrasystemic translation）和系统间翻译（intersystemic translation），二者分别对应于雅科布森的语内翻译和语际翻译。埃科（Eco）也发展了雅科布森的三分法，分为转述阐释（interpretation by transcription）、系统内阐释（intrasystemic interpretation）以及符际阐释（intersystemic interpretation）。由此，托罗普指出，"符际翻译使得语际翻译某些隐含的方面变得清晰。在方法论上，来自雅科布森和皮尔斯（Peirce）的传统，将意义、阐释和翻译联系在一起，将文化视为翻译的机制"（2002：597）。

在此基础上，托罗普考察了巴赫金与翻译间的联系，他指出，"巴赫金从来没有与翻译问题直接相关，但是学者们还是找到理由将他们与翻译的诸多方面联系在一起"（2002：598）。罗贝勒、德·米歇尔和艾默生就是其中较典型的代表。罗贝勒强调巴赫金赋予文学语言（同时也是文本语言）以潜质，可以在从一种符号系统翻译成另外一种符号系统的时候，发挥元语言（即本雅明的纯语言）的作用。德·米歇尔则将翻译文本视为自己的基础，将文本看成是巴赫金系统内的众多层面对话性的场所，"翻译文本是发生对话的地方：在文本与实践之间，在经验实践与理论实践之间，在科学与意识形态之间。是一个 dia-logic（dia 是双重的意思，logic 是逻辑，dia-logic 有双重逻辑之意）的场所，因为至少有两种逻辑在此处相遇：来自两种不同语言的逻辑"（1999：695）。至于艾默生（1983），从其文章的标题也可以看出她是致力于将巴赫金的话语理论尝试性地与翻译研究联系起来。[①]

[①] 参见 Emerson, Caryl. "Translating Bakhtin: Does His Theory of Discourse Contain a Theory of Translation?" *University of Ottawa Quarterly*, 53：1：23—33, 1983。

通过比较巴赫金与洛特曼（Lotman）在对话性上的差异，托罗普强调巴赫金在解读陀思妥耶夫斯基小说在世界文学中的作用和地位时所用的概念，也即复调（polyphony）或者多语言性（polylogue）。按照巴赫金的逻辑，普通小说中的人物，是作者用来表征的客体。然而，陀思妥耶夫斯基将人物从作者的支配/左右中解放出来，使其成为独立的主体。与此相伴的是众多主体的多元性，我们从而也可以说复调小说是几个平等主体的共存；推而广之，是多种思想、众多不同声音的共存。由此，托罗普指出：

  从文化分析的角度来看，任何的文化都可以从复调的角度来分析，或者因其异质性而被视为复调/多语（as a polylogue due to its heterogeneity）。但是，在巴赫金的逻辑中已经表露出一个重要原则——文化的复调性不能作为各个独白话语的综合而加以分析，因为文化作为一个整体是通过独白之间的对话关系而运作的，所以复调/多语（polylogue）是一个纠缠复杂的现象。理解这一复杂现象的必要条件就是要学习和理解其发生的空间，也即文化空间（cultural space）。（Torop, 2002: 600）

按照托罗普的分析，翻译研究中出现的种种问题和现象，在很多方面也是文化理论所关注的，"这已经在文化的符号学中得以体现，即引入符指过程（semiosis）之外的符号间所指（intersemiosis）"（Torop, 2002: 602）。从上述分析可以看出，他将巴赫金的对话性理论与符号学、翻译研究联系起来。

以上文献回顾表明，巴赫金思想因其体系的庞杂和写作及出版过程的复杂经历，导致了世界范围对其译介过程所生发的一系列问题；同时，巴赫金理论已经和正在受到翻译研究领域的重视，其理论中的某些核心概念和思想，正逐渐地被翻译研究这一跨学科性质的领域所接受、修正、发展和应用。应该说，这里的文献回顾相对还是比较粗浅的，并未能覆盖翻译研究领域对巴赫金的讨论的全部内容。比如，戈达尔（Gadard，1990：87—96）在讨论女性主义话语/翻译的理论化叙述的时候，也反复地借用巴赫金的核心概念，如"双声""语言杂合性""复调"等，并延伸到讨论话语中的自我与"他者"等问题。女性主义是革命性的，旨在推翻男性霸权的主导地位，因此，某些主张是具有解构性质的。然而，巴赫金理论的终极哲学关怀却是略带理想主义的主体间平等对话关系。这其中的矛盾如何调节？由鲍鄂（Bauer）和麦克肯斯垂（McKinstry）主编的《女性主义、巴赫金和对话性》（*Feminism, Bakhtin and the Dialogic*，1991）也许能给出一些答案。除此之外，巴赫金思想中的诸多观点，如基于表述的主体间言语交际、杂语、对话、转述和引语等，为我们描述翻译现象，揭示翻译本质，提供了不同的分析视角和模式。

第二章

翻译：基于表述的主体间言语交际过程

翻译是什么？回顾人类历史，不同的国家、语言和文化，给翻译做出了不同的定义。翻译可以理解为语言活动，可以理解为文化活动，也可以理解为更为复杂的社会活动等。但无论如何，翻译首先应该是一个交际过程，一个以语言为媒介的主体间交互作用的过程。这个过程涉及诸多因素和层面，比如主体的问题、主体间性的问题、客体的问题、理解的问题等。在这一章里，笔者会借鉴巴赫金的语言对话性观点、表述观、言语交际观和文本观等观点和立场，结合翻译这个具体的人类社会交际行为，一方面揭示翻译作为主体间言语交际过程的特征，另一方面进一步印证巴赫金的诸多观点。在此基础上，本章试图阐释巴赫金思想对我们理解翻译的帮助和影响，同时揭示巴赫金思想与解构主义之间的关系。当然这种理解是建立在翻译这个言语交际的个案基础之上的。

本章中的主要观点主要是结合巴赫金的《马克思主义与语言哲学》《言语体裁问题》和《言语体裁问题相关笔记存稿》《文本问题》以及《人文科学方法论》中的一些看法而提出来的。[①] 巴赫金强调表述这个概念，并且突出文学作为言语交际的过程这个重要特征，将这两点引入翻译研究中有很重要的意义。首先，将翻译——特别是文学翻译——的过程理解为言语交际过程，可以凸显过程中相关主体的相互作用，也即阐释主体间性的概念和内涵；其次，翻译客体

---

① 有关《马克思主义与语言哲学》，参见绪论注释相关讨论。另外几篇文章，收录在钱钟文主编的《巴赫金全集》第4卷，1998d。

也因为表述概念和言语交际过程的提出，而具有了语境的意义，不再是索绪尔静止语言学意义上的符号系统；再次，将翻译过程作为一个言语交际过程的片断提出来，既可以加深我们对翻译过程复杂性的理解，同时也可以反过来印证巴赫金的言语交际观点。在此基础上，我们可以将这个言语交际过程向两边开放，从而理解巴赫金思想对于解构主义思想的启发，或者至少是一种非时间性的响应；最后，将翻译作为解释言语交际过程的实例，可以阐述巴赫金的对话性观点，也即言语交际过程中的积极应答式理解这一特征，而这可以与文学理论中的接受理论和翻译研究中的目的论结合起来，[①]形成三者之间的对话关系。

第一节　巴赫金的言语交际观与翻译过程新探

受到传意理论（communication theory）的启发，翻译理论研究领域常常把翻译过程图示为：原文 → 译文。根据奈达的翻译过程图示，欧阳桢（Eugene Eoyang）将翻译过程按照传意理论揭示如下：

> 译者选取一个以语言 A 表达的信息 M，为信息进行解码，然后从中找出内藏的所指意义 R。这过程再经历一个转换机制的处理，把语言 A 转换成语言 B。首先产生的是一些由语言 B 元素组成的符号 S。这些符号可以再透过译码而变成以语言 B 表达的信息 M。（欧阳桢，2000：262）

但是，对于这个信息传递的单向性，欧阳桢也提出了批评和质疑，认为翻译的过程"更应该包含一个辩证的过程"，并且引用弗劳

[①] 有关接受理论（Reception theory）的内容，参见 Robert C. Holub（1984）；有关目的论（Skopos theory）的内容，参见 Christina Schäffner（1998）。

莱（William Frawley）的图解来表示翻译的动态：

Matrix code	↔	Target code

Matrix code：原文代码； target code：译文代码 　　（Frawley 1984：163）

我们充分肯定这个双向箭头所表示的意义，但是，如果在两个编码系统之间建立这种关系，不如在主体之间建立这种关系更加有说服力，同时也具有更大的意义。这就涉及传意理论的另一种表述方式，即主体之间的关系，图示为：

信息发出者 → 信息接受者

放在言语交际的语境下，则表现为从说者到听者的单向流动。但是，对于这种索绪尔意义上的言语交际，巴赫金提出了批评的看法。巴赫金批判了早前对言语交际伙伴间关系的消极理解（这种消极观点特别体现在索绪尔的普通语言学教程中）。巴赫金指出，在这些教程中，"对言语交际的两个伙伴，即说者与听者（言语接受者），往往只是作直观的概括描述，图示出说者言语的积极过程和听者接受、理解言语的相应的消极过程"（1998d：150）。这种交际过程，图示为：

说者 → 听者

图中箭头表示言语的流向，而这种流向是单向性的，箭头上负载的是言语内容。这一图示可以表现言语的产生、运输到接受，也在一定程度上反映出时间上的流向。但是，巴赫金却对这种观点提出质疑。他认为：

　　实际上，当听者在接受和理解言语的意义（语言意义）时，他同时就要对这一言语采取积极的应对的立场：同意或是不同意（全部还是部分同意），补充它、应用它、准备实现它等等，而听者的这一应对立场是从他开始聆听和理解时起的整个过程中形成的，有时简直就是从说者的第一句话起开始形成的。（巴赫金，1998d：150）

所以，"说者→听者"的简单流向，不能反映出巴赫金所强调的这种言语交际中预设的应答性，而这种应答性是言语交际顺利实现不可或缺的重要因素。如果按照这种理解，言语交际的过程应该表现为：

说者 ↔ 听者

同样的言语交际主体，但是，此时二者之间的关系，已经不再是原来意义上的积极生产和消极接受的过程，而转化为二者之间互为影响的互动过程。说者依然积极生产言语，并通过箭头所示，运送到听者一方；但是，听者不是消极等待和理解，而是将自己的积极应答投入到理解和接受中去，图中以箭头的反方向为标志。

在翻译过程中，如果说作者与译者之间存在着言语交际的话（事实上，确实是二者之间的言语交际过程），那么，作为听者（读者）的译者，也就不是索绪尔意义上的消极理解者和接受者，而是能够左右和影响这一言语交际的积极参与者。按照巴赫金的"表述"观，原作，无论篇幅有多长的小说，都是作者的一个表述，而这个表述在通过言语交际指向读者（在翻译语境下是译者）的时候，也是一个预设了读者/译者积极应答的过程。我们不否认，原作还是那个原作，从语言和词语这个层面上来说，它具有稳定性，是由固定的符号和成分构成的整体。但是，将其束之高阁的时候，那不是表述，因此也不具有交际的功能特征。此时，文本的存在是静态的，也是无意义的，只是增加了书架的重量而已。但是，当译者（作为读者）打开文本的时候，此时，出现了生动的交际场面。作者自然复活，开始表述；而作为听者的译者，也积极介入这个交际过程中，以自己的存在影响和左右着作者的表述。当罗兰·巴特（Roland Barthe）宣布作者之死的时候，正是在文本静态这个意义上反映出来的。但当其进入交际过程的时候，作者因为对话对象的出现而"复活"。只有这样，文本才能进入言语交际的场域，才能将作者和作为读者的译者纳入共同的时空，展开巴赫金积极意义上的言语交际，即作者的积极生产与译者（作为读者和听者）的积极应答。

同理可以类推，作为译文生产者的译者，同样是与译文读者进入一个言语交际的行为过程中。此时，译者的文本生产，也即表述的发出，同样要牵涉到译文读者的积极应答式的参与。所以，也就有了"译者/译文作者↔译文读者"这样一个言语交际的过程。作为翻译的整个过程，我们认为可以在一定程度上认为是从作者发出表述到译文读者的应答式接受为止，而译者在这个过程中所发挥的作用也就因为上面的分析而显得颇为重要。同时，翻译过程中的译者主体性和翻译中主体间性的论述，也就在这个过程中充分地体现出来。① 如果我们将这个交际过程的两端加上两个省略号，上面图示变为：

…… ↔ 作者 ↔ 译者/译文作者 ↔ 译文读者 ↔ ……

这个图示则更能体现人类交际过程无限延宕的真实本质和意义。巴赫金将整个理解和表述放在无限延宕的言语交际语境之下来理解，他指出，"任何表述都要考虑接踵而至的对自己的反应，如同意，反对，怀疑等等，也就是应答的理解。这种对应答的预料，同样可以在言语中获得直接的表现，但也可能仅仅产生对话的泛音"（巴赫金，1998d：225）。由此，我们就不难理解以下几点。

首先，言语交际是一个无限延宕的过程，无始无终。我们截取的"作者—译者/译文作者—译文读者"的言语交际过程，只是这个人类无休止的言语交际过程上的一瞬。所以，所有的意义只能是相对的，

---

① 有关主体性和主体间性的问题，请参阅第五章的相关讨论。

只能是在这个截取的交际片断中暂时地处于稳定状态，或者说意义是处于相对稳定和固定状态。但如果将其投射到无限推延的交际的两端（虽然这所谓的两端并非真实的存在，因为一端是巴赫金认为的"亚当肇始的命名"，而另一端则是居于无限的未来），即刻会出现意义的无限延宕和不稳定。在这个层面上，我们认为巴赫金的思想体现出解构主义的特征，而这一点在德里达的解构观那里得到回应。

其次，在翻译的语境下，我们也可以通过这种观点来解释翻译过程中，各个主体之间的相互制约和互动（即从作者到译文读者这个言语交际过程所涉及的各个主体之间的互动关系）。如果我们肯定了信息的向右流动，也应该同时思考这个片断上从后端向前的反向作用力。也就是说，译者要做出表述，必然要考虑译文读者对其做出的反应，也就是译文读者可能的应答性理解。这种对应答的预测，同样可以在言语中获得直接的表现，也即体现在译者的表述中。而译者的这个表述，是对作品这个作者/他人表述讨论的结果和回应。所以，译文读者以积极的方式介入到译者的积极理解和应答之中。这种观点，在接受理论和翻译理论中的目的论（Skopos theory）那里得到证实。

另外，在讨论表述与表述之间关系的时候，巴赫金提出了语境的边界问题，他指出，"该表述（一个言语主体）的语境和言语交际（其他表述）的语境，后者决定着该表述"（1998d：228）。也就是说，一个言语主体表述的语境和言语交际的语境，后者决定前者。在翻译的语境下，译者表述（译者作为言语主体）的语境和翻译作为言语交际过程（即与作者表述之间的关系）的语境，二者之间，翻译这个言语交际过程的语境决定着译者表述，也就是说作者表述提供了一个言语交际的语境，而这个语境决定着译者作为言语主体的新的表述的生产。同时，译者表述（译者作为言语主体）的语境与译作进入与潜在译文读者的交际过程（即与潜在读者的表述之间的关系）的语境，二者之间，后者这个交际过程的语境决定着译者表述。所以，译者这个言语主体在接替作者开始表述的时候，对其产生影响的因素是来自言语交际的两端，一端是作者表述提供的交际语境，一端是译文读者提供的积极应答式理解（后者是通过译者预测而来的，但却不能否认其存在和效用）。

第二节　翻译中的主体和客体

国内外翻译研究领域内，对翻译主体的研究有了很大的发展。通过前面主体间以表述为基础的言语交际过程的图示，我们也能一目了然地明白翻译过程中所涉及的主体性要素。我们将翻译过程理解为一个言语交际过程，并且将其放置在无限延宕开的人类言语交际过程中；但同时，我们是在某个截取的片段上来试图把握和理解翻译的主体性要素。通过上面的图示，我们应该将翻译过程从作者的表述开始到译文读者的积极应答式理解作为一个相对完整的片段，所以，翻译的主体也就可以清楚地表示为介入这个言语交际过程的作者、译者和译文读者。有关译者作为翻译行为主体的主体性作用以及翻译活动中的主体间性的问题，我们在此不展开论述，而将会在其后的章节中集中讨论；在此，我们主要借助巴赫金有关于文本再现的看法来理解译者作为主体在翻译过程中的作用。

一　主体与文本再现

我们不能否认，翻译是某种意义上对已在文本的再现或复现，但是，巴赫金强调了"文本中自然出现的唯一性（例如指纹）同含有意义的（符号的）不可重复性"（1998d：304）。[①] 对于文本的物理状态，巴赫金认为可以像复现指纹一样地机械复制，就是我们可以无限地复印文本。但是，如果由主体来复现文本（巴赫金列举了诸如反顾文本、重读文本、重新上演、引用文本），巴赫金则认为是"文本生

[①] 也就是在这个意义上，体现了巴赫金有关不可译性的观点。参见第一章中的有关讨论。

活中新的不可重复的事件,是言语交际的历史链条中的一个新环节"(同上)。这一观点可以帮助我们理解翻译这个特殊的文本复现过程。

首先,译者作为读者参与到文本复现中,而这个复现过程集中体现在译者主体的参与上。按照巴赫金的观点,"由主体来复现文本,是文本生活中新的不可重复的事件"(同上),所以,翻译也不应该是复制文本,因为译者主体的介入导致这个文本复现成为了一不可重复的事件。同一原作可以有无限翻译的机会和可能,但是每一次都不同,尽管这种差别可能是细微的。但是,因为译者主体的介入,使这个文本的复现过程成为历史唯一的事件。① 作为主体存在的译者,在整个文本复现的过程中,发挥着主体性的作用。无论是对原文/原作者的亦步亦趋,还是出于自己政治动机的操控,都或多或少会留下主体介入的痕迹。

其次,巴赫金认为,这个文本复现"是言语交际的历史链条中的一个新环节"(同上)。因此,再次强调了其言语交际的观点,也即文本复现是在言语交际的过程中出现的。那么,翻译作为一个言语交际过程,也是文本复现的过程;同时,这个过程是更加宏大和无限延宕开的言语交际链条中的一个环节——一个新环节。说它新,是因为其不同于复印机的简单拷贝,是与前面的文本不同的新创作,是进入新的交际过程的新表述。所以,新与旧必然有着不同,否则不称其为新。当然,这个新不同于我们说"我买了一台新电脑"。这台电脑可能与我以前使用的是同款,但却是新的;同时,也有可能是新型号、新机型。新的表述既然与旧的不同,也就从一个侧面说明,译作不必也不可能等于原作。

我们研究翻译作为文本复现的过程,是将其放置在言语交际的历史链条上,但是却无意穷尽整个过程,这是不可能实现的,也是无意义的,因为只要人类存在,只要主体存在,这个过程是不可能终结的,这个链条也是会无限延伸下去的。与此同时,我们在这个历史链

---

① 就如同我们说,有一千个读者,就有一千个哈姆雷特。

条上，截取了翻译这个文本复现过程，既可以反映整个言语交际过程的主要特征，又可以在这个具体的横截面上，集中观察其微观特征。这也正是巴赫金思想与翻译研究结合的一个很好的契合点。

我们拿到一部文学作品，直观上看到的是语言文字这种形式，但却往往容易忽略这种形式背后隐含的作为这个表述的言语/表述主体，也即作者。在翻译的语境下，如果只看到文本中的语言形式，那就把翻译简化为机械的复制工作，最多是比复印机复杂一些，因为这牵涉到从一种语言到另一种语言的转化。但是，如果按照巴赫金的语言符号观，这种符号体系是完全可以解码的，并且可以在另一语言体系中用语言符号进行重建。这种工作再复杂也只能算是巴赫金意义上的"指纹复制"。巴赫金进一步指出：

> 然而语言和言语交际（即表述的对话交流）任何时候也不可等同。两个或更多的句子可能绝对等同（把句子如几何图形一样一个摞在另一个上面，它们就会重合），况且我们得承认，任何一个句子，甚至是复合句，在无尽的语流中可能以完全相同的形式作无数次地重复；但作为表述（或者表述的一部分），一个句子甚至是一个独词句，从来也不可能重复：这总是一个新的表述（哪怕是引文）。（巴赫金，1998d：307）

老北京人见面问候一句"吃了吗？"，作为一种语言形式，这几个字已经在人类历史上除了无数次的重复。但是，在每一次每个人再次说出这几个字的时候，作为表述，这不是一种重复，而是充满了新的言语主体在新的语境下说出的新的表述。而且如果引文都被视为一个新的表述，我们又有什么理由否认翻译也是一个新的表述呢？[①] 如果

[①] 事实上，翻译研究领域内有人将翻译/译文当作是对原文的引文来研究的，而且是在巴赫金有关转述和引文的理论论述基础上展开的。参见 Pinti（1994）。笔者将在最后一章再回到这个问题上来。

我们把文本背后的言语主体/表述主体（在言语交际这个语境下）考虑进来的时候，文学作品作为表述，其中"一个句子甚至是一个独词句，从来也不可能重复"，所以，不可能在译文里被复制，因为译文已经并且总是"一个新的表述"。翻译不是简单的复制/重复的工作，而是一个建构新的表述的积极性应答式活动，译者的主体性作用可以在这种理解的基础上得以印证。

二 翻译客体——表述

在理解和把握了翻译过程中的主体性要素的同时，我们也不能忽略或者说忽视翻译过程中主体活动的客体性要素，因为这一客体性要素是与主体紧紧联系在一起的。我们将在下面讨论如何破解主客二元对立基础上的翻译客体观，而将其视为二者紧密结合在一起的产物，或者说是包含、体现着主体的客体。当我们说到翻译的时候，通常会认为，翻译就是将原作用另一种语言重新表述出来。在这个意义上，原作是静止的，是由语言符号构成的，在一定程度上因为印刷等技术手段而获得了实体存在的形式。但是，这些能在词典中找到对应的语言之词，是否就是翻译的客体对象呢？

当然，我们肯定这些语言之词存在的现实及其作为手段的意义，因为巴赫金指出，"语言之词在词典中的中态意义，保证了语言的共同性和所有操该语说者的相互理解"（巴赫金，1998d：174）。我们不否认译者在翻译的时候，面对的是现实存在于词典中的语言之词，而且这些语言之词，无论是出于作者和译者之间的原语，还是译者和译文读者之间的译入语，都保证了各自之间相互理解的可能性。但是，我们不能就此认定，翻译的客体就是来源于词典的语言之词，如果是这样的话，我们只要有词典就可以完成翻译的任务，机器翻译也就成为毫无困难的可能，而这些却在现实翻译语境下被多数实践者所否定。原因何在？

对于这个问题，巴赫金给我们提供了一个可信的答案和解释。他在肯定了词典之词的作用和意义之外进而又指出：

在实际言语交际中的用词总是带有个人具体语境的性质。所以，可以说，任何一词对说者来讲，都存在于三个层面上：一是中态的而不属于任何个人的语言之词；二是其他人们的他人之词，它充满他人表述的回声；三是我的词，因为既然我同它在一定情景中打交道，并有特定的言语意图，它就已经渗透着我的情态。在后两个层面上，词语是有情态的，但这种情态不属于词语本身，它产生在词与实际现实在实际情景中的交汇点上，而这种交汇是由个人的表述实现的。（巴赫金，1998d：174）

首先，巴赫金将来自词典的语言之词放置在言语交际的过程之中，此时的语言之词，已经具有了新的层面上的意义，也即具有了语境的意义；而在此基础上，这些语言之词已经获得了表述的意义。巴赫金指出，"表述不同于语言的意义单位，即词和句；词和句是无主的，不属于任何人，不针对任何人；而表述既有作者（以及相应的情态，对此我们已有论述），也有受话人"（1998d：181）。此时，巴赫金提出了表述的诉诸性和针对性特征，这必然与受话人的复杂多样性联系在一起。而巴赫金同时强调，"表述针对谁，说者（或笔者）如何想象和理解自己的受话人，受话人对表述的影响力如何——这些既决定着表述的布局，又特别决定着表述的风格（语体）"（同上）。在翻译语境下来理解巴赫金的这种观点则更有说服力。翻译（译者）的表述除了要对作者的表述做出积极应答式回应，同样也面临以上诸多问题：自己的表述针对谁、译者如何想象和理解自己的受话人（即目的语读者）、受话人对表述的影响力如何等。所以，译者要面对受话者多样性的问题，同时，译者必须考虑自己受众的主要群体，而采取相应的翻译策略，或者按照巴赫金的观点，即保持适当的"表述风格（语体）"。同一原作，不同的译者可以采取多种不同的处理方式。如同作者有自己的预期读者，译者自己作为新表述的生产者，也有自己的预期读者。比如，针对不同的阅读群体而进行的节译、缩译、改译等策略。儿童文学的翻译是一个比较典型的例子。①

同时，巴赫金指出，"风格依赖于说者对自己受话人的一定的认识和理解，依赖于说者对受话人积极的应答性理解所做的预测"（1998d：184）。译作作为译者新的表述，其风格（译者的风格）同理依赖于译者对译文读者的积极应答性理解所做出的预测。如果将译者和译文读者放置于这一言语交际的情景中，就不难理解和阐释译者在翻译过程中所参考的决策性因素。译者的表述，如果希望得到受话人，即译文读者的积极应答性理解，就必须了解受众的文化背景等诸多要素，从而在翻译过程中，也即新的表述的创作过程中，决定自己的言语体裁（风格）的选择。比如，严复提出的"雅"译也是出于对自己预期阅读对象的考量；鲁迅则对译文读者进行了分类，并根据自己的预期读者提出了相应的翻译策略。②他在一封回信中写道："但我想，我们的译书，还不能这样简单，首先要决定译给大众中的怎样的读者。将这些大众，粗略的分起来：甲，有很受了教育的；乙，又略能识字的；丙，有识字无几的"。（鲁迅，1981：381—382）

由此，我们可以这样理解巴赫金的表述观，即表述是进入言语交际过程的语言符号的总和，是一个整体。这里既肯定了语言之词存在的基础意义，又突出了进入言语交际过程的语言之词已经获得了主体层面的深层意义。

首先，表述的一个基本特征就是在交际语境下的话语主体的轮替。将巴赫金的这种言语主体轮替的特征带入翻译语境，不难得到理解。巴赫金特别强调，"表述是言语交际链条中的一环，不可能把它与此前的诸环节割裂开来，正是后者从外部和内部决定着它，从而在

---

① Riitta Oittinen 在其 *Translating for Children* 一书中，对于儿童文学与儿童文学的翻译做了详细的探讨，特别是对于儿童文学的翻译，改编（adaptation）成为必要的手段。相关讨论参见 Oittinen（2000：76—99）。

② 见《关于翻译的通信》，收录于《鲁迅全集》第4卷，人民文学出版社1981年版，第370—388页。

它内部产生着直接的应答反应和对话的反响"(巴赫金,1998d:181)。从这个角度,我们可以更好地理解以下这个图示:

作者 ↔ 译者 ↔ 译文读者

所以,我们在理解翻译过程的时候,应该兼顾逆向思维的方式,即从言语交际的表述层面上,理解各个主体之间的关系,也即巴赫金一再强调的对话性,或者主体间性的特征。如果说,我们把巴赫金思想借鉴和挪用到翻译研究中来,巴赫金思想在翻译这个语境下也可以得到更好的阐释和印证。在这个意义上,这种相邻研究之间的相互借鉴和烛照也符合巴赫金的积极应答式对话观。

其次,巴赫金强调了表述的应答性。巴赫金一再强调,"实际上任何表述,除了自己的对象之外,总是以某种形式回答(广义的理解)此前的他人表述"(1998d:180)。在翻译语境下,我们该怎样理解巴赫金的这种观点呢?首先,我们都不是亚当,都不能首次说出某个词(这个任务是亚当要完成的,也即命名的任务),所以,我们所说的每一个词都回荡着别人的声音。或者说,我们是在某种程度上,对其做出回答,这是巴赫金提出的广义上对于表述的理解。再回到翻译上来,在交际的语境下,原作完成时,也即作者搁笔之时,因为言语主体的交替,也即在形式上从作者转向译者,此时作者已经完成了自己的表述,而接下来是译者发言的时候,也即译者重新表述的时候。只是这个情形比较特殊,不同于一般的日常情景下的言语交际和话语主体的轮替。因为翻译语境下,作者很多时候已经作古,译者才着手翻译。虽然这里有个时间差,但是,却与巴赫金所描述的言语交际的特征不悖。作者创作完结之时,也即文本定稿之时,词典意义上的语词已经形成;但是,当译者开始阅读(或者介入积极应答式的理解)之时,才是真正意义上的作者的表述完成之时,因为言语主体发生了改变。当然,在这个意义上,译者作为读者与原文的一般读者无异。所以,整个作品作为作者表述的内容,是一个巴赫金意义上的表述，这个整体进入与译者的言语交际的语境。

作者在表述的时候是有期待的，期待被理解和期待对话，而这个理解的主体和对话的对象当然包括作为特殊读者的译者。译者的特殊身份已经被翻译研究界所普遍接受，即首先是作为原作的读者，其次是译作的"作者"。作为读者，译者是原作作者期待的理解主体和对话对象；而作为"作者"，译者是新的表述的发出者，是经过言语主体交替而与作者产生对话的新的表述主体，而且这个表述主体会随着译作这一表述进入新的言语交际过程，而与译文读者建立新的言语交际关系。

但是，作者与译者的这种言语主体的交替和对话有其种种的特殊性，因为二者不是在同一语言、文化、政治等体系内进行对话。巴赫金指出，"表述不仅指向自己的对象，而且指向他人关于这对象的言语"（1998d：180）。所以，译者的表述，不仅指向自己的对象，而且指向他人关于这对象的言语。这也正是翻译作为跨文化、跨语言交际现象的本质意义所在。过去，这种跨文化、跨语言的时空差异，经常被认为构成翻译的困难所在，也是造成很多不可译的障碍所在。但是，如果我们从另一个积极的方面来思考，正是这些时空差异，才造就了翻译和改写的空间，也提供了言语主体对话、协商、沟通的空间，这才是文化间在交往过程中所应该关注和重视的积极意义。

再次，巴赫金还肯定了受话人这个他者对于表述之建构所发挥的重要作用。他指出："表述不仅与前在的环节，也与言语交际中的后续环节相联系。当说者创造表述之时，后续的环节当然还不存在。但表述的构建从一开始就考虑到了可能会出现的应答反应，实际上它正是为了这种反应才构建的。表述是为他人而构建的，他人的作用，正如我们所说的，是非常重要的。"（1998d：181）所以，在言语交际的过程中，表述发挥着承上启下的联结作用，而这个他者在表述建构的过程中发挥着不可替代的重要作用。巴赫金强调，"这些他人，不是消极的听众，而是言语交际的积极参与者。说者从一开始就期待着他们的应答、他们的积极的应答性理解。整个表述的构建，仿佛就旨在得到这一应答"(同上)。

巴赫金的这一表述不仅适用于作者与译者(作为读者和听众)之间的关系,也能很好地解释翻译的后续阶段的情形。在翻译的后续阶段,这些他人,自然是指译者表述的期待对象,即译文读者。这些他人其实就是译者的隐含读者,他们在翻译表述的创造过程中,发挥着重要的作用。这一点,在当代翻译理论中的目的论那里得到响应。

所以,翻译的客体对象不是出于词典的语言之词,而是进入言语交际过程的表述。也就是说,翻译的客体是与言语主体密切相关的表述,而这个表述因为言语交际的现实而具有了某种主体的特征。这也就是本书前面所提出的,要在破解二元对立基础上理解翻译中的主客体关系,特别是在对翻译客体的认识上,更应该体现这种主体存在之对于客体存在的意义。

巴赫金在《言语体裁问题》一文中,反复区分和强调表述(以及言语体裁)与语言的意义单位(词语和句子)的不同之处。巴赫金指出,后者"不具有诉诸对象的特点,不具有针对性:它们是不属于任何人,也不诉诸于任何人"(1998d: 181)。所以,在翻译过程中,不是译者将原作中的意义单位,转移、搬迁、平移到目的语中的过程,而是译者基于对作者表述的应答性理解,而做出的新的表述。这个新的表述的产生过程,是译者充分考虑到译入语文化语境与自己所认识和预期的受话人之后,所做出的新的表述。这个新的表述,同样具有诉诸性、针对性等基本特征。所以,翻译的对象,不是词、短语、句子甚至是段落(尽管翻译过程离不开这些层面上的操作),而是具有诉诸性和针对性的表述。巴赫金也对表述作为一个整体做了肯定的论述,他指出:

> 当我们从上下文抽出单个句子进行分析时,诉诸受话人的痕迹,预测中应答的影响痕迹,对此前他人表述的对话反响,言语主体的交替,遍布在表述内部的微弱痕迹等等,这些便会消失不见,因为所有这一切都是作为语言单位的句子所不可能具备的。

所有这些现象全是与完整的表述相联系的，而一旦整体从分析者的视野中消失，这些现象对分析者来说便不复存在。（巴赫金，1998d：187）

所以，将翻译视为在两种语言间进行的意义的传递等传统翻译观，实际上是一种过分简化的认知方式，而这也体现了传统修辞学的狭隘性。针对狭隘的传统修辞学，巴赫金批评指出，"要想使修辞分析能涵盖风格的一切方面，就只有分析完整的表述，而且只有放到言语交际的链条中，作为其中的一个不可分割的环节来分析"（1998d：187）。因此，将文本视为封闭的、自足的意义体系，而不考虑文本作者表达的生成机制和表述（言语体裁）所具有的诉诸性和针对性，这种理解翻译、界定翻译、从事翻译的方式是不合理的和过分简单化的，甚至有时候是非常危险的。所以，我们也一再强调，翻译首先是一个言语交际过程，而这个过程中涉及的主体会以言语主体的交替为特征来生产表述。表述是一个整体，而不应该拆开来理解，因为一旦拆开成词、短语、句子的层面，就会带来损失，也即巴赫金强调的"诉诸受话人的痕迹，预测中应答的影响痕迹，对此前他人表述的对话反响，言语主体的交替，遍布在表述内部的微弱痕迹等等"（同上）。表述一旦被拆开，这些痕迹便会消失不见。

第三节　翻译过程中的理解与解释

在研究翻译的时候，我们通常会说，翻译就是阐释/解释。而另外一个常用的词汇就是理解，翻译要理解原文，要理解作者。那么，理解和解释之间是什么关系？对于我们理解翻译又有什么意义？

一　理解与解释

如果说理解是阐释的基础，阐释是理解的延伸，那么，巴赫金则

在主体层面上区别了解释和理解之间的差异：①

  看到并理解作品的作者，就意味着看到并理解了他人的另一个意识及其世界，亦即另一个主体（"Du"）。在解释的时候，只存在一个意识、一个主体；在理解的时候，则有两个意识、两个主体。对客体不可能有对话关系，所以解释不含有对话因素（形式上的雄辩因素除外）。而理解在某种程度上总是对话性的。（1998d：314）

  简单来说，解释就是将客体视为无生命的静止、完成的物，可以穷尽其内容和意义，虽然这种穷尽有时有解释者主观认定的成分在里面；而理解则不同，理解是建立在两个意识、两个主体之间的互动的对话过程，任何一方都不能想当然地决定另一方的意识及其世界。联系到前面讲到的语言和言语交际体系的差别，可以这样理解：解释是一个主体独自面对着静止的、完成了的语言体系，对这个符号系统可以穷尽其内容和意义，也即可以完全彻底地解码，并且译成另一个语言体系；而理解则是两个主体进入言语交际过程，两个意识、两个主体之间建立起对话的关系，互相不将对方视为客体，而是尊重对方的主体地位和主体性作用。解释可以看作从原作语言到语言之语言，再到译作语言的语言符号之间的解码与编码；而理解则是基于（在表述意义上的）文本的主体之间的交互作用的过程。

  我们把巴赫金关于理解和解释、语言和言语交际体系的认识和区分，放置在翻译语境下，同样具有解释力，并且可以加深我们对巴赫金所做区分的理解。在翻译研究领域内，我们可以看到众多对翻译所

---

① 见钱钟文主编的《巴赫金全集》第4卷，河北教育出版社1998年版，第300—325页。需要指出的是，解释和理解这些概念，内涵比较丰富，在不同的使用语境下会有不同的含义。本书在这一部分的讨论，主要是按照巴赫金的观点来使用解释和理解这两个既相互联系又各有特征的概念。

下的不同定义，比如，翻译就是解释，其主体是译者，并且翻译就是译者主体单方面解释原文（作为语言体系）的过程，在这个意义上，翻译是语言符号体系简单的语际转换活动，其有穷尽性和完全可译性等特征。但是，这种观点否认了——或者说忽视了——翻译作为言语交际过程中其他言语主体的存在。翻译不是简单的解释的过程，而是一个复杂的理解的过程。译者作为主体，不仅应该看到作为语言符号体系的文本内容，还应该看到这个语言符号体系背后的言语主体，也即作者。肯定了作者作为第一表述主体存在的意义，也就在二者之间建立起了积极应答式的对话关系，然后才进入主体之间相互理解的过程，① 这才是真正意义上的言语交际过程。

在对主体的认识上，巴赫金认为，"主体本身不可能作为物来感知和研究，因为他作为主体，不能既是主体而又不具声音；所以，对他的认识只能是对话性的"（1998d：379）。所以，译者所认识和理解的是有声音的作者主体，这种认识主体的积极性与认识不具声音之物的积极性不同，因为前者预设了"认识者的对话积极性"。所以，传统意义上译者的工作是解释，也即对无生命的文本客体所做的单向度的操作，根本不具有对话性的特征。而当我们把翻译的客体理解为表述的时候，是将表述的言语主体——作者——作为对话对象，将其作为主体化的客体，视为平等的他者，而在这个基础展开对话，完成理解的过程。

二　理解孕育着回答

巴赫金指出："任何理解都孕育着回答，也必定以某种形式产生回答，即听者要成为说者（'交流思想'）"。（1998d：151）这一点也可以在翻译过程中得到印证。译者首先作为读者/听者，积极应答

---

① 其实，按照巴赫金对"理解"这个概念的解析，其本身就隐含了"相互"这层含义，因为理解是发生在两个或两个以上相关主体之间。但是，在中文表述习惯中，经常会用相互理解来加以强调，所以本书此处使用了"相互理解"这个说法。

式地去理解作者的表述，而译者的这种理解则产生了新的表述，即进入新的言语交际过程的译作；这也体现了巴赫金的表述观，也即以言语主体的轮替为标志。此时，从作者到译者完成了言语主体的替换，而译者的积极应答式理解则以新的表述，也即译作而告终。这个新的表述，因为翻译完成而"暂时"进入休眠期，也即如同原作一样，成为静态的文本，被束之高阁。但当其被译文读者打开时，也就进入了新的言语交际过程，即译者的表述与译文读者的积极应答式理解这样一个新的交际过程中。其特征和模式，与作者和译者之间的言语交际模式一样，并无二致。

同时，巴赫金认为，"任何现实的整体的理解都是积极应答式的理解"，而且，"说者本身也正是指望着这一积极的应答式理解：他期待的不是消极的理解，不是把他的思想简单地复现于他人头脑中，而是要求回答、赞同、共鸣、反对、实行等等"（1998d：151）。在翻译过程中，作者作为说者，也即表述的发出者，指望着一种积极的应答式的理解，无论是来自何方，会是什么样的应答都好，反正要有应答式的积极理解，这才是真正的言语交际的特征。译者本身作为跨文化、跨语言、跨地域、跨时间的读者，也是积极应答的来源之一。当译者进入与作者的言语交际过程，也就成为作者"指望"的交际对象之一。译者的积极式应答可能会产生各种各样的结果，比如同意、反对、修正、阐释等。而这些都会通过语言方式反映在译者新的表述中，虽然这个新的表述也会进入"休眠期"。

当译文读者进入与译者的言语交际过程的时候，同样会对译者的表述做出应答式的理解，同样会产生应答的结果。这里有几个问题值得进一步思考。如果从时间顺序上，应该是从作者到译者、再从译者到译文读者的单向度流动。然而，我们不能否认，作者的表述是以"指望"或者说预期的读者积极式应答为基础的；同样，译者的表述也是以译文读者的积极应答式为基础的。所以，我们上面分析的言语（内容）单向度的流动，是为了分析的方便而有意简化了。而真正的言语交际过程要复杂得多。从作者到译文读者的整个言语交际过程更加复杂。可以说，上面图示的流向也隐含了另外一个方向的作用力，也即从译文读者到译者、再到作者的逆向作用力。在这个层面上，能更好地说明翻译中主体间性的特征。关于这一点，我们前面已经有所论述，并且将在后面有关翻译中的主体间性的部分再详细论述。

所以，巴赫金总结认为，作者→读者这个"图示歪曲了言语交际的实际情况，恰恰取消了它那些最重要的因素。他人在言语交际过程中的积极作用，这样一来被削弱到了极点，而这是符合唯心主义语言学的精神的"（1998d：152）。而在翻译研究领域内，也经常把翻译过程图示为"作者→译者→译文读者"，这同样在一定程度上歪曲了翻译作为言语交际过程的实际情形，也相应取消了其最重要的因素，也即他人在言语交际过程中的积极作用被削弱到了极点。

三 理解与语境

理解始终与语境不可分离，特别是巴赫金强调的进入作品的文本外语境。巴赫金在《人文科学方法论》中指出，"文本（印刷的、手写的或口说的＝笔录的）并不可与整个作品的整体（或'审美客体'）同日而语。进入作品的还有它那必不可少的文本外语境。作品仿佛笼罩在语调和价值语境的乐曲中，正是在这一语境中作品得到理解、得到评价（当然，这个语境随着接受作品的时代不同而不断变化，这就创造了作品的新意义）"（1998d：387）。在此，巴赫金再次强调了自己有关文本与作品差异的看法。物理状态意义上的文本不能等同于作品的整体，因为要理解作品就不能不考虑进入作品的文本外语境。同时，巴赫金也指出了作品的意义会随着接受作品时代的不同而出现变化，这种看法在当时来说是非常有前瞻性的，可以说是文学接受理论的先驱之作。

所以，在面对文本的时候，不仅要考虑文本中的语言符号体系，还要同时考虑进入作品的"必不可少的文本外语境"，正是这种文本外语境丰富和决定着作品的整体；而这个文本外语境随着接受作品的时代不同而不断变化，从而创造了作品的新意义。这种作品观对我们理解翻译的情形有很大的帮助。翻译首先就预设了作品接受的外在语境的变化，这种变化不仅体现在时间维度上，还体现在空间维度上。体现在时间维度上，可以是古代作品的翻译，也可能是同时代作品的翻译，时间的长短并非决定因素，因为时间长短可以在其他方面得到体现。空间维度上，直接体现了翻译的"越境"特征，也暗含了翻译中要逾越的差异之所在。同时，语境的不断变化，也否认了翻译中的定本，也就是暗示了复译的必要性。

巴赫金所讨论的理解与语境、长远语境、文本与语境的界限等问题，对于我们理解翻译是非常有启发性的，彭利元（2005：47—51）就此做过专门的讨论。他从巴赫金的语境和对话理论入手，分析了翻译的语境系统和翻译的对话本质。他将翻译的语境系统分为文化语境、情景语境和语言语境，并在此基础上以 W.C.威廉姆斯（W.C. Williams）的 *The Red Wheelbarrow* 及其 12 种中文翻译为例，讨论了翻译中的历时对话和共时对话。彭利元的研究已经能够很好地印证巴赫金关于理解与语境、长远语境、文本与语境等问题的讨论，也说明巴赫金思想对于翻译研究的启发，为翻译研究提供了可资借鉴的理论基础。

巴赫金在讨论文本和语境的界限问题时指出，"文本的每一个词语（每一个符号）都引导人走出文本的范围。任何的理解都要把该文本与其他文本联系起来"（1998d：379）。在这里，我们应该在宽泛的意义上理解文本这个概念的所指，既可以指文学作品，也可以指电影等媒介的表现形式，更可以指我们生活周围的现实世界。我们在接触文本的时候，很多时候都能发现这样的问题，那就是其中的某些词语（或者是巴赫金所说的符号），能够在本族语读者中产生某种联想，从而产生远远超出既定文本层面的超值意义。在翻译的语境下，经常要面临这种超值意义所带来的挑战，比如双关语、文化专有项、比喻等的翻译问题。而这个问题也就与互文性产生了直接的联系。

第四节　语境、互文性与翻译

本书前面讨论了巴赫金有关文本和语境之间界限的论述，特别强调了文本与文本之间的关系，其实，这已经有了互文性概念的雏形。只是巴赫金并未将其用专门的术语表述出来。法国符号学家克里斯蒂瓦（Kristeva）则将巴赫金的这种思想引申，并且以互文性（intertextuality）这个术语进行了总结（Kristeva，1986：35—37）。[①] 互文性概念的提出，打破了文本的封闭状态，将意义呈现出一种开放的姿态。巴赫金正是在批判历史主义文学批评及其观点的基础上提出这一观点的。在出版于1929年的《陀思妥耶夫斯基的诗学问题》一文中，[②] 巴赫金指出，历史主义文学批评者们认为，小说是对现实的单一呈现，表达了作者的观点及其心理。然而巴赫金却认为，事实恰恰并非如此，并且他以复调小说来界定小说性质，也即小说是由不同人物（包括小说外的互文文本中的人物或叙述者）个体化语言（idiolect）来构成的丰富的杂语世界，这一切都集中体现了文本意义的不确定性，也即意义要在文本（巴赫金是用词语）的交界面上产生。这种以互文性为特征的文本意义观点，为我们理解翻译、语境与文本之间的关系，提供了不同的视角。

这方面的例子比比皆是，我们举几个简单的例子来看一看。

在韩国电影《绑架门口狗》（*Barking Dogs Never Bite*）中，[③] 主人公之间开玩笑，提到了一个人名——刘承俊。这样一个人名，一个词

[①] 学界对于巴赫金和克里斯蒂瓦在互文性概念的原创性问题上有所争议，但这并非本书研究的重点，在此不予赘述。有关讨论参见霍奎斯特（Holquist，1990）。

[②] ［俄］巴赫金：《陀思妥耶夫斯基诗学问题》，白春仁、顾亚铃译，生活·读书·新知三联书店1988年版。

[③] 香港寰宇镭射录影有限公司发行，2002年。

语,一个符号,却能够引导当时的韩国观众走出电影/文本之外,与周围文本联系起来。原来,刘承俊是出生于韩国的歌手,但后来因为歌唱事业的发展,而移民到了美国。当他后来再回韩国的时候,却被韩国政府以逃避服兵役为理由拒绝其入境。所以,当时的韩国观众,很容易在听到这个名字、这个词语、这个符号的同时,产生瞬间的联想,也即发生在当时韩国的拒绝入境这则新闻。诚然,可能随着时间的流逝,十年、二十年或更久之后,同样是说韩语的年轻观众,并不能产生这样的联想。这个与巴赫金的长远时间(chronotope)有关系,我们暂且不表。但是,在香港的翻译版本中,这个名字被替换成了"华仔",即香港的演艺明星刘德华。应该说,在一定层面上,这种本地化转换发挥了相当的作用。对于大多数的香港人来说,很难由刘承俊这个名字产生任何联想,但是,在香港语境下,如果翻译成"你以为你是华仔的同学吗?",很容易就让观众联想到其中嘲笑的意味。所以,在功能层面上,这个替换可以说是达到了预期的效果。然而,可惜的是,这也同时失去了一个让观众了解韩国文化的机会。但是,在电影字幕翻译中,这确实是一个鱼和熊掌不可兼得的尴尬局面,也是字幕翻译不可避免的损失,因为我们很难在这种文本外周边语境中找到相似的情形,而同时字幕翻译却因为空间和时间的局限不能通过注释等方式进行补偿。

所以,我们可以看出,这种翻译策略所带来的直接效果是增加阅读的流畅性,或者说减低了译文读者的认知负荷。当然,我们也不能否认,这样的翻译策略同时也丢失了原文中的某些文化内涵和成分,对于了解原文和原语文化,造成了隐性的障碍;但同时,却又通过在译入语文化中重建了互文性指涉,增加了译文的接受效果。在这种情形下,我们可以说,译者真的是骑虎难下、左右为难,在鱼和熊掌之间,不得不做出一个取舍。而无论做出什么样的选择,都给具有双语能力的读者或研究型读者留下了批评的空间。所以,在翻译批评过程中,我们也应该秉持描述性的态度,即不对译者的选择做对与错、好与坏的价值判断,而应该是采取开放的态度,客观地描述这个翻译过程的复杂和艰难。

同时，在翻译过程中，应该时刻关注每个词语（每个符号）所带来的语境效果，而这种语境效果，在经过语言转换而进入目的语的时候，必然也要考虑如何在新的语言文化语境中延续、补偿、或者说再造这种语境，也就是我们常说的重新语境化（recontextualiztion）的过程。不同的语言和文化之间，由于历史和文化的差异程度不同，很难总结出单一的处理模式和结论，用科学的理性分析得出详细的分类，但我们可以根据不同的语言和文化距离，具体讨论各自的处理方式。在两个距离比较远的语言和文化之间，在翻译接触的初始阶段，可以采用放弃原文中的互文性指涉，而利用译入语的语境特征，再造相应的互文性指涉，甚至放弃某些互文性文化成分；而当两种文化和语言逐渐熟悉和共享更多的共通性内容的时候，即二者有更大的可通约性时，① 则可以采取更为直接的翻译策略，保留原文的互文性指涉。这在某个层面上可以用来解释文学作品复译的必要性和可能性。

我上面举的例子是电影的字幕翻译，有其局限性，因为字幕翻译受到空间和时间的限制，很难将互文性的内容用注释等形式进行补偿。但是，在文学翻译过程中，在距离比较大的语言和文化之间，可以采用保留原文的互文性指涉，而加上注释的方法来保证信息的传递。这就是我们常看到的，在很多翻译中，译者会采取脚注、尾注、或者是术语表（glossary）的形式，来弥补因为直译而导致的对某些互文性文化成分的理解障碍。但还有的时候，即使在原语和译入语中可以找到能发挥类似互文功能的替代成分，也依然不能做到简单的取舍。我们以同性恋文学为例来说明。比如施晔曾经指出：

> 同性恋现象在中国绵延流传了几千年，成为一种独特的游离于主流社会之外的文化现象。也许是主流文化对同性恋的反对，也许是中国文人素有的含蓄委婉的传统，不同的历史典籍、稗官

---

① 有关语言的不可通约性，参见刘禾（Liu, 1995）。

小说不谋而合地采用了形形色色的隐讳语来指代同性恋。最常见的有龙阳、分桃（或余桃）、断袖、南风（或男风）、狡童（或娈童）、契哥（弟）、金兰、相公、后庭、磨镜等等。（施晔，2002：72）

无独有偶，西方社会也因为宗教等原因，对同性恋采取打压和惩罚，而同性恋文学中也只能用很多有互文性的文化符号来指涉同性之爱。福斯特（E.M.Forster）的小说《莫里斯》(*Maurice*) 中就使用了大量具有互文指涉的文化意向，比如柏拉图的作品《宴席》被反复提及。书中还提到了诸如索多玛城（Sodomite city）、米开朗基罗（Michelangelo）、奥斯卡·王尔德(Oscar Wilde)① 等与同性恋有关的专名和人名。这些称谓或人名，在文学作品中发挥着重要的作品，特别是在突出作品主题方面，作用更加明显。但在翻译过程中，要怎样处理这些具有文化互文指涉的成分呢？这不仅涉及意识形态等因素，还涉及一个理解中的文化差异的问题。②

但是，根据文化和语言距离远近来调整翻译策略，这个结论只是发挥指导性的用途，而不应该视为处理各种文化组合之间的绝对策略。毕竟，由于文化、语言、宗教、意识形态等差异，在不同的语言对（language pair）之间可能存在难以调和的矛盾，这个时候，可能就要面临其他的操纵模式，比如完全放弃某些互文性内容，或者在某些译入语中，译者会借助某些互文性指涉加强译文的阅读效果。严复翻译《天演论》很多时候也采取了换例的翻译策略，即将原文中的很多历史典故和人名，用中国语境中能够发挥同等作用的历史典故和人

---

① 王尔德（1854—1900），爱尔兰作家，曾经因同性性行为而被判入狱，成为同性恋平权运动史上被引用最多的案件之一。

② 有关中国语境下同性恋文学的翻译问题，参见 Li Bo（2006），"Transferred or Transformed？: the Translation of Gay Literature in the Chinese Context", in *Norwich Papers*: *Studies in Translation*, Vol. 14, pp. 69-84。

名代替。比如，严复用彭祖、老聃两个中国传说中的长寿人物，表现原文中的时间更迭，使译文对于译文读者来说更加形象、具体，产生更为直接的联想。所以，在译文中增加目标语文化内的互文性指涉，也能增加阅读的有效性。[①]

第五节 巴赫金、翻译与解构主义

翻译研究非常关注意义的问题，因为意义对于翻译来说是一个至关重要的概念。翻译过程通常被认定为在不同语言之间的意义传递，也即将原文所表达的意义用目标语重新表述出来。但是，语言、符号、意义却在解构主义的框架下被重新界定和诠释。巴赫金有关于符号和意义的观点，可以很好地帮助我们理解翻译这个意义的传递过程，也能通过翻译来印证解构主义的意义观。

前面在讨论翻译客体的时候，我们曾经提到巴赫金有关于语言之词的词典意义和现实交际中的词语之个人语境之间关系的讨论。巴赫金肯定了语言之词在词典中的中态意义，也强调"在实际言语交际中的用词总是带有个人具体语境的性质"（1998d: 174），从而将语言、符号以及言语主体联系在一起。巴赫金对语言的关注，不同于索绪尔的结构主义语言观，并且对后者进行了相应的批判。巴赫金批评索绪尔为抽象客观主义（abstract objectivisim）的代表，并且指出该派语言观的局限，即"抽象客观主义将语言视为纯粹的规则体系，这些规则控制着语音、语法和词汇形式，而个体言说者对这些规则无能为力，只能茫然从之"（Holquist 2002: 42）。巴赫金同时也批判了与抽象客观主义背道而驰的另一派语言学观点，即个人主观主义（individualistic subjectivism）。该派观点则完全否认各种语言规则体系，

[①] 详细的替换内容，参见严复（1998: 42）。本书在最后一章，也会专门讨论严复的这种换例、按语等翻译策略。

认为个体的自主意识可以解释语言的各个方面。这两派观点，前者将语言视为完全发生在言语主体之外，而后者则认为语言完全发生在言语主体内部。

霍奎斯特对巴赫金和索绪尔二者的语言观进行了比较，指出了二者的相似和不同之处。索绪尔也认识到社会中的个体成员在语言活动中的作用，在这一点上，与巴赫金有很大的相似之处；但这却不能弥补二者之间在语言观上的差异。在面对形形色色的个体语言时，索绪尔得出了与巴赫金截然相反的结论，"我们无法将言语纳入人类事实的任何一个范畴，因为，我们无法找到其一致性之所在"（Holquist, 2002: 46）。而巴赫金则重视言语主体的作用，视其为意义之所在（the speaking subject as site of meaning）（Holquist, 2002: 47—49）。

巴赫金关注的不是抽象的语法体系，而是现实中使用的和发挥交际作用的活生生的语言，这种语言因为其复杂性而被研究者所有意地忽略。巴赫金则将符号、语言与主体联系在一起，强调言语主体的介入对语言意义的影响作用。语言可以被视作符号体系，但是按照巴赫金的符号观和表述观，进入言语交际过程的言语已经不同于静态意义上的语言，此时的符号体系却"被视为开放的意义之源；其实际的意义只能出现在情景化的、既定的社会交往中。正是因为这种情景化，实际的意义只能出现在既定的诉诸性与既定的应答性二者的交界处"（Bostad et al., 2004: 7）。

巴赫金的这一符号意义观，很大程度上体现了解构主义的特征。所谓诉诸性和应答性预设了主体存在的重要性，而主体在意义的生产和传递过程中发挥着无法替代的重要作用。在此，我们可以把巴赫金和解构主义的翻译理论家进行简单的对比。根茨勒（Gentzler）在《当代翻译理论》（*Contemporary Translation Theories*, 1993）中的解构主义一节中，提到了包括福柯（Foucault）、海德格尔（Heidegger）、德里达（Derrida）以及德曼（Paul de Man）等人在内的解构主义者，也提到了体现解构主义的后殖民主义翻译理论者。但是，本书不涉及后殖民主义翻译理论，将主要比较巴赫金思想与德里达、本雅明（Benjamin）等解构主义学者之间的相似处。

首先，我们比较一下巴赫金与德里达之间的某些相似性。

德里达作为解构主义的代表人物，其解构主义思想在很多人文学科产生了重大影响。在此，我们不做详细论述，只是简单比较一下巴赫金与德里达的意义观。德里达认为意义的产生和传递处于无限的延异状态，就如同用词典来解释某个词，而解释项中的各个词，却需要借助其他词来解释，因而意义处于无限延宕的状态下。这种意义观，主要是从阅读的角度出发，否定传统意义上的文本意义的稳定性，而解构掉所谓的作者在文本意义上的主导作用。德里达将这种解构观充分反映在他的《巴别通天塔》（"Des Tour de Babel"）一文中，陈德鸿等指出，"德里达的贡献，在于他破解了传统翻译理论对'忠实'的盲目追求。由于字词的含义不断地因时空的转移而产生延异（différance），要在甲语言转化到乙语言时寻求对等，本身就是不可能的事"（陈德鸿、张南峰，2000：212）。

德里达的这种解构观在巴赫金那里得到了回应（这种回应是对话性意义上的回应，而非时间先后顺序所设定的回应）。在这一点上，我们可以结合前面对翻译的界定来理解。巴赫金将表述作为载体，认为意义产生在表述之后的言语主体的交界面上，也即"诉诸性与应答性的交界处"。我们前面通过翻译过程的图示分析，充分体现了这种交际过程，特别是在以下这个过程模式中：

　　……　↔　　作者 ↔ 译者 ↔ 译文读者　↔　……

在翻译过程这个横截面上，也即从作者到译文读者这个言语交际过程中，各个主体之间以表述为载体，展开诉诸性与应答性的互动过程，意义在这个横截面上已经体现出不稳定性，也即意义的产生和传递已经体现出了变动性。而将这个过程两端开放，也即将言语交际放置在无限延宕开的社会实际中的时候，意义的不稳定性得到更加深刻的反映。德里达用"痕迹"(trace)来表示意义的变更和增值,而巴赫金则强调,"词汇一半是他人的"(Bakhtin 1981:293),[①] 也体现了词汇作为符号体系在经历言语交际过程中,不断出现意义的更迭和增值。在这一点上,德里达和巴赫金有着很大的相似性。

其次,我们来看一下巴赫金与本雅明的相似之处。

在《译者的任务》("The Task of the Translator")一文中,本雅明提到了"后起的生命"(afterlife)和"纯语言"(pure language)两个概念,而这两个概念被译论家广泛引用。陈德鸿等指出,"当其他翻译理论家还在理解'对等'的时候,本雅明率先指出,翻译不可能与原作对等,因为原作通过翻译已经起了变化;况且,没有蜕变,'后起的生命'也不可能产生"(陈德鸿、张南峰,2000:197)。原作通过翻译而发生变化,从而产生"后起的生命"。那么,这个过程是如何实现的呢?我们还是借助上面那个翻译过程的图示来分析。当作者完成创作的时候,作品被束之高阁,以固定文本的形式存在的时候,我们可以说它是死的,也可以客气点说是处于"休眠期"。由符号体系构成的文本具有意义的潜能,而这些意义的实现要借助言语主体之间进入交际状态才能实现。沃罗希洛夫(Voloshinov)在《马克思主义与语言哲学》(*Marxism and the Philosophy of Language*)中特别强调了语言的这种主体间性本质:

> 从本质上来说,意义属于处在言说者之间的语词;就是说,意义只有在积极、应答性的理解过程中才能得以实现。意义既不处在语词之中,也不在说者或听者的思想中。(Voloshinov,1986:102)

所以,意义并不属于处于物理状态的文本中的语词,而属于作者和译者之间的语词。也就是说,意义只有在作者和译者之间积极和应

[①] 原文为:"a word is half other's"。

答性的理解过程中才能实现。当译者进入与作者的言语交际过程时，原作作为作者的表述，因为译者作为读者的积极应答式阅读而具有了新的意义。

也就是说，译者在积极应答的基础上产生出新的表述，不论这个表述在多大比例上出现与作者表述的重复，其核心意义在于，这个表述已经是经过言语主体轮换而产生的新的主体言语，同时因为主体的更换而具有了新的表述身份和意义。这可以用来说明，原作是如何通过翻译而发生了变化；而与此同时，这种变化为新的表述赋予生机，使得新的表述成为"后起的生命"。当然，这个后起的生命，也会进入新的休眠期，从而期待新的交际过程，期待重新被唤醒，再次进入"后起的生命"。所以，这也反映出解构主义的特征，即意义不是完整的被传递，而是进入新的生命状态。翻译也不是简单的意义平移，而是具有意义增值的再生过程。由此，对等神化也相应被打破。

本雅明提出"纯语言"的概念，而这个概念也被广泛地引用和讨论，在德里达的《巴别通天塔》（1985）、德曼的《评本雅明的〈译者的任务〉》（"Conclusions"：Walter Benjamin's "The Task of the Translator"）（1986）、韦努蒂（Venuti）的《〈翻译再思〉前言》等中，都有深入的讨论。[①] 韦努蒂甚至指出，德里达是用"延异"（différance）来重新界定本雅明的"纯语言"（1992：7）。对于本雅明来说，纯语言"是文本内的潜在力量，是一种诗学潜能，这股力量试图冲破直接的语言外壳"（Bush，1998：194）。本雅明所提出的"纯语言"的神学背景就是"上帝赋予人类语言的能力，但却没有给予人类语言本身，语言本身要靠人类在自然中寻找"（Beasley，2007：98）。而译者的任务"就是用自己的语言，把放逐到异质语言中的纯语言释放出来，并通过作品的再创作，把因禁在作品中的语言解放出

[①] 德曼的文章收入 The Resistance to Theory（1986）；在陈德鸿、张南峰主编的《西方翻译理论精选》中，吴兆朋将 Venuti 译为文努迪。

来"（Benjamin，1996：261）。①

在某种程度上，纯语言成为那个虚构的、不曾存在的、不曾碎裂的花瓶，尽管其并未存在过。在这一点上，巴赫金的语言之语言与纯语言有着很大的相似性。巴赫金指出，"任何的符号体系（即任何的'语言'），不管其假定性通行于怎样狭小的群体中，原则上都总是可能解码的，即译成其他的符号体系（其他的语言）；因此，也就存在各种符号体系的共同逻辑，有一个潜在的统一的语言之语言"（1998d：304）。这个潜在的统一的语言之语言，就是本雅明等人所探讨的"纯语言"，而这种纯语言预设了"一种为翻译提供条件的普遍语言（lingua universalis）"（Pym and Turk，1998：276）。在这一点上，二者都体现出了可译性的态度。但这只是虚构的花瓶，因为巴赫金指出，"当然这一语言任何时候也不可能成为一个具体的语言，成为诸语言中之一种"（1998d：304），而本雅明也在《译者得任务》一文中，也强调了自己的不可译观点。所以，德曼在《评本雅明的〈译者的任务〉》一文中总结指出，"译文是碎片的碎片，它把碎片砸碎——这个器皿不断地分裂——而且永远不能复原"（de Man，1986：91）。与本雅明讨论的不同之处在于，巴赫金并未止于对"语言之语言"的讨论上，而是将语言与文本联系起来。在他看来，语言作为符号体系是可以完全解码的，所以静态的文本中的语言是可以完

---

① 本雅明的《译者的任务》原文为德语，后来经由 Harry Zohn 的英译本对当代西方产生巨大的影响。然而，笔者在研究过程中发现，Zohn 的英译本也存在不同的版本。收入 Lawrence Venuti 编辑的 *The Translation Studies Reader* 的英译本，是 1968 年的版本；而本书依据的是收入 Marcus Bullock 和 Michael W. Jennings 编辑的 *Walter Benjamin: Selected Writings Volume* 1 1913–1926（1996）。二者之间有微小的差异。It is the task of the translator to release in his own language that pure language which is <u>under the spell of another</u>（Benjamin 1968, in Venuti 2000）/ <u>exiled among alien tongues</u>（Bullock and Jenning 1996），to liberate the language imprisoned in a work in his re-creation of that work. 收入陈德鸿和张南峰编著的《西方翻译理论精选》中的本雅明这篇文章的中译文，明显是基于 1968 年的版本。在此，笔者在 1996 年版本的基础上进行了重译。

全破译的。但是，巴赫金同时指出，"文本（不同于作为手段体系的语言）任何时候也不能彻底翻译，因为不存在潜在的统一的文本之文本"（1998d：304）。所以，巴赫金并未局限于对语言之语言的讨论，而是将语言放置到文本中，把文本作为讨论可译与否的对象，与其将整个作品视为作者表述的观点是一脉相承的。

通过以上分析我们可以看到，巴赫金在符号、语言和意义的问题上，很多地方与解构主义者有很大的相似性。他们的理论论述也体现了一定程度的对话性，为我们理解翻译，同时也是理解巴赫金思想和解构主义观点，提供了对比的基础。简而言之，巴赫金肯定了语言符号的中态意义，但同时这些意义只是相互理解的基础，是构成真正交际意义的基础，提供了符号的"意义潜能"（meaning potential）（Greenall，2006：230），而这种意义潜能，只有在进入言语交际过程中的时候，也就是说在既定的情景下、在既定的诉诸性与应答性交会处，才能实现其意义，也即格林诺（Greenall）所说的"得以实现的意义"（actualized meaning）。这个从"意义潜能"到"得以实现的意义"的过程，在我们上面分析的翻译作为言语交际过程的流程分析中，能充分体现出来。而这个过程所呈现出来的言语主体的作用，以及由于过程的未完成性／开放性所带来的意义的无限延宕，都很好地回应了解构主义的翻译观和意义观。诚然，我在此比较巴赫金思想与解构主义之间的相似处，并不是想寻找二者之间的亲缘关系。但是，从以上分析我们可以看出，二者在某些问题上的看法还是有很大的相似性的。

简言之，翻译是基于表述的主体间言语交际的过程，而译者在这个过程中发挥着承上启下的作用，即参与到与原文作者的言语交际过程中，又直接与译文读者展开新的言语交际。翻译这个言语交际过程是处于无限延宕的人类言语交际过程中的一个横切面，充分体现了巴赫金言语交际观的主要内涵，特别是在意义之生产和传递的动态意义上，与解构主义的意义观有很大的相似性。

第三章

"杂语"与翻译

在第二章中,我们主要借助巴赫金的表述和言语交际观来反思翻译过程的复杂本质,并且探讨了与翻译息息相关的几个核心问题。但是,最为学界熟悉的巴赫金思想,还是巴赫金早在20世纪30年代到40年代就提出的对话性理论,或者说是对话性思想（dialogism）;[①] 并且他将这种哲学思想充分地运用到解释文学现象,特别是长篇小说这一体裁中去,用以分析以陀斯托耶夫斯基为代表的复调小说的创作。而其中,有关语言的对话性和复调小说中的"杂语"的论述,对于我们把握小说的杂语建构这一重要特征,并在翻译过程中传递和再现"杂语",提供了有力地分析模式。在接下来的两个章节里面,我首先详细探讨巴赫金的"杂语"观的主要内容是什么,小说是如何组织和引入杂语的,其在文学作品中发挥着什么样的作用,这个概念跟我们翻译研究又有什么直接的联系。在这个基础上,本书将在下面一个章节里,结合台湾作家王祯和的长篇小说《玫瑰玫瑰我爱你》及其英译本,来探讨杂语在原文中的体现,以及翻译过程中杂语的再造、补偿和丢失等现象,并将涉及翻译与多语文本、翻译与方言、翻译与混合编码等的关系问题。

---

① 巴赫金本人并不欣赏任何形式的主义,因此在他的学术著作中,也并未提出任何的主义。目前学界普遍使用的对话性（dialogism）是巴赫金思想的译者和研究者在总结巴赫金思想的基础上提出的一个说法。参见 Michael Holquist（1990/2002）。

第一节　复调小说与"杂语"

巴赫金在阐释其对话性思想的时候，重点讨论了复调小说和独白小说的区别，旨在突出长篇小说的"杂语"特征，进而重点分析了长篇小说组织和引进杂语的几种主要模式。在这一部分里，笔者将简要介绍巴赫金的这些基本思想，并结合翻译中的诸多个案，来理解和把握巴赫金的小说杂语观。

一　复调小说与独白小说

复调是音乐概念，源于希腊语，指由几个各自独立的音调或声部组成的乐曲。巴赫金借用这个概念来说明陀思妥耶夫斯基小说的特点，并强调这只是一种比喻。巴赫金认为欧洲的小说有两种体裁类型：一种是传统的独白小说，小说的人物是受作者支配的；一种是复调小说，复调小说展示多声部的世界，小说的作者不支配一切，作品中的人物与作者都作为具有同等价值的一方参加对话。

巴赫金在《陀思妥耶夫斯基诗学问题》中有两处对复调小说的特征作了集中的说明：[①]

> 有着众多的各自独立而不相融合的声音和意识，由具有充分价值和不同声音组成的真正的复调——这确实是陀思妥耶夫斯基长篇小说的基本特点。在他的作品里，不是众多性格和命运构成一个统一的客观世界，在作者统一的意识支配下层层展开；这里恰恰是众多的地位平等的意识连同它们各自的世界，结合在某个统一的事件中，而且相互间不发生融合。（巴赫金，1988：29）

[①]　［俄］巴赫金:《陀思妥耶夫斯基诗学问题》，白春仁、顾亚铃译，生活·读书·新知三联书店1988年版。

而另外一处是：

> 复调的实质恰恰在于：不同声音在这里仍保持各自独立，作为独立的声音结合在一个统一体中，这已是比单声结构高出一层的统一体。如果非说个人意志不可，那么复调结构中恰恰是几个人的意志结合起来，从原则上便超出了某一个人意志的范围。可以这么说，复调结构的意志，在于把众多意识结合起来，在于形成事件。（巴赫金，1988：50）

巴赫金提出复调小说，旨在表达自己对作者与主人公关系的看法，而终极关怀则是对自我与他者之间关系的关注。巴赫金强调作者与主人公是平等意识主体，否定作者的单语独白，肯定了作品中人物存在的独立性。这种独立性体现在语言上，就是各种主体言语的独立性，体现在文本中就是杂语。这些个体语言，来自不同的言说主体，而这些声音在小说中保持各自独立的特征。如果说，巴赫金有关于复调与杂语的论述在于表明，自己对作者主体与主人公这个他者主体之间的关系的态度，那么，我们同样有理由可以用同样的分析模式，来解析翻译文学中译者与主人公、作者等他者之间的关系。这一点笔者将在后面章节中进一步论证。

巴赫金认为，复调小说的基础是对话，包括生活的本质是对话、思想的本质是对话、艺术的本质是对话、语言的本质是对话（程正民，2001：48—51）。并且巴赫金把对话思想运用到语言领域，也使他对语言的本质有了自己独特的理解。在《马克思主义与语言哲学》中，[①] 巴赫金从社会学观点出发，批判了语言学中的两个派别：一派是以洪堡特为代表的"个人主义的主观主义"的语言学，它把语言完全局限于个人心理范畴，认为个人心理是语言创造的源泉，语言的发展规律就是心理的发展规律。另一派是以索绪尔为代表的

---

① 收入《巴赫金全集》第 2 卷，河北教育出版社 1998 年版。

"抽象的客观主义"的语言学派，它把语言看成是一个稳定不变的体系，关注的是符号系统本身的内部逻辑，认为语言先于个人意识而独立存在，既与意识形态价值无关，也与历史没有任何联系。显然，前者抹杀了语言的社会交际功能，而后者则是把活生生的语言概念化了。有别于上述两种派别，巴赫金强调语言的社会性，强调语言在交往活动中的"内在社会性"，认为语言属于社会活动，话语是双方的行为，它取决于两个方面：一是谁说的；二是对谁说的。在《陀思妥耶夫斯基诗学问题》中，巴赫金明确指出："语言只能存在于使用者之间的对话交际之中。对话交际才是语言的生命真正所在之处。语言的整个生命，不论是在哪一个运用领域里（日常生活、公事交往、科学、文艺等），无不渗透着对话的关系。……这种对话关系存在于话语领域之中，因为话语就其本质来说便具有这种对话的性质。"（1988：152）

就复调小说对话的具体形式而言，巴赫金把复调小说的对话分为两大类：一是大型对话，他认为作家是把整个小说当作一个"大型对话"来结构，其中包括人物对话和情节结构对话；二是"微型对话"，他认为对话还向内部深入，渗透进小说的语言当中，使小说语言具有双重指向，变成了双声语。本书所关注的，正是复调小说中的语言问题，所以，既包括人物对话等大型对话，也包括"微型对话"，也即小说语言双重指向或者说双声语现象。这种语言的特点具有双重的语义指向，含有两种声音，巴赫金指出，"这里的语言具有双重指向：既针对言语的内容而发（这一点同一般的语言是一致的），又针对另一个语言（即他人的话语）而发"。而这种具有双重指向的话语的一个重要因素，"就是对他人语言的态度"，没有两种声音，没有两个相互争论的声音，就无法形成双声语。

具体来说，双声语在小说里有三种类型：仿格体（模仿风格体），这是借别人的语言说话，使别人指物述事的意旨服从于自己；讽拟体（讽刺性模拟体），这也是借助他人语言说话，但要同他人的意向完全相反，两种声音发生冲突、对立，并且迫使他人的语言服从于完全相反的目的;暗辩体,不借用他人的语言,他人语言留在作者语言之外,但作者考虑他人的语言,并且针对他人的语言而发,这就是平常所说的旁敲侧击,话里有话,话里带刺,"说话听声,锣鼓听音"。

二 小说体裁的重要特征之一——"杂语"

巴赫金认为杂语体现了小说体裁的本质,而杂语又同时代性相联系。小说体裁的出现和发展,是同社会的转型、语言和思想的稳定体系出现解体相联系的,新的文化意识和文学创作意识是存在于积极的多语世界之中。在《长篇小说的话语》(1934—1935)、《长篇小说话语的发端》(1940)、《史诗与小说——长篇小说研究方法》(1941)等著作中,巴赫金对小说体裁中的杂语做了深入的研究。①

巴赫金写道,"长篇小说作为一个整体,是一个多语体、杂语类和多声部的现象"(1998c:39;Bakhtin,1981:261)。② 小说的语言在于不同语言的组合,小说的风格在于不同风格的组合。在巴赫金看来,小说的杂语归根结底是源于社会性的杂语现象,而小说则是"用艺术方法组织起来的社会性的杂语现象,偶尔还是多语种现象,又是个人独特的多声现象"(巴赫金,1998c:40;Bakhtin,1981:262)。

巴赫金进而指出:

> 统一的民族语内部,分解成各种社会方言、各种集团的表达习惯、职业行话、各种文体的语言、各代人各种年龄的语言、各种流派的语言、权威人物的语言、各种团体的语言和一时摩登的

---

① 这几篇重要的论文英译本收入霍奎斯特编辑、艾默生和霍奎斯特翻译的 *The Dialogic Imagination: Four Essays by M. M. Bakhtin*(Austin: University of Texas Press, 1981),而中文译本则收入由钱钟文主编的《巴赫金全集》第 3 卷,河北教育出版社 1998 年版。

② 本章在写作过程中,充分参考了巴赫金著作的中英文译本。其中,巴赫金 1998c,指河北教育出版社 1998 年出版的《巴赫金全集》之第 3 卷;而 Bakhtin(1981)则指由霍奎斯特(Holquist)主编、由艾默生(Caryl Emerson)和霍奎斯特(Michael Holquist)翻译的《对话性想象》(*The Dialogic Imagination: Four Essays by M. M. Bakhtin*)一书。

语言、一日甚至一时的社会政治语言（每日都会有自己的口号，自己的语汇，自己的侧重）。（巴赫金，1998c：41；Bakhtin，1981：263）

这种对语言详细的划分，可以看出巴赫金所关注的正是活生生的语言，这一点，与将焦点放在抽象的语言结构上的索绪尔结构主义语言观有着很大的不同，也可以成为我们进一步研究和考察文学语言的基础和出发点，因为小说语言毕竟是以生活为基础的艺术创作，而这种创作所反映的正是现实生活中活生生的语言。作为翻译研究也应该关注这种活生生的语言，而不是将重点放在发现抽象的语法结构上。这种对小说语言的重新思考和认识，对于我们进行翻译研究有着重要的启发意义。

在同一个民族语言内部实际上是分成各种社会方言、职业行话、各种文体的语言、各种年龄的语言、各种政治派系的语言等。这种语言的内在分野就是小说体裁存在的条件。事实上，小说正是通过社会性的杂语现象，以及以此为基础的个人独特的多声现象来把握自己所描绘的题材、人物和主题。在小说中，社会杂语是借着作者语言、叙述人语言和人物语言而进入小说的统一体，其中每个统一体都有多种社会声音以及多种声音之间的联系。因此，巴赫金指出，"不同话语和不同语言之间存在这类特殊的联系和关系，主题通过不同语言和话语得以展开，主题可分解为社会杂语的涓涓细流，主题的对话化——这便是小说修辞的基本特点"（巴赫金，1998c：41；Bakhtin，1981：264）。

三 "杂语"进入小说

具体来说，小说如何把社会杂语艺术地组织到作品中，并因以折射作者的创作意图呢？程正民（2001）和夏忠宪（2000）有着几乎相同的看法，而且都是来自于巴赫金的《长篇小说中的话语》中的有关论述。其实，巴赫金自己在这篇长文中，已经进行了非常清晰的分类和总结。程正民总结认为，小说组织杂语主要有三种方式：语言的混合；引用叙述人的语言和主人公的语言；插进不同的体裁。而夏忠宪也总结为三点：语言杂交；由"非作者"讲述故事；插入不同的体裁。二者的看法基本相似，而且都分别对应于巴赫金在《长篇小说中的话语》（白春仁译，1998）中有关"杂语"的论述：由幽默小说提供的"口头和书面标准语的所有层次"（1998c：82），也即语言的混合或杂交；"安排一个个性化的具体的假托作者（书面语中），或是一个叙述人（口头语中）"（1998c：96）以及"主人公的语言"（1998c：99），也即程正民指出的"引用叙述人的语言和主人公的语言"和夏忠宪提出的"由'非作者'讲述故事"；最后就是"镶嵌体裁"（1998c：106），对应程、夏二人所提出的"插入不同的体裁"。[①]接下来，笔者会在第二部分，具体分析巴赫金提出的这四种方式，并结合翻译的个案来讨论，如何理解和把握小说中的这种杂语语言特征，并且在翻译过程中体现、再现或者补偿这一特征，从而实现真正意义上的连贯性。

在进入详细分析之前，有必要先解释一下何谓语篇连贯性。连贯性是指"文本或话语因其构成成分在逻辑、语义和句法上相互依存而形成的一种性质"（孙艺风、仲伟合，2004：36）。而巴巴拉斯（Barbraresi）针对文本语言学对连贯性（coherence）的局限理解，提出应该"在文本世界的任何可能层面上来关照连贯性"（2002：126）。在本书中，我们也将采用比较开放的定义来理解连贯性，既包括单个话语主体的语言风格的连贯性，比如个体话语习惯（ideolect）、选词习惯、句法习惯等，也包括各个话语主体之间在话语交际行为过程中形成的逻辑和认知连贯，甚至在更宏大的层面上包括译文与原文之间的一种可能的连贯性特征。在下面对巴赫金杂语观的讨论过程中，主要将集中于讨论个体话语主体的语言风格的连贯性与小说语言中的杂语

---

① 在英译本中，这四种模式分别表述为"hybrid construction, posited author or teller, language used by the characters, and incorporated genres"。参见 Bakhtin, 1981：302-320。

的关系，以及这种关系对翻译的影响和要求。

第二节　巴赫金的杂语理论与文学翻译中的连贯性

接下来，笔者就结合巴赫金在《长篇小说中的话语》一文中对小说的杂语所作的论述，分别来讨论这些将社会杂语引入小说的方式，这对于我们在翻译过程中理解和把握这种语言特征，并且进而在翻译过程中体现、再现或者补偿这种语言特征，有着重要的意义。

一　混合语式

巴赫金认为，"外观最醒目，同时历史上又十分重要的一种引进和组织杂语的形式，是所谓的幽默小说提供的"（1998c：82），并且指出，这种形式的经典性代表，在英国是菲尔丁（Henry Fielding, 1707—1754）、斯摩莱特（Tobias George Smollett, 1721—1771）、斯特恩（Laurence Sterne, 1713—1768）、狄更斯（Charles Dickens, 1812—1870）、萨克雷（William Markepeace Thackeray, 1811—1863）等人。这种形式，程正民总结为"语言混合"（2001：209），夏忠宪则将其总结为"语言杂交"（2000：139），而巴赫金将此称为"混合语式"（巴赫金，1998c：87），[1] 即按照语法（句法）标志和结构标志，它属于一个说话人，而实际上是混合着两种话语、两种讲话习惯、两种风格、两种"语言"、两种表意和评价的视角。也就是说，从语法标志上来看，整个话语好像是出自一个说话人之口，这个时候，是不存在对话的可能的。这也是一种看似统一连贯的假象，而在这个虚假的连贯背后，则是两个或以上话语主体相互责问、协商、对

---

[1] 在英译本中，这种模式被总结为"对各种体裁语、职业语、其他社会性语言的模仿，虽不点出人称却暗含着说话人的形象"（impersonal stylization of generic, professional and other social languages），参见 Bakhtin, 1981：331—332。

话的生动的过程,这才是巴赫金意义上的对话关系。"在这两种话语、风格、语言、视角之间",巴赫金一再强调:

> 没有任何形式上的(结构上和句法上的)界限。不同声音、不同语言的分野,就发生在一个句子整体之内,常常在一个简单句范围内;甚至同一个词常常同时分属交错结合在一个混合语式中的两种语言、两种视角,自然便有了两层不同的意思、两种语气。(巴赫金,1998c:87;Bakhtin,1981:304—305)

随后,巴赫金又强调了这种混合语式的特征,"他人话语……多数情况下是没有定属人称的话语(所谓'一般见解',职业语和体裁语);它无论在哪里同作者话语都没有截然的界限,因为两者的分界是有意地摇摆不定、模棱两可,常常会出现在一个句法整体之中、在一个简单句中,有时处于句子的主要成分之间。不同话语、语言和视野的界限扑朔迷离、变化多端……"(1998c:91;Bakhtin,1981:308)。王祯和在小说《玫瑰玫瑰我爱你》(1986)中,大量运用了这种混合语式的手法,甚至有意将主人公的话语从直接引语转为间接引语或者准直接引语,制造这种摇摆不定、模棱两可的效果。然而,在英译本中,大量的准直接引语被转化为直接引语,造成了很多对话效果的丢失,也引起一些表达上的问题。有关这些问题,本书将在第四章专门进行讨论。

通过以上对巴赫金的论述,我们至少可以总结出以下几点。

首先,巴赫金肯定了社会杂语的丰富性。他指出,"引进的是各种各样的'语言',各种各样语言的、观念的视角,如不同体裁的、职业的、社会阶层的(贵族的语言、农场主的语言、商人的语言、农民的语言)、流派的、普通生活的(流言蜚语、上流社会的闲谈、下房的私语)等类型;当然,这些类型主要的还是局限在书面和口头的标准语范围内"(巴赫金,1998c:95;Bakhtin,1981:311)。也就是说,巴赫金强调文学语言的生活来源,而这种丰富的社会生活给语言带来了多姿多彩的面貌。针对索绪尔的结构主义语言观,巴赫金提出了尖锐的批评,并且提出应该重视语言的历时研究,在承认语言形态多样性的基础上研究和观察语言,特别是以文学作品为例。

其次,纳入小说的社会语言与作者话语(或叙述者话语)之间,常常是没有明确的句法标记,也就是说,这些社会语言是以"隐性"的形式被组织到小说中来的,"它无论在哪里同作者话语都没有截然的界限,因为两者的分界是有意地摇摆不定、模棱两可,常常出现在一个句法整体之中、在一个简单句中"(巴赫金,1998c:91;Bakhtin,1981:308),而且

> 按照语法(句法)标志和结构标志,它属于一个说话人,而实际上是混合着两种话语、两种讲话习惯、两种风格、两种"语言"、两种表意和评价的视角。在这两种话语、风格、语言、视角之间,再重复一遍,没有任何形式上的(结构上和句法上的)界限。不同声音、不同语言的分野,就发生在一个句子整体之内,常常在一个简单句范围内;甚至同一个词常常同时分属交错结合在一个混合语式中的两种语言、两种视角,自然便有了两层不同的意思、两种语气。(巴赫金,1998c:87;Bakhitn,1981:304—305)

王祯和在小说《玫瑰玫瑰我爱你》中很好地利用了这种技巧,并且通过叙述角度的改变,把更加丰富的社会语言组织到小说中来。同样,在下一章的个案研究中,本书将结合王祯和的原文与小说的英译本,详细进行讨论。

再次,巴赫金对于社会语言多样性的分类并不是穷尽式的,而且,随着语言学对语言研究日益加深,对社会语言的丰富性也多了些了解,比如《语言学词典》(*Encyclopedia of Linguistics*)就这样界定社会语言(sociolect):"依赖于社会因素的各种形式的语言行为就称之为'社会语言',因为年龄差异、职业差异、性别差异、地方差异等

等都会产生语言的差异性。"（Strazny，2005：975）而且因为国家历史不同，会出现"高低双语现象"（diglossia）；① 或者因国家的语言使用而出现"双语"（bilingual）乃至"多语"（multilingual）现象；也可能会出现"混合编码"（code-mixing）或者"语码转换"（code-switching）等情形；也可能会因为被殖民经历而产生洋泾浜语言（pidgin language）、creole 等，这些都使社会语言变得复杂和多样。在此，本书作者并不想，也不可能穷尽所有的社会语言（而且国家与国家、文化与文化的传统不同，都会有各自特殊的情况），笔者只是想指出，这些丰富的社会语言之间，通过作家艺术地组织到小说中去，会为小说话语带来"杂语"的效果，而这些杂语又会引起意识的冲突与对话，从在体现巴赫金的语言的对话性思想和小说的复调性特征。所以，托多罗夫（Todorov）指出，"重点不在于其多样性，而在于它们之间的差异性"（1984：56）。也就是说，我们观察小说中的杂语建构，目的并非要穷尽这些杂语的建构模式，而在于发现这些构成杂语的各要素之间处于什么样的关系之中。王祯和的小说《玫瑰玫瑰我爱你》不但很好地利用了台湾这个地区的特殊语言和文化混杂特征，而且在语言转换和过渡上，做到游刃有余，很好地将当时台湾的语言形态表现出来。而且作家王祯和更加通过各种语言形态之间的自然过渡，将杂语的作用发挥到淋漓尽致。②

另外，这些丰富的社会语言，以"隐性"的方式进入小说，就为我们辨别这些特征，从而更好地理解和把握原文，并在此基础上展开翻译，提出了更高的要求和挑战。由于句法或语法上的模糊不清，很难简单地辨认出这些融入作者/叙述者话语中的"他人话语"，然而它

---

① 这里要简单澄清一下 diglossia 与 bilingual 的区别。前者通常是指一个社会语言区内，同时存在两种同源却又有差异的语言现象，通常表现为 H-variety 和 L-variety 之分别，比如中国晚清民初的白话文运动过程中出现的古体汉语与白话文的共时存在；而后者则指统一的社会语言区内，同时存在两种或以上的民族语言，如香港的两文三语，两文就是英语和汉语，属于 bilingual，而普通话和广东话就属于 diglossia 的关系。

② 具体的个案分析同样请参考第四章的讨论。

们却又真实地存在着。这些都为译者解读原文和采取相应地翻译策略带来挑战。从文本的连贯性原则来看，这些融入作者/叙述者话语中去的"他人话语"，在表面上看起来似乎是有问题的，因为融合在一个句子或话语单位内的，常常是除了作者/叙述者话语之外，还有"他人话语"，"是混合着两种话语、两种讲话习惯、两种风格、两种'语言'、两种表意和评价的视角"。如果是这样，怎么能说是"连贯"的呢？然而，从语篇的角度看，它们确实又是连贯的，因为这种连贯是出于作者/叙述者的目的和要求，要通过这种貌似连贯、实则不同的"杂语性"语言（heteroglossic language）来反映出各种意识的冲突与斗争，所以，小说是各种意识形态争斗的场所。因此，我们可以将小说的这种表面上看似的连贯性视为"伪连贯"，而这种伪连贯也是巴赫金所关注的"杂语"所带来的直接效果。

在翻译过程中，就要首先解读复调小说的这种"杂语"性语言特征，并且在译文中，通过重新的语言"杂和构建"（hybrid construction），来体现或者再现——无奈之下，也许要补偿——这种特殊而又普遍的语言特征。在巴赫金讨论这种语言杂和的模式——即"混合语式"——的时候，它主要是以狄更斯的长篇小说《小杜丽》（Little Dorrit）为例。[1] 在此，笔者也同样借助其中的几个例子，试图说明小说中是如何构建这种"混合语式"，而相应的译文又是如何处理这种语言特征的，并且检验译者在译文中有没有体现、再现或者补偿这种"杂语"的特征。

例1：英语原文

---

[1] 需要指出的是，巴赫金在探讨小说引入杂语的这种"杂合构建"模式时，采用的例子全部来自狄更斯的小说《小杜丽》，而他采用的是M.A.恩格尔哈特的俄语译文。参见巴赫金（1998c：84）。也就是说，巴赫金所分析的这些杂合建构模式，见于狄更斯小说的俄语译本中。比较英语原文与俄语译文，来看这种杂合建构模式在两种文本中的情况是一个很有意思的研究。只是因为语言的原因，本书不便做此评论。

The conference was held at four or five o'clock in the afternoon, when all the region of Harley Street, Cavendish Square, was resonant of carriage-wheels and double-knocks. It had reached this point when Mr. Merdle came home, <u>from his daily occupation of causing the British name to be more and more respected in all parts of the civilizedglobe, capable of the appreciation of world-wide commercialenterprise and giganticcombinations of skill and capital.</u> For, though nobody knew with the least precision what Mr. Merdle's business was, except that it was to coin money, these were the terms in which everybody defined it on all ceremonious occasions, and which it was the last new polite reading of the parable of the camel and the needle's eye to accept without enquiry. (Dickens, 1998: 382)

相应的，我们来看看两个译文。
译文一：

两人的磋商是下午四五点钟的时候进行的，当时坎汶迪希广场哈莱大街那一带地方已是车声辘辘、马蹄声四起了。磋商一直进行到莫多尔先生回家来，<u>他每天忙碌，要让大不列颠的声名在文明世界的各地越来越受人敬重，能够重视全球性的商务交往，并使技术与资本高度结合。</u>因为，尽管人们即便是瞎猜猜也说不上莫多尔先生到底在忙些什么，只知道他是在发大财，然而，每逢礼节性的场合，人们说起莫多尔先生的忙碌来，一个个都用的是上面那几句话，不问一个究竟便接受那样一些说法，那是对骆驼与针眼比喻的结论性的最新解释，而且非常有礼貌。(《小杜丽》，金绍禹译，1993: 545)

译文二：①

在加尔列和卡温基公园不断喧响着马车辘辘声和门锤咚咚声的中午，谈话持续了四五个小时。当谈话达到了上面指出的结果时，麦尔利先生回到了家里。他结束了<u>日间的劳动，内容在于向世界所有角落，不遗余力地颂扬一个不列颠家族，这家族独具慧眼，懂得规模巨大的贸易实业，懂得智力与资本的博大结合</u>。尽管谁也说不准，麦尔利先生的实业究竟是什么（人们只晓得他能弄钱），可在一切庄重场合，他的活动都正是用这些字眼来形容的；大象和针眼的故事，也恰好形成了一个新的充满敬意的版本，为所有的人们所接受，绝无异议。

分析：无论从原文还是从两个译文，我们都可以看到，在表面上，也就是从句法和语法结构上，整个段落是出自一个人，也即作者（叙述者）。似乎这是一段非常统一连贯的话语。但是，在翻译过程中，切不可被这种"伪连贯"所迷惑。如果我们仔细观察和分析就不难发现，原文和译文中下划线所标出的部分，与剩余的其他部分之间并不是完全连贯的——在选词和修辞层面上来说。如果从文学修辞学的角度对其进行分析，就会发现，下划线所标出的部分，明显与作者/叙述者话语之间存在着不一致、不连贯的特征。这是因为，着重号标出的部分，是作者/叙述者"对隆重讲话（议会中、宴会上）语言的讽刺性模仿"（巴赫金，1998c：85；Bakhtin，1981：303）。这部分语言，虽然是借助于作者/叙述者之口说出，但实际上是"用不同

---

① 这个译文选自白春仁从俄语原文翻译的巴赫金的《长篇小说中的话语》，而巴赫金所引用的这段文字，则是根据M.A.恩格尔哈特的俄语译文。在白春仁从俄语翻译这段本是狄更斯用英语写的小说的时候，出现了很多值得关注的地方，比如，与金绍禹从英文翻译过来的时候所产生的差异。当然，这里我们所关注的是，中间那段讽刺性地模仿隆重讲话体——如议会、宴会等——的文字。下划线为译者所加。

于作者的'他人'语言讲出的他人话语",而这个不同于作者/叙述者的他人"语言","是属于虚伪的官场隆重演说体的老式语言"(巴赫金,1998c:85)。

从句法和修辞的角度对原文中加下划线的部分进行分析,不难发现,该部分与其他部分的作者/叙述者话语之间存在着许多差异,这也就是巴赫金所强调的"将社会语言艺术地组织进小说"所预期的效果,而且是作者为此做了精心的设计和规划。这段讽刺模仿隆重讲话体的语言,是借助作者/叙述者之口说出的"他人语言",虽然没有明确这个"他人"是谁,但却明显与作者/叙述者的语言不同。巴赫金也曾经指出,这个"他人语言","多数情况下是没有定属人称的话语(所谓'一般见解'、职业语和体裁语)"(巴赫金,1998c:91)。

其实,紧随其后,原文作者就已经给读者做出了一些提示,"these were the terms in which everybody defined it on all ceremonious occasions",也就是说,作者提醒读者,上面提到的画线部分并非作者自己的评价,而是其他人在隆重场合用来描述麦尔利先生(Mr. Merdle)的语言,而这个他人并未明确指出是谁,但可以推测是官方隆重场合的用语。所以,在文体和风格上,这部分应该属于有别于作者/叙述者的他人,只是被作者艺术地组织进了小说的社会杂语,而这种结合在表面上看起来是连贯的,但是却经不起仔细的推敲。按照巴赫金的语言观,任何一个词汇或者言语都不可能是中立的,必然有镶嵌于其内的意识形态和价值判断,而这种意识形态和价值判断恰恰反映出了话语背后主体之间的争斗和冲突,只是这种争斗和冲突"艺术地"掩盖于表面连贯的话语之后。这种统一与矛盾的有机结合,体现了杂语在小说中的作用,也促成了复调小说的形成(当然,杂语与复调小说是两个各自独立又密切相关的概念)。

再次回到翻译的问题上来,译者是否能够充分认识并发掘这种"杂语"特征,并在翻译过程中通过各种翻译策略和手段,充分利用译入语特征来体现和再现这种语言特征,从而真正实现文本中的连贯性,这是一个非常复杂和具有挑战性的难题。我们同时也应该认识到，语言与语言之间、文化与文化之间存在着很大的差距，不能简单地在两种语言、文化之间寻找完全的对等，包括在语言多样性层面上的对等。而此时，也只能通过一些补偿的方式，来解决这个问题。当然，巴赫金所分析的"混合语式"远不止如此，而且所利用的语言手段也要丰富得多，所以，译者应该充分发挥主体性的能动作用，处理好这一"杂语"的特殊文本特征。

二 假托作者或叙述人

小说引入和组织杂语的第二种方式便是"安排一个个性化的具体的假托作者（书面语中），或者是一个叙述人（口头语中）"（巴赫金，1998c：96；Bakhtin，1981：312）。[①] 采取这种方式具有完全另外一种意义，即"引进他们的时候，把他们看作是独特的语言视角的载体，是对世界对事件一种独特观点的载体，是独特的评价和意向的载体；这里所说的独特，即指不同于作者，不同于真正的直接作者语言，又指不同于'通常'的文学叙述和标准语"（巴赫金，1998c：96；Bakhtin 1981：312）。巴赫金指出：

> 尽管叙述形式（口语的和书面语的）本身极不相同，尽管叙述语言（有文学性的、有职业性的、社会阶层的、日常生活的、方言俗语的等等）极不相同，但他们都是被用作语言上的和观念上的不同视角：这些视角是很专门又很狭窄的，然而正是这专门性和狭隘性发挥着积极的作用。（巴赫金，1998：97；Bakhtin，1981：313）

[①] 程正民（2001）和夏忠宪（2000）在讨论巴赫金的狂欢化诗学理论的时候，都专门讨论过巴赫金的"杂语"观点，两人同时都把巴赫金在《长篇小说中的话语》中对"杂语"进入小说的方式总结为三点。但是，本书却主要参照巴赫金的论述，还是保持将"假托作者/叙述者"与后面的"主人公语言"分开讨论，并以相应的翻译实例来分析，在翻译过程中应该注意各种不同的情况。另外，在《长篇小说的话语》的英译本中，译者将这种模式译为 the embodied image of a posited author, of narrators（Bakhtin，1981：312）。

而且，"这些叙述人的语言，永远是<u>他人话语</u>（对真正的或可能的直接的作者语言来说），永远用的是<u>他人语言</u>（对叙述人语言对立的那一标准语来说）"。引入叙述人或假托作者的所有形式，都在不同程度上意味着作者有自由不拘泥于用一种统一的和唯一的语言。上述形式还意味着作者有可能在语言方面没有独立存在，有可能把自己的意向从一个语言体系转到另一个语言体系上，把"真理的语言"同"生活的语言"结合起来，用他人语言讲<u>自己的意思</u>，用自己的语言表达<u>他人的意思</u>。

巴赫金的这一观点，与后面紧接着提到的"主人公语言"有很大的联系，但二者之间又有所不同，这点本书将在下面进一步阐述和区分。但就"假托作者或叙述人"这个角度，我们也要特别注意由此而带来的"杂语"现象与翻译的连贯性之间的问题。这个假托的作者是指作者假借一个主人公（此处与后面的"主人公语言"有关）或者独立于小说之故事之外的一个叙述者，从而展开小说的情节。但是，必须清楚，这个主人公或叙述者，是有别于作者的，是独立于作者之外的一个"他者"，所以他的语言永远是"他人话语"（对真正的或者可能的直接的作者语言来说），永远用的是他人语言（对叙述人语言对立的那一标准语来说）。

从语言的角度来看，如果这个假定的叙述者（或由某个主人公充当的叙述者）自始至终，独自完成这个穿针引线的任务，那么，连贯性就体现在如何维护这个单主体的语言连贯性上；① 但是，情况往往并非如此简单。长篇小说中，常常由于叙事的需要，而安排多个叙述人在不同的时候登场，轮流完成各自的叙事任务，而在这个转变过程中，就要注意几个方面。其一，语言的特征，从而保证单个话语主体在语言特征上的连贯性；其二，如果在这个过程中，不同假定的叙述者对其他主人公或事件有着各自不同的判断和论述，那么，就要更加

---

① 当然，有的时候，这个叙述人也许会与作者的语言相交错，使得文学作品在意义层面上更加丰富和复杂。

仔细体会反映在这中间的个体差异，也就是说要维护不同叙述个体对其他相同人物和事件的一贯态度，而这中间体现在语言上的差异，①也就成为维护连贯性的"障碍"和促成"杂语"及复调性的要素。因此，在翻译的过程中，译者就是要解读这种由于叙述者视角的变化而带来的社会"杂语"的引入，而在翻译策略的选择上，译者也要决定是否和怎样体现这种差异性。

在这一点上，严家炎对鲁迅的复调小说的研究很有启发意义。严家炎在讨论鲁迅的复调小说的时候，也提到了叙事角度的自由变化这个问题（严家炎，2002：140）。针对以往研究中，将咸亨酒店的"小伙计"当作《孔乙己》的叙述者的看法，严家炎却提出了一个新的看法，那就是在这篇小说中，小伙计并非整个小说的完全叙述者，至少并非自始至终以小时候的"小伙计"的角度来叙述的，因为"即使从文字的表面上看，《孔乙己》的叙述者也是个成年人"（同上）。例如，当孔乙己说出茴香豆"茴字有四种写法"的时候，小伙计感到不耐烦而走开的时候，小说接下去这样写道，"孔乙己刚用指甲蘸了酒，想在柜上写字，见我毫无热心，便又叹一口气，显出极惋惜的样子"（鲁迅，1995：22）。这句显示孔乙己善良天真的话语，分明出自很懂事、很有同情心的大人嘴里，而且带着一点儿追悔说出来，不像是已经走开了的小伙计的口气。所以，严家炎指出鲁迅采用的叙述者模式，有特殊的艺术效果：他有时可以用不谙世情的小伙计的身份面对孔乙己，把镜头推近，叙事显得活泼、有趣、亲切；但有时候又可以把镜头拉远，回忆中带着极大的悲悯、同情，更易于传达出作者自身的感情和见解，甚至说出带点儿感叹地话，"孔乙己是这样的使人快活，可是没有他，别人也便这么过"（鲁迅，1995：23）。

---

① 语言或词汇从来都不是中立的，而是反映着语言之后主体的意识形态和价值判断，而这些都以"声音"的形式镶嵌到语言上。这些内置于语言或词汇内的个体意识形态和价值判断的差异，就在小说中展开论战和对话，也正是在这个意义上，巴赫金强调和突出其所一贯坚持的语言对话性和复调小说理论。

所以，这种看上去是同一个叙述者的叙事模式，却因为所采取的角度和距离感不同，而带来不同的艺术效果。而这些体现在语言层面上，就是要把握这种叙事者的"悄悄移位"而带来的语言上的差异，也即要在不同的视角和距离下，采用符合不同叙事者角度的语言，从而在翻译中体现出这种语言上的差异，也同时维护了原文中的这种杂语性特征。① 在王祯和的小说《玫瑰玫瑰我爱你》中，作者也运用了假托叙述人的视角，来阐发对同样一个事件（即吧女速成班）的不同态度和视角。比如，原文中有几个章节，完全采用其中主要人物大鼻狮、阿恨的角度来展开叙事，从而达到作者自己期待的丰富视角的作用。

三 主人公语言的引进

在"主人公语言的引进"这一部分的论述中，巴赫金反而呼应了前面提到而没有深入展开的一个问题，也即本书作者在前面提到的一个表面与深层的问题——伪连贯的问题。巴赫金指出，"就连初看上去作者语言是一贯统一的、直接表达意向的地方，在这语言统一的光滑表层后面，我们还是能够发现惯常所常见的多面性、深刻的杂语性"（巴赫金，1998c：99—100；Bakhtin，1981：315）。巴赫金以屠格涅夫（Turgenev）的长篇小说的语言和风格为例，指出他小说中的语言和风格"看上去是统一的干净的"（同上），并且在具体分析其作品中的某些句式的时候指出，这些句子从"句法结构上看，属于作者语言的一部分，但从选词和情态结构来看，同时又是隐蔽的他人语言"（巴赫金，1998c：101；Bakhtin，1981：316）。这里就牵涉两个问题：一个是关于语言的连贯性和风格的连贯性的问题，而另一个就是与此直接相关的"伪连贯"的问题。笔者在文本的讨论中，也是集中于语言和风格的连贯性上，而这个连贯性不是单纯的作者语言和风

---

① 因为叙述者的更替而带来的对同一其他主人公和事件的不同态度和观点，参见塔巴考斯卡（Tabakowska，1990）的相关讨论。

格的连贯性，而是要实现真正话语背后多个主体各自的语言和风格的连贯性。所以，表面上看起来统一、连贯的语言和风格，经过"杂语"特征分析后，会发现在翻译过程中，要对文本的这一特性给予特别重视才行。同时，原文的"伪连贯"在译文中要怎样才能体现出、再造出乃至补偿出这种连贯性或者"伪连贯性"，都是要给予特别关注的问题。

就巴赫金提出的第三种社会杂语进入小说的方式，我们也要经过具体分析才能发现其复杂性。不可否认，小说在人物形象塑造方面，语言是一个很重要的方面。个性化的人物主要是通过个性化语言来实现的。而"社会杂语"也通过不同的人物进入小说中。那么，让我们先来考察一下关于主人公语言在直接引语中的体现，[1] 及其在翻译过程中所带来的问题。[2]

首先，我们来看几个巴赫金的基本概念以及它们之间的差别。杂语（Heteroglossia）、多语（Polyglossia）和复调（Polyphony）这几个概念是巴赫金思想中的核心概念，一直以来是文学研究和文化研究的常用关键词。而在翻译研究领域对这两个概念的挪用，也是从语言学角度出发的。那么，对这几个概念的把握，从罗伯茨（Graham Roberts）为莫里斯（Pam Morris）的《巴赫金读本》（*The Bakhtin Reader*）而编的术语表能比较简单明了地说明问题：

> 对于巴赫金来说，话语总是说出一种特定的世界观。按照巴赫金的观点，早期社会的显著特征就是"独白性话语"（monoglossia），或者说是稳定的、统一的语言。多语（Polyglossia）是

---

[1] 巴赫金在讨论这一部分的时候，并未就此展开特别的论述。主要是因为这种直接引语形式反映出来的问题与前面讨论的"混合语式"时提出的问题非常相似，所以重点并未放在这方面。

[2] 但同时，在翻译过程中，这种表现在语言层面上的主人公语言的"杂语"却对翻译带来了非常直接的挑战。笔者稍后将结合个案以及陈德鸿（Chan, 2002）的讨论，进一步深入研究这个问题。

指同一社会内同时存在着两种或以上的民族语言,正如巴赫金所指出的,这种现象是在古罗马和文艺复兴时期发展起来的。"杂语"(heteroglossia)(其在俄语中是"raznorechie",字面意思是"不同的—语言—种类"different-speech-ness),是指在同一民族语言内部向心力和离心力、官方话语与非官方话语之间的冲突和张力。(Morris,1994:248—249)

这段论述相对清晰地区分了这几个巴赫金常用概念之间的细微差别。在此,我们要特别强调"杂语"和"多语"之间的差异,因为这对我们进一步讨论长篇小说的语篇特征及其连贯性的再现有着直接的关系。从上面的定义可以看出来,"多语"关注的常常是"同一社会内同时存在着两种或以上的民族语言",其重心是在肯定多种民族语言的并存,当然其共存的形式值得进一步推究。而"杂语"是指在"同一民族语言内部向心力和离心力、官方话语与非官方话语之间的冲突和张力",其关注点是"同一民族语言内部的"各种社会语言的冲突和张力。同时,罗伯茨指出,"杂语"不应该与复调相混淆。后者是被巴赫金用来描述陀思妥耶夫斯基的"多声音"的小说,其中作者和主人公话语在平等基础上互动。另一方面,"杂语"突出的是对抗性社会力量之间的冲突。(同上)

尽管多语与杂语之间存在很大的差异,但是二者之间的关系也并非如此绝对。长篇小说艺术地将社会语言组织进来,已经突破了单一民族语言的樊篱,也就是说,可以通过"非'作者'叙述者"或者"主人公语言"等构建方式,将第二、第三乃至第四种民族语言引入小说中来,从而达到构建"杂语"的艺术效果。对此,陈德鸿(Chan,2002)作了详细的分类和分析。[①]

文学作品,特别是长篇小说中,出现第二种民族语言并不是罕见的现象,以至于德里达追问:"如果一个文本是用几种语言写成的,那

---

① 参见第一章文献回顾部分的相关论述。

该怎么翻译呢?"(Derrida, 1985: 171)以当下流行的,也是倍受争议的(宗教争议)丹·布朗(Dan Brown)的侦探推理小说《达芬奇密码》(*The Da Vinci Code*)为例。① 小说主体以英文写成,但是,中间人物语言不断穿插第二民族语言,也即法语。比如:当女主人公 Sophie 刚刚出现在卢浮宫的时候,她是用法语跟在场的 Langdon 和 Fache 打招呼,"Excusez-moi, messieurs"。对于这句简单的话语,小说的两个译本提供了不同的翻译:

"打扰了,两位。"(尤传莉,2004: 62)
"对不起,先生们。"她用法语说。(朱振武,2004: 44)

但当她走近 Langdon 的时候,开始转用英语讲话,"Monsieur Langdon, I am Agent Neveu from DCPJ's Cryptology Department",甚至"Her words curved richly around her muted Anglo-Franco accent"。"It is a pleasure to meet you." 而且 Fache 在跟 Langdon 和 Sophie 讲话的时候,也采用英语和法语夹杂的语式。总之,在这部小说中,不论是直接引语还是间接引语抑或是在假托作者的叙述中,都经常出现这种英语和法语混合使用的情形(请注意语码转换与混合编码的差别,即 code-switching 和 code-mixing 之间的差异)。这种纯粹的民族语言的混合,构成了一个"众声喧哗"的热闹场面,也为翻译带来了许多的挑战。

用巴赫金的"杂语"观来看,这种艺术手法,对于丰富小说的语言、丰富人物形象的塑造都发挥着重要的作用。但是,这也为类似文本的翻译带来了挑战。对此,陈德鸿有详细地分析和分类论证。他所关注的,正是这种多种语言并存的文本现象,他指出,"一个文本中同时存在两种或以上的语言是非常普遍的现象,特别是在小说中,这也正是巴赫金所说的'杂语'(Heteroglossia)"(Chan, 2002: 51)。

---

① 丹·布朗的 *The Da Vinci Code*(Dan Brown, 2004)有两个中文译本,分别是台湾尤传莉(2004)和上海朱振武等(2004)的译本。

但是，我们不能否认的是，巴赫金关注的是以陀思妥耶夫斯基长篇小说创作为例的复调性小说，其重心不在于思考"多语"并存的现象，但这并不等于说他就将自己的思想局限在单一民族语言之内。而且他在分析"长篇小说中的杂语"的时候指出，可以通过引用"主人公语言"来构造"杂语"，而这个主人公语言并非局限于单一民族语言之内。从这个角度来看，陈德鸿的分类是很有意义的，而且在一定程度上是对巴赫金"杂语"观的灵活运用和拓展。

可以看出，陈德鸿的研究基本上覆盖了两种或两种以上民族语言混合或杂和的各种情况，对于理解和分析文本的复杂性以及理解翻译的困难程度有很好的启发作用。但是，我们也得承认，这种语言的混合或者杂和，只是巴赫金意义上的"杂语"的一部分，而非其全部。通过全面考察巴赫金意义上的"小说中的杂语"，将对我们更进一步地把握长篇小说这一体裁的文本复杂性有更清晰地认识。本书将在下面进一步讨论这种"杂语"的构成，并将结合文本语言学中有关于"连贯性"的概念，指出翻译过程中要充分认识原文中的"杂语"现象，并应通过"连贯性"原则更好地处理和把握译文。

四 镶嵌体裁

小说，特别是长篇小说，原则上来说，可以将任何文学体裁镶嵌到小说的结构中去，而这些体裁在镶嵌到小说中的时候，"一般仍保持自己结构的稳定和自己的独立性，保持自己语言和修辞的特色"（巴赫金，1998c：106；Bakhtin，1981：321）。而这个所谓自己结构的稳定和自己的独立性，实际上就是这个话语背后主体的独立性，也就是在逻辑上把话语和话语背后的主体联系起来，为文学中的主体、主体性与主体间性的讨论提供了理论基础。

我们在此所关注的是，这个有着自己语言和修辞特色的镶嵌体裁，在翻译的过程中，应该保持或者再造这种独立的语言和修辞特色。首先，我们还是以丹·布朗的小说《达芬奇密码》为例，来看看长篇小说中插入体裁的丰富性。小说在主人公语言方面下了很大的功夫，而且有关于借助主人公语言将杂语艺术地组织进小说的情形，我们在前面已经作了分析。除此之外，小说还插入了大量的其他体裁，比如文学体裁中的诗歌，以及非文学体裁中的电话录音等，鳞次栉比，数不胜数。比如，在第九章最后，当 Langdon 收听 Sophie 所说的大使馆录音留言的时候，首先听到的是 Sophie 自己的电话留言，而且是以法文插入正在进行的英语叙事：

"Bonjour, vous etes bien chey Sophie Neveu." The woman's voice said, "Je suis absente pure le moment, mais……"

为了补偿这种语言特色，两个译本都采用了明晰化的翻译方法，即将留言是法语说出的这个事实表现出来：

"日安，这是苏菲·纳佛的家，"那个女性的声音用法文说着，"我现在不在，但是……"（尤传莉，2004：64）
"您好，这里是索菲·奈芙家，"一个女人用法语说道，"我现在不在家，但……"（朱振武，2004：44）

后来第三十八章，Langdon 在出租车上又听到了车上广播，也是用法文（Brown, 2004：178）；第五十八章（Brown, 2004：266），当 Teabing 向 Sophie 出示 *Nag Hammadi* 和 *Dead Sea Scroll* 的时候，指出，这是最早的基督教文献记录，但是却与圣经不一致。Sophie 自己阅读了其中的一段，此处插入了英语的一个段落，很明显这个段落是来自 *Nag Hammadi* 和 *Dead Sea Scroll* 这样一个宗教文本的体裁：

And the companion of the Saviour is Mary Magdalene. Christ loved her more than all the disciples and used to kiss her often on her mouth. The rest of the disciples were offended by it and expressed disapproval. They said to him, "why do you love her more than all of us?"

（Brown, 2004: 266）

随后，文中又插入了来自同一来源的大篇幅的段落（Brown, 2004: 268）。在第八十二章，作者又插入了一段文学体裁的诗歌：

In London lies a knight a Pope interred,
His labor's fruit a Holy wrathy incurred.
You seek the orb that ought be on his tomb,
It speaks of Rosy flesh and seeded womb.
（Brown, 2004: 364）

两个译本分别如下。译文一：

伦敦骑士身后为教宗所埋葬（In London lies a knight a Pope interred）
一生功绩徒惹圣座愤怒难当（His labor's fruit a Holy wrathy incurred）
欲觅之球原应于英雄墓上（You seek the orb that ought be on his tomb）
玫瑰肌肤与受孕子宫细思量（It speaks of Rosy flesh and seeded womb）
（布朗，2004a: 384）[1]

译文二：

伦敦骑士身后为教皇安葬。
功业赫赫却触怒圣意。

---

[1] 在尤传莉的译本中，这首诗的英语原文被附在译文后面。

所觅宝珠曾在骑士墓上。

红颜结胎道明其中秘密。(布朗，2004b：318)

  诗歌的最后一句"it speaks of Rosy flesh and seeded womb"，两个译本采用了不同的翻译策略。在"玫瑰肌肤与受孕子宫"和"红颜结胎"这两个译法中，本书作者觉得后一种译法更符合中文的诗歌韵味。但无论如何，这两个译本都注意到了这一插入体裁的文学特征，也尽量在诗歌押韵这一特征上下功夫。原文中采用了对句韵（couplet rhyme），① 即第一句（interred）和第二句（incurred）押韵，第三句（tomb）和第四句（womb）押韵。在第一个译本中，译者采用了四句完全同样的押韵模式，即葬（zang）、当（dang）、上（shang）和量（liang）。虽然读来朗朗上口，但却略显呆板、乏力。而在第二个译本中，译者却采用了交织韵（cross rhyme）的处理方式，即葬（zang）和上（shang），意（yi）和密（mi），更加符合诗歌的押韵特征。

  类似的例子不胜枚举。但是，从这几个简单的例子可以看到，长篇小说是一个容量非常大的空间，可以在其中镶嵌入任何体裁，而这种多样性的体裁，也就为杂语进入小说提供了空间基础。而且这种镶嵌体裁的充分运用，还能带来小说整体结构和布局上的新特征，形成诸如书信体等体裁不一的小说形式。② 当我们对这种镶嵌体裁有了充分的认识之后，才能在翻译的过程中注意到它们，并很好地在译文生产的过程中，把握这种现象和特征。

  在翻译研究的过程中，也要注意到镶嵌体裁的语言和文体特征，

---

  ① 有关对句韵和交织韵的相关内容，参见苏维熊（1967：197—200）。

  ② 索米宁（Marja Suominen）在讨论小说 *Tuntematon sotilas*（*The Unknown Soldiers*）的英语和希腊语翻译时，就专门讨论了小说中的镶嵌体裁，也即通过小说中人物的书信来进行叙事，构成了独特的书信体。那么在翻译过程中，这种特征因为方言的问题而难以传达和再现。详细讨论，请参见网上电子杂志版本，http：//www.eng.helsinki.fi/hes/Translation/volume1.htm。

在几个方面保持连贯性。首先，插入体裁的体裁可能是书信体，而这个书信体的背后有一个主体书写者，这个书写者是有着独立意识和个性的个体，其可能是小说中的主人公，也可能是作者假托的叙述者。① 但是，无论如何，我们都要肯定这个独立意识个体的话语特征，也就是其个体话语的连贯性。在翻译中，首先就要把握这个独立个体话语的连贯性特征，从而为个性化主人公的塑造打好基础。其次，插入体裁与小说主体之间也存在着一个连贯性的问题。比如上面提到的电话留言等嵌入体裁。无论从语域、语体正式程度等各个角度，都存在着一个与周边体裁相互呼应的连贯性特征。而这个特征，也是在翻译过程中应该给予特别关注的。最后，这种嵌入体裁有时会与前面提到的"混合语式"、假托的叙述者以及主人公语言的引进等模式联系在一起，从而为成功体现小说的杂语性特征以及由这种杂语性特征所体现出来的复调，提供语言基础。而这一切，都为译者理解、把握和成功再现这一杂语性特征提出了挑战，特别是在语言层面上如何体现和再造这种连贯性特征方面，就更需要给予特别的关注。

以上我们详细讨论了作家"艺术地"将杂语组织进小说的几种模式，而且我们也结合具体的文学文本以及相应翻译的个案，分析了这种杂语性特征为翻译所带来的挑战。这里需要简单地指出，这几种方式，有的时候是单个使用的，但更多的时候，是作者会利用其中的几个或全部的方式，从而成功地营造一个"杂语"的文本氛围。在翻译的过程中，特别是解读原文本和生产译文的过程中，要充分注意到各种形式的杂语引进模式，尽可能地再现这一文本特征。

---

① 参见85页注释②。小说中通过人物的家信来表现各自对战争不同的态度。

第三节　本章小结

　　巴赫金在《长篇小说中的话语》这篇长文中，对如何将社会杂语艺术地组织进小说的几种主要方法给予了详细分析和论述。但是，正如巴赫金自己所指出的，"这不能概括小说引进和组织杂语的所有可能的方法"（巴赫金，1998c：110；Bakhtin，1981：324）。尽管如此，无论用任何形式把社会杂语组织进小说，"<u>都是用他人语言讲出的他人话语</u>，服务于折射地表现作者意向"（1998c：110）。这是一种特别的语言现象，巴赫金将其定义为"双声语"（double-voicedness），即"立刻为两个说话人服务，同时表现两种不同的意向，一是说话的主人公的直接意向，二是折射出来的作者意向"（1998c：110）。①

　　巴赫金正是从社会杂语出发，然后考察长篇小说将社会杂语引进和组织进来的几种主要方式；而在此基础上，又提出了一个非常关键的概念，即"双声语"，紧接着又通过这种内在对话的双声语，阐发他的对话性思想。但是，这些内容并非本章篇幅所能覆盖的，我们只是想通过考察这些杂语现象，首先从语言层面上认识复调小说的这一语言特征，为下一步更好地理解复调小说奠定基础。而作为与文学语言直接相关的文学翻译，也就要对此有很好的认识，才能保证在翻译的过程中，不丢失这种特殊的文学特征，或者说是由语言体现出来的文学特征。

　　上面提到了巴赫金对"双声语"这个概念的界定和解析，从中我们可以返回去，结合构成这种"双声语"的几种主要模式和方法，反

---

① 翻译文学中的双声语更为复杂，特别是当译者介入文本生产过程，表现出自己的叙述在场的时候。有关内容，参见罗宾逊（Robinson，2003），以及本书第一章中的相关论述。本书将在最后一章就翻译文学中的杂语、双声语与身份认同做详细的考察。

观其与"杂语"、连贯性等之间的关系。这种"用他人语言讲出的他人话语",很多时候,在表面上体现为单个话语主体的语言形式和风格,如在"混合语式"和"主人公语言"中所讨论的"伪连贯"的现象。很多时候,作品中没有明确的句法和语法标志,用以区分话语主体;相反,作者通过各种杂语建构模式,使作品语言在表面上表现为单一的话语主体。这种伪连贯有很大的欺骗性,但是却为复调的展开提供了基础。在翻译过程中,要认识到这种"伪连贯"的语言特征,在译文生产过程中,运用一切可能的手段,充分发挥译者的主观能动性,体现、再现乃至补偿这种连贯性或者"伪连贯"的语言特征。我们在上面的讨论中已经多有涉及,在此不再赘述。

本章通过对巴赫金有关于长篇小说中"杂语"的全面讨论,指出以杂语为基础的复调小说的语言特征,这种特征对以语言为基础和媒介的翻译而言,有着重要的意义。我们在上面分析巴赫金的每一种杂语引入方式的时候,都联系到翻译个案,特别讨论翻译过程中有关连贯性的问题。尽管并非每部小说都会运用上面提到的每一种方式,但至少都会采纳其中的一种或几种方式。这些方式极大地丰富了小说的语言,而这种特殊的语言特征必然对译者提出更高的要求,也对译者的主体性发挥提出了挑战和提供了空间。

当然,巴赫金如此详细地讨论这些将社会杂语"艺术地组织进小说"的各种方式,目的并不在于单纯地分析小说语言的丰富性和多样性。他是以语言为突破口,通过社会杂语引进小说,来实现"内在对话化的双声语",从而为下一步有关于对话性理论的探讨提供语言和个案基础。关于这一点,我们上面也有所论述。但是,这些并不能削弱我们对于巴赫金杂语观对翻译研究重要影响的认同。相反,通过对这些杂语构成方式与翻译中连贯性问题的讨论,必将有助于我们更好地理解复调小说本身和翻译的复杂性。

在此基础上,需要进一步指出,如果原文的语言构成已经这样复杂,而作为文本再生产的结果,译文的生成,却因为译者的主体性介入而变得更加复杂。这种译者话语的引进,将会使译文的文本分析变得更加复杂;但同时却会使翻译过程变得清晰,有利于我们从描述的角度,回顾文本的生成过程,从而确认译者的主体性介入,及其在文本再生产过程中所体现出来的主体性作用。而这些问题的深入探讨,还需要进一步借助巴赫金的"声音观"。这些问题,我们将在后面的论述中逐一展开讨论。为了更好地理解和把握巴赫金的杂语观与翻译之间的关系,笔者将在第四章里,结合台湾作家王祯和的长篇小说《玫瑰玫瑰我爱你》做详细的个案研究,并且针对其英译本进一步分析杂语在文学作品中的作用,以及这些杂语模式在译文中的保留、改变、替代、补偿等问题。

第四章

众声喧哗的杂语世界
——王祯和的《玫瑰玫瑰我爱你》及其英译本研究

在上面一章里，我们详细讨论了巴赫金的"杂语"这个概念，并且结合零散的翻译个案来印证巴赫金提出的"杂语"及其在翻译过程中的问题。当然，第三章的讨论，主要集中于理论层面的介绍和分析。巴赫金的"杂语"观被文学研究者所关注，也被研究文学翻译和翻译文学的学者所重视。前面笔者已经非常详细地介绍了巴赫金所提出的长篇小说引入和组织杂语的几种模式，也结合文本语言学的分类进行了系统性的介绍。在本章里，笔者将详细考察杂语在王祯和的长篇小说《玫瑰玫瑰我爱你》中是如何体现的，而这些杂语的痕迹，在其英译本中有没有得到保留，或者译者在何种程度上改变了原文中的杂语建构模式。同时，本章也将联系翻译研究近几年来对这个概念的应用和讨论，深入探讨杂语与方言、多语文本、叙述视角等之间的关系。本章将主要集中讨论原文中的杂语建构在翻译过程中的处理问题，而译文作为独立文本也是众声喧哗的杂语世界，特别是由于译者主体的叙述在场而导致译文中杂语建构模式的变化，这些笔者将在第六章结合身份认同问题再进行讨论。

第一节 《玫瑰玫瑰我爱你》：众声喧哗的世界

台湾作家王祯和被认为是乡土文学的代表作家之一，其作品大多反映"书写小地方小人物的生活，特别是处于文化和经济巨变时期的矛盾价值观中的小人物"（Wang，1990：52），如《人生歌王》《两地相思》《嫁妆一牛车》等，而《玫瑰玫瑰我爱你》则是其重要代表作品之一。小说描写了越战美军到访台湾花莲度假之前，地方上的钱议员、中学老师董斯文、四大妓院的老板等积极筹划，要将来自四大妓院的妓女培训成全能的吧女，从而服务于来台度假的美军士兵。小说集中描写了吧女速成班开班典礼的几个小时，并且利用倒叙的手法，以意识流的形式回顾了过去几天里的筹备过程，所以小说经常被拿来与《尤利西斯》（*Ulysses*）做比较，因为后者也是利用意识流的手法描写了发生在一天里的故事。同时，小说里还有中学英语教师董斯文教授准吧女学习英文的滑稽场面，经常让人联想到萧伯纳（G.B. Shaw）的《卖花女》（*Pygmalion*）。

小说的写作背景非常独特，以越战美军到台湾花莲度假为引线，以中学英语老师董斯文组织筹划吧女速成班为主要情节，[①] 地点又设在花莲市，[②] 使小说的语言呈现出多样性；这种多样性为杂语的建构提供了语言基础。在翻译研究中，杂语经常与语言多样性联系在一起，比如梅莱厄（Meylaerts，2006）、陈德鸿（Chan，2002）、索米宁（Suominen，2001）等，都是从这个角度来研究杂语与翻译之间的关系问题。梅莱厄明确指出，"杂语是指在文本中存在外来谚语或社会、地区、历史等的语言变体，杂语也指文学语言多样性"（Meylaerts，2006：86），并追溯杂语这个概念来源于巴赫金的《长篇小说的话语》。所以，语言多样性与杂语之间的关系是非常紧密的，也就是说语言多样性（无论以何种形式）是杂语构建的语言基础。

发生在20世纪70年代的台湾这样一个历史和地理背景下，[③] 使

[①] 王祯和毕业于台湾大学外文系，曾任中学英语教师，也曾供职于航空公司和台湾的电视台。而小说中的人物董斯文也有类似的经历。

[②] 王祯和是花莲市人，而且他的小说大多也都以花莲为背景。

[③] 越南战争（1959—1975）提供了一个时间坐标。另外，小说中很多地方也有时间提示，表明故事发生的时代背景，比如小说中会出现以括号的形式标出的词汇发展嬗变的过程。

故事在语言上形成了独特的风格。台湾历史上经历了几次被殖民的历史和政权轮替,如1895—1945年的日据时期,1945年后的国民党统治,美国的军事和经济影响,甚至于后来的民进党掌管政权,这一切都导致了台湾语言和文化的多样性和混杂性。萧锦锦指出,"台湾地区以台语为基础语言,① 日据时代,有了五十年的日语历史,光复后,全面学习国语,近十年来,英语变成相当时髦的话,要一个大学生说一百句话,中间不夹一点英语,似乎有些困难"(王祯和,1986:281—282)。这种本土语言与英语的混合编码,在香港也表现得非常突出。香港近百年的殖民史,使本地的广东话在很大程度上与英语形成了混合编码的语言情形。在香港,混合编码(code-mixing)和编码转换(code-switching)是非常普遍的语言现象,而前者尤为突出。

丘彦明在对王祯和的访谈中提到,王祯和在语言的运用上也做了另一种突破,"中外古今"语汇夹杂的使用,很鲜活地让时空明确显现出来。对此,王祯和说:"我尽量把一个时代的语言写出来。那时台湾用的日语、台语、国语和现在一九八三、八四的国语、台语不一样,我想用对照的方式也许可能使那个时代鲜明的给推演出来。"(1986:274)王祯和的这种语言观,在某种程度上,与巴赫金不谋而合。巴赫金所反对或批判的,正是那种独白式的文学表现模式,所有的文学语言都是官方的标准语,这并不能反映真实的生活和真实的文学语言状态。但是,这并不是说,只有现实主义的文学作品,才能利用丰富的杂语和真实的语言形态,只能说在现实主义文学作品中,这种杂语的语言模式表现得更加突出,并且发挥着难以替代的作用。同时,巴赫金在《长篇小说的话语》中也讨论了各种不同的组织和引入杂语的模式,而这些模式并非完全体现在单一文学作品中。

除了台语、国语、日语和英语(源自美国对中国台湾在政治、经济、军事上的挟制),小说在语言上还有更复杂的表现。萧锦锦指出:

---

① 关于台语的名实,参见林央敏,1997:58—65。

除了这四种正常的语言外,另有台湾化的日语、英语化的国语、台语,以及最常听到的"台湾国语"和客家话,在这么复杂的语言环境中,王祯和独到的发现语言的微妙功用——每两种不同语言的过渡,都含有人生、时代的讽刺,而且是恰到好处的讽刺,一点都不牵强,如"美军就是美金","年岁有涩涩","不然就要糟糕一码事","擔,你吗好啊!"等等。(王祯和,1986:282)

如果说"四种正常的语言"已经使小说成为众声喧哗之地,那么"台湾化的日语、英语化的国语、台语"这些各具特色的语言变体,使文本更加丰富、立体。

上面提到的"两种不同语言的过渡",其实就是一定意义上巴赫金所说的杂语的建构模式,可以表现为不同人物的不同语言(如董斯文用国语而阿恨则用台语),也可以表现为同一人物在不同语境下使用不同的语言(如钱议员在竞选时和当选之后分别使用的台语与国语);当然,更多的时候是表现为杂合建构的模式。巴赫金强调了文学语言的杂语特征,其分析的例子也多局限于统一民族语言内部的杂语模式。但是,我们并不一定要将杂语局限在单一民族语言之内,陈德鸿(Chan,2002)的个案研究在这方面就非常有启发意义。对于台湾这种语言具有多样性的社会形态,同样可以用巴赫金的杂语来加以分析,而且可以更加立体和多样地体现巴赫金的杂语观。另外,巴赫金的杂语常用来分析不同职业、年龄、社会阶层、教育背景等的话语主体在言说方式上的差异,但是,我们并不能由此就将巴赫金的杂语观局限于简单的语言多样性的分析,更加应该强调这种"不同语言的过渡",因为这种过渡"含有人生、时代的讽刺,而且是恰到好处的讽刺,一点都不牵强"。同时,这些杂语的建构模式,在很大程度上可以体现各种意识形态之间的争斗。

小说通过这些语言形式的创造性运用,制造了强烈的讽刺和狂欢效果,以至于王德威将《玫瑰玫瑰我爱你》这部小说定位为"第一部完

全版的中国式狂欢喜剧"(Wang, 1990: 52)。同时,在谈到这部小说的语言的时候,王德威认为小说语言:

> 是一个混合体,包括台湾俚语、国语陈词滥调、洋泾浜英文和不成句的日语。① 同时,通过互文性手法,将爱国宣教和宗教典籍(patriotic propaganda and religious sciptures)带入小说中,但却被滑稽可笑的模仿,带有了低俗和色情的含义。而所有这些修辞手法营造了一种发音不和谐的话语氛围(a cacophonous discourse),不但讥讽了台湾文化的混杂本质,也强调了对正统独白式小说写作的不认同和反抗。(Wang, 1990: 53)

这么复杂的语言多样性,必定会给翻译带来巨大的挑战。小说于1998年由蒋经国基金出资,由美国汉学家、翻译家葛浩文(Howard Goldblatt)翻译,并在美国出版。在英译本的前言里葛浩文专门提到了这部小说的语言特征,指出"王祯和大量使用方言和低俗的模仿语言(kitsch)来制造强烈的喜剧效果,从而讽刺台湾的多层文化(multifarious)特征;同时,也强调了对传统正统小说独白模式的反叛"(Goldblatt, 1998: viii-ix)。另外,葛浩文也感叹于小说的语言之独特,认为小说中:

> 对台语、国语(国民党政权推行的以北京话为基础的语言)、日语以及美国英语的有意"滥用",制造多重的喜剧效果。同时,小说还利用了很多语言形式:如头音的交换(spoonerism)(常见于汉语中),切割混杂的外国语现象(mangled foreignism, malapropisms),还有大量其他的语言怪体,源源不断地从王祯和小说人物的嘴里涌出来。(Goldblatt, 1998: viii-ix)

---

① 原文为 "Taiwanese slang, Mandarin clichés, pidgin English, and broken Japanese"。

第四章 众声喧哗的杂语世界——王祯和的《玫瑰玫瑰我爱你》及其英译本研究

　　这些语言的形式，对译者提出了很大的挑战，以至于译者葛浩文认为是"难以克服的挑战"（formidable challenge），并且需要适量的解释才能保证读者的理解。同时，所有这些丰富的语言形态，都使这部小说成了众声喧哗之地。其中，议员、中学教师、妓院老板、妓女、同性恋取向的医生等，都在不同的场合发出自己的声音；而且作者借助叙述视角的转换，还特别加强了小说的社会广度。这些社会语言的形态，通过作家之笔，见诸书面之上。所以，《玫瑰玫瑰我爱你》不愧为一部体现语言多样性和社会多面性的杂语小说，是一个完全的杂语世界。面对这些丰富的语言形态，译者如何处理呢？怎样才能最好地体现这些语言特征，并在译文中保持、改造或者补偿这种杂语性，这些都成为翻译人员和翻译研究者应该关注的一个问题。

　　笔者在前面一章里已经详细地介绍了巴赫金提出的长篇小说引入和组织杂语的几种主要模式，即混合语式、假托作者/叙述者、主人公，以及镶嵌体裁等；① 而作为将巴赫金的杂语与文本语言学结合起来的巴巴拉斯，则提出了语言复调性的三种类别。② 无论是巴赫金的杂语，还是在其基础上提出来的语言复调性，都关注文学语言的多样性，并且它们各自讨论了体现这种多样性的模式。虽然分类各不相同，但都肯定了因为语言多样性的不同、作者的写作方式不同等其他因素，小说中体现这种杂语或语言复调性的方式是多种多样的，有的会按照小说的叙述模式和写作意图集中使用某种类型，但大多数都会混合使用这些模式。

　　对于王祯和的《玫瑰玫瑰我爱你》，笔者会借鉴巴赫金和巴巴拉斯的分析模式，但是并不完全按照他们的分类，这主要是因为王祯和的小说在杂语的组织方式和语言多样性的表现方式上，有着独特的风格。所以，在下面的分析中，笔者将集中讨论小说及其翻译中与方言、多语文本、混合编码、叙述视角等有关的问题，并且结合翻译研

---

① 详见第三章第二部分的讨论。
② 详见第一章有关部分的讨论。

究领域内对这些问题讨论的相关文献，深入探讨这些表现小说内涵的杂语模式及其在翻译过程中所体现出来的问题。

需要指出的是，葛浩文在翻译的过程中，也注意到了许多特殊的杂语建构的模式，并且很好地把握了这些语言特征。比如，在原文中，就出现了圣经故事这种巴赫金意义上的插入体裁。这些插入体裁在语言上与其他部分不同，形成了一种杂语建构的模式。比如下面这个段落：

> 最叫斯文想不到的是：搬进饭店才不到几个小时，他竟猛然记起大学上《西洋文学概论》时教授讲到圣经那一段耶稣治疗麻风病人的奇迹：<u>耶稣往耶路撒冷去，经过撒玛利亚和加利利。进入一个村子，有十个长大麻风的迎面而来，远远站着，高声说：耶稣！夫子！可怜我们吧！耶稣看见，就对他们说：你们去把身体给祭司察看。他们去的时候就洁净了！</u>记得这么样清晰！仿佛他曾亲眼见过，亲耳听过。还有让他想不到的是：记得这段故事后，他就紧接着目睹到一个异象——<u>四五十位四大公司的小姐，迎面而来，远远站着，高声说：老师，可怜我们吧！然后他真地开口说：啊啊！我非常十分可怜你们啊！所以我要尽我所能救赎你们啊！洁净你们啊！倾囊相授要成功地把你们训练成最具水准的吧女啊！每一位的你们都要用功努力，以期获致最大的成就，职是之故，啊啊！你们的社会地位可以获得升高啊！你们的生活可以期许改善啊！</u>（王祯和，1986：64—65；下划线为笔者所加）

中间第一个画线部分引用圣经故事，自然不同于作者或者叙述者的语言和语气，所以，要按照圣经的风格（register or genre）来书写和翻译。在原文和译文中，都注意到了这一点，或者说是采取了剪贴的互文方式，达到讽刺的效果。而在原文中，紧接着圣经故事之后，就出现了四五十个小姐，此时的语言结构与圣经的语言结构相似，或者说是采取了戏拟的方式，用同样的句法来描写。

第四章　众声喧哗的杂语世界——王祯和的《玫瑰玫瑰我爱你》及其英译本研究

A. "进入一个村子，有十个长大麻风的迎面而来，远远站着，高声说：耶稣！夫子！可怜我们吧！"

B. 四五十位四大公司的小姐，迎面而来，远远站着，高声说：老师，可怜我们吧！

译者充分注意到了这种特征，并且在译文中充分地再现了这种风格。译文如下：

Within hours of moving into the hotel, Siwen was suddenly, and rather astonishingly, reminded of the biblical story of how Jesus miraculously cured the lepers, one that his professor had introduced in a Survey of Western Literature course: "*And it came to pass, as he went to Jerusalem, that he passed through the midst of Samaria and Galilee. And as he entered into a certain village, there met him ten men who were lepers, which stood far off. And they lifted their voices, and said, Jesus, Master, have mercy on us. And when he saw them, he said unto them, Go show yourselves unto the priests. And it came to pass that as they went, they were cleansed.*" He recalled it as if he had seen it with his own eyes and heard every word. And that's not all that astonished him: immediately after recalling this story, he was treated to the incredible sight of forty or fifty girls from the Big 4 coming to meet him. *They stood far off, lifted their voices, and said,* "Teacher, have mercy on us!" he opened his mouth, he really did, and said: "Ah ah! I really truly *have mercy on you all!* Which is why I'm going to do everything possible to save you, ah! *Cleanse you.* Do everything within my power to train you to be the best bar girls you can be, ah! You must work hard and study hard to reap the greatest rewards from your training. That is your goal! Ah ah! Your standing in society will soar! Your lives will soon improve!" (Wang, 1998：42；斜体为本书作者所加)

所以，译者很多时候还是注意到了这种特殊的语言运用模式，尽管他并不一定用巴赫金的杂语模式来分析和指导翻译。但是，这却不能妨碍我们用杂语建构的模式来进行分析。虽然面临着这样一个艰巨的任务，甚至是"难以克服的障碍"（Goldblatt, 1998：ix），但葛浩文还是充分利用了译入语的语言和文化资源对原文中这种特殊的语言结构进行了再现和补偿。尽管如此，更多的时候我们所关注的，是因为原文和译文在语言和文化上的差异，而导致很多时候无法传达这种杂语的建构模式。这里主要涉及方言、多语言文本、叙述视角等问题，笔者将在下面详细进行讨论。

第二节　方言与翻译

一　方言与方言文学

关于方言文学，世界各地都有不同的讨论和研究。① 巴赫金一直以来也非常重视方言在文学中的作用，特别是方言在建构杂语方面所发挥的作用。有统计，巴赫金在其讨论长篇小说话语的长文中，总共使用"方言"这个词汇超过二百多次，可以看出方言在巴赫金的眼中有多么重要。因为在巴赫金的研究语境下，主要还是集中于同一民族语言内部的杂语问题，所以，很多时候，方言成了构成杂语的主要因素。那么，方言、标准语与杂语之间又是什么关系呢？巴赫金在《长篇小说的话语》中指出：

> 语言在其形成过程的每一时刻里，都不仅仅分解为严格意义上的语言学里的方言（根据语言学的形式标志，主要是语音标

---

① 参见 Snow（1991），Blank（1996），Ch'ien（2004），Lewis（1997），North（1994）等人的论述。

志); 对我们更重要的, 是还分解为不同社会意识的语言, 即社会集团的语言、"职业语言"、"体裁语言"、几代人的语言, 如此等等。从这个角度看, 规范语本身也只是杂语中的一种, 而且它自身又可分解为不同的语言 (不同体裁、不同思潮的语言等)。(巴赫金, 1998c: 50)

巴赫金指出了语言学里的方言对语言发展过程的重要作用, 但更加重视同一时期语言的分层 (stratification) 情况, 也即分解为"不同社会意识的语言, 即社会集团的语言、'职业语言'、'体裁语言'、几代人的语言, 如此等等"。这样的分层, 对于理解小说中的杂语才具有更加重要的意义。也就是说, 我们应该怎么样来看待杂语与方言这两者之间的关系? 一方面, 巴赫金在讨论《长篇小说话语的发端》时, 特别强调方言在欧洲国家语言和文学 (特别是小说) 发展中所发挥的重要作用 (巴赫金, 1998c: 503); 而同时, 在《长篇小说的话语》中又特别强调方言之外语言分层的重要意义。当然, 我们应该看到, 杂语和方言之间既有重合的地方, 又各有自己的特征。

因此, 有的时候, 可以利用方言来制造杂语的效果。比如, 曹禺等人译高尔斯华绥 (John Galsworthy) 的《争强》(*Strife*) 的时候, 就没有注意到原文中劳资双方在语言上的差异, 特别是来自伦敦的董事会成员与英国西部的矿工之间在方言上的差异。[①] 黄作霖就指出了这个问题, 认为如果没有体现出这种差别, 未免可惜, 因为"多加了这一层分别, 双方的争斗遂益加显出利害, 劳资的争强益加的觉得猛烈了"(崔国良, 1993: 189)。南开中学在翻译和上演此剧的时候, 采用口音一致的处理方法, 全部采用京话, 也即当时的国语、标准语, 只有极个别地方采用了天津口音等方言。这种处理方法对观众理解起到了很大的帮助作用, 但同时也失去了原来因口音差异而带来的

---

① 在这里, 标准语 (也即董事会成员所说的伦敦腔) 也是巴赫金意义上的方言的一种。

效果。比如，原文中大成与大成矿区之间的距离，会因为口音的统一而消失。所以，黄作霖提倡，虽然是按照中国情形改译而编的，但仍然应该照顾和考虑到语音（方言的表现）层面上的作用，特别是在话剧/舞台剧这类表演中。黄作霖认为，"他们倘若采用京津二音稍作差别，便可将全戏增进了许多"（崔国良，1993：189）。

黄作霖不但提出了方言的重要性，而且还提出了相应的解决方法，那就是利用北京和天津的地理位置，对应于原文中的伦敦和英国西部的大成。那么，也许有人会说，不如改成北京话与山西方言这对组合了，一来可以对应于原文中两座城市的地理位置，二来也符合中国本土的情形，也即山西作为煤矿大省的特征。但是，我们也不得不注意到，这种处理方法可能会给译者带来不必要的麻烦。曹禺在翻译和演出《争强》的时候，本来并没有暗讽和教唆的初衷，但却因主流意识形态的因素而不得已做自我忏悔。他曾自我检讨地指出，自己曾经在劳资双方问题上提出过不合适的看法。这主要就是针对《争强》这部戏所反映的情况。如果我们再按照上面的提法把伦敦和大成之间的语言对比，改成北京和山西这两个地方，不知道会不会被认为是讥讽中央与地方的关系呢？

上面巴赫金提到，"规范语本身也只是杂语的一种"，这是一种开放式的态度。语言总是处于不断发展变化之中的，所以，巴赫金也承认语言变动不居的性质。他指出，"恰恰是这个标准语，远非一种封闭的局部语言。就拿标准的生活口语和书面语来说，它们之间就能出现或多或少的鲜明的界线"（1998c：75），而且，"某些局部语可能在文学中取得合法地位，因之在一定程度上也接近于标准语"（同上）。

首先，巴赫金指出了口语和书面语之间的差别。这点在很多方言中都有所体现。比如《海上花》作者在创作的时候，就因为口语与书面语的差别，不得已创造很多吴语方言中的特殊字符。这些在口语中可以言说的语言，却没有固定的、得以延承的书写体。胡适和张爱玲对此都有所讨论。① 同样的，黎翠珍在翻译莎士比亚（William Shakespeare）、贝克特（Samuel Beckett）等人的戏剧的时候，特别是在译本出版的时候，绞尽脑汁、兴师动众地将整部剧用广东话翻译出来。② 广东话也是一种特殊的方言，因为它本身在口头上是比较完备的语言体系，但是在书写系统中，却并不完善。很多字在书面体中并不存在，所以，也需要译者煞费苦心才能够"造出来"。

其次，标准语与方言之间的界限也不是一成不变的，而是随着时间的推移不断变化的。比如，现在中国大陆的标准语，也即普通话，就是以北京方言为基础而发展起来的。现在，即使是在北京，老北京人说的口头语与普通话之间也还存在着一定的距离。但不能否认的是，北京方言作为局部、地方语言，在文学创作中已经获得了合法的地位，在一定程度上接近或者说取代了标准语。巴赫金认为：

> 各种局部语进入文学，接近于标准语之后，自然在标准语的土壤上便要失去封闭的社会语言体系的性质；它们会改变形态，实际上已不再是过去的局部语言。然而从另一方面看，这些局部语进入标准语，却在其中保留着自己作为局部语的弹性，保留着异语的味道，因而也给标准语带来了变化。标准语也不再是原来的样子，它也不再是一个封闭的社会语言体系了。（巴赫金，1998c：75）

尽管如此，方言作为杂语进入小说，在不同的写作语境下发挥着不同的作用，有的时候是影响整个小说的叙事和写作意图的重要工

---

① 见《海上花列传》中胡适和张爱玲的前言。韩邦庆（韩子云）原著，张爱玲国语注译，上海古籍出版社1995年8月第一版，1996年2月第三次印刷。

② 黎翠珍教授在2006年于浸会大学所举行的新书发布会暨讲座上，专门讲到翻译过程中，为了查找到相应的广东话表达和书面文字，集思广益，四方查找，才将作品译出。她特别强调了很多广东话中的表达，在口语中非常普遍，但是却没有书面表达的形式。所以，耗时许久才找到，甚至创造出一些词汇。

具。比如，索米宁（Suominen，2001）就专门讨论了芬兰语小说 *Tuntematon sotilas*（直译为《无名的士兵》）如何利用芬兰语方言来制造杂语效果，而这些方言在英语和希腊语译本中又是如何处理的。作者指出，"杂语小说内含有杂语声音。这些声音被视为意义的载体——社会文化的、个体的以及互文性的意义，同时还有依附于权力关系的意义。对译文的分析，主要是看译文有没有成功地将作为意义载体的杂语声音传达出来"。[①] 作品主要围绕三个士兵展开：一个说方言的普通士兵，一个处于方言和标准语"中间状态"（in-betweenness）的士兵，以及一个说标准语的长官。通过描写他们之间的关系，作者试图反映不同的社会阶层对于发生在二战期间的"继续战争"（Continuation War）的态度问题。[②] 按照作者的写作意图，这是一部表现反战题材的作品，但是因为出版商的策划和操作，却将作品当成一部战争题材来处理。这直接影响到译者对直接体现写作意图的方言的处理方式。

结果，在英译本中，大量的芬兰语方言被"标准化"了，同时也导致了士兵和军官对战争态度的差异消失殆尽。索米宁对这种译法提出了批评，但也表现出一种无奈。因为作者指出，自己曾经征求过许多芬兰、希腊语作者的意见，询问该如何处理方言的问题。得到的答案大多是偏向于利用译入语中的标准语来进行语言标准化处理，因为这样既可以增加阅读的流畅性，也可以避免导致对译作的批评，因为在译作中大量使用目的语中的方言，容易使读者将作品过多地与本地情形联系起来。特别是在希腊语译本中，译者利用了希腊的地方方言来处理原文中的方言，但却使人将这个战争题材的小说与希腊联系起来。所以，作者提出了一个解决的办法就是要创造性地利用文学语

---

① 网上电子杂志，相关内容请参见 http://www.eng.helsinki.fi/hes/Translation/volume1.htm。

② 继续战争（Continuation War），是二战期间发生在芬兰与苏联之间的第二次战争，从1941年6月持续到1944年9月。

言，或者说是创造文学方言来弥补因方言遗失而带来的意义损伤。

方言化的处理方式，在中文语境下的翻译中也常常出现。比如，翻译家张谷若就曾经用山东方言来翻译英国作家哈代的小说《德伯家的苔丝》，特别是其中主人公的方言，被从英国的威塞克斯（Wessex）转移到中国的山东农村来。译作中，人物张口闭口说着"俺""炕"（山东方言中分别指我和床）等。这种处理不禁让人产生时空错乱的感觉，怎么一个英国乡村女孩竟会说着乡土气息浓厚的山东方言呢？但是，我们又怎么能够否认，译文很大程度上就是一个语言、文化等各个方面的混合体，始终处于一个介于原文和译文之间的中间空间（in-betweenness）。① 另一个个案就是电影《泰坦尼克》（Titanic）中，作为中上层社会的罗斯（Rose），在英文原文中，她用"mother"来称呼自己的母亲，这样一个称呼符合她的社会地位和身份。然而，译文就让人觉得有些突兀，罗斯竟然称呼自己的母亲"娘"。所以，方言化处理也不是随时随地都可以使用的。

如果打破民族语言的界限，在双语或多语共存的文化中，语言——特别是杂语——的问题就变得尤为突出。这方面，梅莱厄（Meylaerts，2006）的研究发现特别能说明问题。② 梅莱厄所讨论的是一个非常特别，也非常有意思的个案。以20世纪二三十年代的比利时为背景，将语言政治与翻译结合起来进行讨论，翻译所使用的语言被认为是意识形态斗争的场所（the locus of ideological struggle）。当时比利时的情况是，北部的中下阶层说佛兰德语（方言），南部的中下层说法语的一种方言，而全国上层社会是说标准法语。在北部民族语言意识强烈的群体努力之下，力图使佛兰德语成为官方语言，或者使

---

① 关于第三空间的问题，我们在此不展开讨论。

② Reine Meylaerts（2006），"Literary heteroglossia in translation: when the language of translation is the locus of ideological struggle", in *Translation Studies at the Interface of Disciplines*, (eds). Joao Ferreira Duarte, Alexandra Assis and Teresa Seruya, Amsterdam: John Benjamins Publishing Co.

其从"被控制语言"（the dominated language）的桎梏中解脱出来。所以，在将北部佛兰德语作家的作品翻译成法语的时候，没有所谓的原语或者说原语文化，因为在双语或多语社会中，属于某个层面上的统一文化体内，不应该被视为普通意义上的跨文化翻译。比如，原文中有语码转换（code-switching）的情形，即说佛兰德语的父亲给小孩唱法语歌。在原文中存在双语并存的"杂语"情形，但是在译文中，译者在译文后面加注指出"原文为法文"。但作者并不认同这一策略，而在自己的修改版本中，删掉了这一句注释。原因是，这一注释不但强化了文本的翻译特征，而且保留了原文中的双语指涉，并暗示了弱势文化里的中层是双语的社群。这在某种程度上强化了法语在大学和军队中的国家语言的身份，而这在大多数目标语读者中引起共鸣，唤醒了他们所认同的社会语言等级制度。然而，这恰恰不是原作者所希望的，于是，作者介入翻译过程，在最终译本中删掉了上面的注释，打破了目标语读者的认同机制。

二 方言与翻译

方言在文学作品中是一种非常普遍的现象，其作为杂语建构的素材，在表现作者创作意图方面发挥着重要的作用。然而，译者在面对方言的时候，往往会采取不同的翻译策略，这些翻译策略会对目的语文本的表现力产生直接的影响。这里，方言并不局限于单一民族语言内部的地域方言，而是巴赫金意义上的语言分层，包括地理方言、性别方言、年龄方言等。在具体文学文本中，这种语言的分野可以有多种形式的体现；但无论以何种方式结合在一起构成杂语建构，我们所关注的是这种杂语建构所发挥的作用。杂语的建构模式多种多样，而方言是比较典型的情形。因此，本书在此以方言的翻译为例，试图说明杂语在翻译过程中的处理模式。

在某种意义上说，方言可以说随着语言的不同有不同的表现形式和特征，在这一点上，与比喻（metaphor）、双关语（pun）、文化专有项（culture-specific item）有类似的特征。针对文化专有项的翻译策略分类，艾克西拉提出了 11 种，如重复、转换拼写法、语言（非文化）翻译、文外解释、文内解释、使用同义词、有限世界化、绝对世界化、同化、删除、自创等（Aixelá，1996：61—64）。① 针对双关语的翻译策略，比利时学者德拉巴斯替塔（Delabastita）分别提出过三种大同小异的分类法，而香港学者张南峰则将这些策略总结为以下十种手段，即双关语译为相同的双关语（同类型）、双关语译为相同的双关语（不同类型）、双关语译为不同的双关语、双关语译为类双关语、双关语译为非双关语、双关语译为零、照抄原文、非双关语译为双关语、零译为双关语、编辑手段等（张南峰，2004：170—171）。另外，就双关语的翻译，张南峰在德拉巴斯替塔的分类基础上，结合中国语境下的翻译实例，补充了一种策略，即"双关语译为类双关语"（张南峰，2004：181）。艾克西拉和德拉巴斯替塔的分类对我们研究方言的翻译策略分类，有很大的启发意义。在翻译构成杂语建构模式的方言过程中，同样会有各种各样的策略，如文本内（外）注释等；但是，在此，本书简单地讨论以下几种情形：

(1) 方言译成（真实）方言；
(2) 方言译成（虚拟）方言；
(3) 方言译成非方言；
(4) 方言在译文中消失；
(5) 原文中没有，译文中创造性使用方言；
(6) （虚拟）方言译成非方言等。

第一种和第二种情形的区别就在于，第一种情形中，译者会利用目的语中的真实方言来代替原文中的方言，而第二种情形则是译者无法在目的语中找到类似的方言结合模式，只好利用目的语资源，创造

---

① 张南峰详细介绍了艾克西拉的文化专有项翻译策略分类法，并且检验其在中文翻译语境下的适用性。详见张南峰（2004：187—204）。

性地制造方言效果。第一种情形比较多见，比如前面提到的张谷若用山东方言来代替哈代原文中的英国地方方言。第二种情形比较少见，但是也是一种解决方言翻译的方法。上面提到索米宁（Suominen, 2001）在讨论杂语与翻译的时候，也指出了译者的这种无奈和创造性主体性的发挥。索米宁指出，"还有一个可能就是创造一种文学方言，而不是使用真实的地理方言，译者正是使用了这一策略来解决方言翻译的问题"（2001）。

方言译成非方言是非常普遍的现象了。因为很难在目的语中重新构建类似的杂语建构模式，很多译者只好采取标准化的翻译方法，将原文中的方言用目的语中的标准语来代替，从而在一定程度上造成杂语效果的丧失。本书在下面一部分，将结合《玫瑰玫瑰我爱你》的部分翻译实例，来进一步说明这个问题。当然，方言并不局限在地理方言上，也可以体现在语码转换上。比如，在库许纳（Kushner）的小说《美国天使》（*Angels in America：A Gay Fantasia on National Themes*）中有这样一段两个男同性恋之间的对话：

  Prior：…You know what happens? When I hear it, I get hard.
  Belize：Oh my.
  Prior：<u>Comme ça</u>. (He uses his arm to demonstrate.) And you know I am slow to rise.
  Belize：My jaw aches at the memory.
  Prior：And would you deny me this little solace——betray my concupiscence to Florence Nightingale's stormtroopers?
  Belize：Perish the thought, <u>ma bébé</u>.
  Prior：They'd change the drug just to spoil the fun.
  Belize：You and your boner can depend on me.
  Prior：<u>Je t'adore</u>, <u>ma belle Nègre</u>.
  Belize：All this girl-talk shit is politically incorrect, you know. We should have dropped it back when we gave up drag.

Prior: I'm sick, I get to be politically incorrect if it makes me feel better.

(Kushner, 1992: 44)

除了其他的坎普（camp）特征，语码转换也是非常重要的坎普元素。在上面这段对话中，两个美国同性恋者都采用了语码转换，即在他们的话语中有使用法语的现象。对此，哈维认为可以实现一种"幽默的效果"（Harvey, 1998: 300），法语语言和文化渗透到英语世界，透露出一种时尚和都市化品质。同时，哈维也发现，在法国文学里同性恋人物的语言中，也不时说出英语来，其实同上面的现象是一样的道理。这样的一种杂语建构模式，同样可以理解为标准语与方言之间的结合。但是，在中文译文中我们发现，这种效果却因为标准化的翻译策略而消失了。译文如下：

普来而：你知道吗？我一听到这个声音，就会硬起来。
贝里兹：哇噻。
普来而：<u>像这样</u>。（他用手臂示范）你知道，我勃起一向很慢的。
贝里兹：一想到以前，我的下巴就开始痛起来。
普来而：你这个南丁格尔该不会背叛我，把这些春梦跟他们讲吧？
贝里兹：我才不会咧，<u>小亲亲</u>。
普来而：他们如果把这药换掉，就不好玩了。
贝里兹：放心好了，我不会出卖你和你硬起来的那根的啦。
普来而：<u>我好崇拜你噢，亲爱的小黑黑</u>。
贝里兹：我们讲这些有的没有的闺房悄悄话，态度实在是太差了，你知道吗。早在我们不再扮女装那个时候，就不应该再这样打屁了。
普来而：我生病了啊，如果这些屁话可以让我舒服一点，我就要讲。你讲话口气怎么跟路一模一样。

(库许纳，1996：116—117；下划线为本书作者所加)

在译文中我们可以看到，原文中的语码转换被标准化的语言模式取代，也即译者将方言（这里指法语）译成了标准语（译文中的中文），在一定程度上，失去了哈维指出的杂语建构所带来的效果。尽管如此，译者还是做了一定的补偿。比如，原文中的 ma bébé 和 ma belle Nègre，就被译者以"小亲亲"和"亲爱的小黑黑"来代替，这些充满女性话语特征的称谓，用在男同性恋者身上，具有深化其同性恋身份特征的作用。与语码转换相类似的混合编码（code-mixing）也同样是构成社会杂语的重要方式，在翻译过程中也会出现与上面提到的语码转换类似的处理方式。①

与"方言译成非方言"不同的是，有些方言会因为语言和文化的差异，而在译文中消失，其中就包括（虚拟）方言的翻译。在某些文学作品中，作者以虚拟的方言来塑造人物形象。我们以萧伯纳（Bernard Shaw）的《卖花女》（*Pygmalion*）中的对话为例来说明。

THE FLOWER GIRL. Ow, eez yə-ooa san, is e? Wal, fewd dan y'də-ooty bawmz a mather should, eed now bettern to spal a pore gel's flahrzn then ran awy athalht pyin. Will yə-oo py me f 'them? (Shaw, 1957: 9)

原文中，作者萧伯纳创造了一个卖花女的人物形象，而这人物的语言在整个作品中发挥着重要的作用。《卖花女》又译为《匹克梅梁》或者《皮格马利翁》。故事大意是讲语言学教授息金斯（Higgins），让出身贫寒的街头卖花女伊莉莎学习了六个月的标准发音后，改造了她的语言和外表，使她在大使馆的晚会上，成了风度优雅的绝色公

---

① 本书会在下一节结合《玫瑰玫瑰我爱你》中的个案进一步分析。

主。作者以此说明,"英国资产阶级的上层社会,同下层社会的劳苦人民相比,只不过有表面上的差别;上层社会人物只是受过一些资产阶级的教育,能操较为文雅的语言,此外并无更多长处"(杨宪益,1982:1)。因此,作者在塑造卖花女这个人物的时候,在语言上是下了一番功夫的。那么,在译文中,应该如何处理这种人物语言的杂语式建构呢?

杨宪益的翻译中,明显没有体现这种特征:

> 卖花女:哦,他是您的孩子吗?哼,您做妈妈的要是管教管教,他也不能把人家的花给糟蹋完了,就跑开不给钱。您替他给钱吧?
>
> (萧伯纳,1982:9)

作者特意安排的这种人物方言,其实是一种视觉方言(eye dialect),是作者虚拟出来的一种方言。然而,在译文中这种特征却没有体现出来,因此,无法与人物后来经过语言培训之后的精致文雅的语言形成对比和反差。

在《卖花女》开始的部分,伊莉莎的语言充满了方言的味道,译者也做了相应的处理。比如,在第一幕伊莉莎看到息金斯在记录她说的话,以为他会控告自己,于是紧张地说:

> THE FLOWER GIRL.I aint done nothing wrong by speaking to the gentleman.Ive a right to sell flowers if I keep off the kerb. (Shaw, 1957:10)

译者将这句话译为"咱跟那位先生说句话不能算是做坏事呀,咱卖花也不犯法,又没有在人行道上"(萧伯纳,1982:13),用"咱"代替"I"弥补了"aint"的语言效果。在伊莉莎没有被培训之前,这种译法可以突出其出身和社会阶层。

当然，原文中没有方言、译者创造性地使用译入语中的方言来塑造人物形象的例子也非常多。但是，无论是地理方言、性别方言、年龄方言、职业方言等，在杂语建构模式中发挥着同样的功能。正如笔者在上面一节中所分析的，在《玫瑰玫瑰我爱你》中，作者使用了大量的方言来制造杂语的效果。而这种效果在英文翻译中是怎样处理的呢？

三 《玫瑰玫瑰我爱你》中的方言及其翻译

本书在前面介绍了王德威、萧锦锦、丘彦明以及译者葛浩文对王祯和这部小说语言的观察和讨论，从中可以看出，方言在王祯和的这部小说里发挥着重要的作用，以至于这部小说被认为是一部台语写作的典范。正如索米宁（Suominen, 2001）指出的，在《无名的士兵》中，"每个士兵以自己个性化的芬兰语发声方式，发出自己的声音"；① 同样的，在王祯和的《玫瑰玫瑰我爱你》中，作者塑造了董斯文、钱议员、大鼻狮、阿恨、恽医生等几个主要人物，而这些人物各有自己的声音，同样是有各自独特的语言方式。小说中，大多数的人物都是以台语作为自己的语言，比如大鼻狮、阿恨，甚至钱议员；而其他的主人公比如董斯文、恽医生等则主要以国语为主要用语。在这部小说中，出现了几个章节的叙述视角的转换，从开头的董斯文的叙述视角，逐渐转移到大鼻狮、阿恨等人的角度进行叙事，② 也同样引起叙述语言的转换。这种转换是作者有意为之的，王祯和指出：

> 这部小说本来是只从董斯文老师的观点来写，后来就觉得这个观点太拘束了，把自己的笔绑得死死的，想想何必如此"自我

---

① 见网上链接 http://www.eng.helsinki.fi/hes/Translation/volume1.htm。

② 比如第六章整个就是通过大鼻狮的口吻在叙事，而且是隐含了的对话模式。整个叙事的口吻是大鼻狮在跟自己的情妇阿恨讲电话，但是却看不出任何直接引语的痕迹，也没有阿恨的话语直接出现在小说中。参见王祯和的《玫瑰玫瑰我爱你》。

虐待"呢！于是有好几个章节就完全不理会那个爱放屁的董斯文的观点了，改换成龟公大鼻狮、妓女阿恨的对话来发展情节。这样一放开来编，觉得好像小说比较活泼，而且具多面性。（王祯和，1986：272—273）

除了叙述角度的转换导致叙述语言的转换，也即从董斯文的国语叙述转换成大鼻狮等人的台语叙述，小说在人物形象塑造和故事情节发展上，也主要是依靠人物语言。而按照巴赫金的说法，"小说引进和组织杂语的另一种形式，也是一切小说无例外全都采用的形式，这便是主人公的语言"（巴赫金，1998c：99）。所以，无论是主人公的直接引语，还是通过叙述视角转换所带入的假托叙述者的话语，都以不同的方式引入和组织杂语进入小说，而这种杂语性特征主要是体现在国语和台语之间的过渡上。我们上面介绍过，台湾的历史，特别是在近代历史上经历了的殖民史和政权轮换（特别是民进党打败国民党而成为执政党），这些直接影响到在台湾的语言政策，而这些语言政策又直接地体现在普通大众的话语中，同时，也间接地表现在文学作品中。正是在这个意义上，我们来思考和观察《玫瑰玫瑰我爱你》中的方言问题。

《玫瑰玫瑰我爱你》被认为是乡土文学的代表，而乡土文学与台语紧密地联系在一起。由于台湾的殖民史和政权轮替的历史，语言在台湾成为一个敏感的话题。由此，语言成为意识形态斗争的场所，而长篇小说则为这种斗争提供了广阔的战场。巴赫金也充分认识到这一情形，并将此与杂语联系在一起。所以，以王祯和的这部小说《玫瑰玫瑰我爱你》来讨论台湾的方言问题，就显得特别有意义。特别是王祯和将台语与国语、日语、英语等其他语言放在一个空间里，让它们相互映照，积极对话与争斗，形成众声喧哗的热闹局面。可以说，方言在这部小说里发挥着难以替代的重要作用。

如果说，在大陆语境下我们比较好界定普通话与方言之间的界限的话，那么，在台湾语境下，这种关系就比较难以界定。关于台语作

为方言与官话之间的关系，林央敏认为，

> 这个观念无论从什么观点来看都错误，① 因为全世界所有的"国语"、"官话"都是由"方言"而来，只因这些"国语、官话"有经过政治性人为的控制而显得较有"标准"模式而已。事实上任何方言（语言）只要透过大众使用和制式改造都可以成为"标准语"。如果说一种语言的语和文都要有某个程度的标准化才能成为"国语"，台语绝对可以当"国语"。（林央敏，1997：90）

撇开这种论调所表现出来的政治立场不论，仅在语言层面上看，这种观点还是有道理的，而且巴赫金也认同这种观点。本书前面提到，巴赫金认为"规范语也是杂语的一种"，其隐含的意思就是，在杂语建构这个层面上来说，规范语，或者说标准语（"国语"），同其他方言一样是处于政治意识形态之外的中立的实体，也就是说二者在杂语功能上来说是平等的。所以，没有所谓高与低的差别，也没有"雅"与"俗"的分野。② 当语言进入意识形态领域，就有了这种人为的区别。

在台湾这个语境下，各种语言处于什么关系之中呢？"国语"和台语成为党派和意识形态斗争的焦点和工具，甚至出现了将台语与是否爱台湾联系起来的做法。③ 在台湾，占总人口75%以上的大多数群体，其母语（或者准确说是族语）是台语（福佬话），然而这个大多数却没有能改变台语作为次等方言的命运，这一切被归咎于内战后败退到台湾的国民党政权的极端语言政策。1945年，二战结束，战败国日本撤出台湾，由当时的国民党政府接管台湾。在语言政策上，出于

---

① 这个观点是指当时社会上有人主张：正式场合用国语（北京话），在家用台语，如此最自然。见林央敏（1997：90）。

② 林央敏，1997：94—95。

③ 林央敏，1997：102。

殖民动机，国民党政府表现出比日本更加急不可待的一刀切，在台湾大力推行"国语"，而不考虑台湾当时大多数族群的语言基础。在学校里，学生讲台语会被耻笑和受到惩处。①更有甚者，电视台使用台语竟然与"共匪"阴谋联系在一起。②

所以，尽管小说也引入了英语、日语和其他形式的语言变体，来制造杂语的效果，但是，小说的主体还是以台语和"国语"之间的过渡与穿插比重最大。这在一定层面上反映出作者对台语与"国语"的态度问题，而这种态度在小说语言中有迹可循。小说的第一主人公董斯文是受过大学教育的中学教师，所以自然成为"国语"的代言人，虽然他也会不时说出几个台语或英语词汇，但整体上，他是被当成官方语言的代言人来塑造的，而他的"国语"也就成为他与其他妓院老板、妓女一类下层人士的分水岭。因此，董斯文的"国语"反复被强调和调侃。比如：

> "的相反。"董斯文又快速地用国语答，脸上有明显的得意。
> "什么?!"表示听不懂，矮仔姬猛摇首，大金坠子又大打秋千，两颗梦露底奶也招摇起来，很招眼。
> 其他也有好几个来宾异口同声起："老师，你是在讲什么?"
> （王祯和，1986：13）

王祯和刻意用这种反差来制造"国语"与台语之间的分裂，既是语言上的隔膜，又是语言主体之间的陌生感。在小说的其他部分，有许多地方都是这样处理的，即将"国语"与台语置于对立与矛盾之

---

① 林央敏，1997：31。

② 林央敏，1997：33。作者曾经举例说明，在1972年的时候，外省人万年立委穆超质询电视台选择方言节目刊登方言广告，是有日匪或中共匪谍渗透操纵。王祯和曾经供职于电视台，而且这部小说的写作年代是1978年，所以很难否认其写作动机与这些语言意识形态问题之间的千丝万缕的联系。

中，同时又表现出对主流意识形态话语，也即"国语"的狂欢式嘲讽。当然，这种嘲讽被转嫁到言语主体董斯文身上。比如，董斯文打电话给大鼻狮，交代更换讲座地点的事情，并且要求找的小姐都要155公分以上，因为怕被人误以为是小孩。

"那个事？那个事是啥咪（什么）？"话出去后，大鼻狮方顿悟过来，不禁啊啊笑起来。"原来老师是在讲那个哦！老师用国语跟我讲，有些话，我实在听莫，甘那（好像）鸭子听雷！"
"阿尼基，你一定要注意，千万不要低于一五五的标准——"董斯文仍旧用国语在不断继续说着，仿佛不讲国语，他就没办法说正经的。"你晓得嘛！阿尼基，女人要是个头太小，你讲她——她的那个，也必然很小。你讲，是不是如此？——那个要是太小，你讲那怎么能够和美国人的那个match（匹配）呢！？Size（尺寸）根本不对拢嘛！你说是不是如此——"
大鼻狮真的是鸭子听雷，一句也听不明白。"老师，你在讲啥讲啥？我一句都听莫？是唔是又在讲美国话——唔是美国话啊——哦—哦—哦—哈—"他笑得鼻翼大展飞向耳际来，嘴上的金烟斗也跟着乱颤乱抖，乐不可支了。（王祯和，1986：71）

在此，作者还是制造国语与台语之间的距离感，用大鼻狮的话语来强调，"老师用国语跟我讲，有些话，我实在听莫"。大鼻狮的台语，在"听莫""啥咪""甘"这些词汇上体现出来，从而与董斯文的国语区别开来，也才制造了杂语的效果。紧接着，董斯文仍旧用国语说话，"仿佛不讲国语，他就没办法说正经的"。这是对董斯文为代表的国民党主流意识形态的讽刺。说些男盗女娼的勾当，竟然也是正经事儿？而且对董斯文语言的塑造上，又特别添加了一层特征，那就是混合编码的运用。董斯文在大学是读外国文学的，而且现在又是中学教师，但这些设计都是特别安排的。国语可以代表国民党的语言政策，即将国民党所推行的以北京话为基础的国语定为官话，也成为大学、部队等的官方用语。董斯文恰好可以代表这种官方立场,与说台语的妓院老板形成鲜明对比。而混合编码,则反映出国民党政权与美国的关系,也即国民党政权受美国经济、军力以及政治的挟制。

然而,这些杂语所带来的效果,在英译本中并未能得到完全的传达。译文如下:

"You-know-what? Just what is you-know-what?" As soon as he said it, Big-nose Lion got the picture, and burst out laughing. "Oh, that's what you're talking about! When you speak in Mandarin, teacher, I don't always get every word, like a duck hearing a clap of thunder!"

"This is important, Aniki, absolutely no one under five-one-" Dong Siwen continued to make his point in Mandarin, as if that were the only way he could keep the conversation on the proper level. "You know, don't you, Aniki, that if a girl's too small, then her you-know-what will also be too small. I've got that right, haven't I? And if her you-know-what is too small, how's she going to *match* up with an American? The *size* will be all wrong, am I right or aren't I?"

Big-nose Lion was indeed a duck hearing a clap of thunder-for he didn't understand a word the man said. "What's that you're saying, Teacher? I can't understand a word of it. Are you talking American again? You're not? Oh-oh-oh-ah-" By now he was laughing so hard that his nostrils seemed about to fly up into his ears, and his pipe nearly bounced out of his mouth. (Wang, 1998: 47)

首先,人物之间在语言上的差异消失了。大鼻狮的台语方言与董斯文的国语,在英文中没有明显的区别,并不能达到原文制造的对比的效果,而这种通过主人公语言所构建的杂语效果,是巴赫金所指出的小说进入杂语的主要形式之一。其次,董斯文在讲这些"正经事儿"的时候，还是碍于斯文，不便公开讨论性器官的大小以及男女的匹配问题。在原文中，通过混合编码的形式，将这些意思表达出来，凸显了董斯文的虚伪，也讽刺了以董斯文为代表的国语和国民党政府的虚伪。但是，译文中却没有对此进行补偿，只是用简单的斜体将混合编码标出，并不能传达原文所带来的讽刺效果。最后，混合编码所表现出来的国民党和美国之间的暧昧关系，也没有在译文中很好地体现出来。

由此，我们可以看到，杂语建构在这部小说中发挥着重要的作用，而作为意识形态斗争场域的语言，也就成为体现杂语的主要模式。台语与国语这两大主要语言，在台湾的日常生活中扮演着不同的角色，在政治生活中，就更加凸显出两者之间的意识形态冲突，因此国语和台语在不同的场合发挥着不同的作用。比如，我们来看下面这两段话，都是钱议员的语言：

（1）"派出所已经把人放出来啦！那好，那好——谢什么呢！哦，对，我要跟你讲：我们已经跟他们谈妥了，从下个月十五号开始，公路局就不再跑北埔机场这条线。这条线全让出来，全让出来给海星客运——一批预算案等着要通过呢？怎么敢不肯？——对啦！你要叫阿猪他们赶快做好准备，下个月十五号马上就到，剩没多少天咧！——至于花东公路的路权，我跟县长——"，这时除了经营自己的货运企业公司也兼任海星客货运公司名誉董事长的钱议员忽地降低声音到像在呢喃情话，怕旁人听到。（王祯和，1986：34）

（2）"对，褪缚体谁都敢，莫稀罕！如果——"钱铭雄摸着光裸底腹将声音压得很低，全场的听众都睁眼盯他，连气都不敢吭似地。"如果是——"声音又压低一点，光裸底手向下身一指。"如果是脱裤囊（脱光裤子），是唔是稀罕？是唔是谁都敢？"（王祯和，1986：45）

我们来看这两段话有什么差别。同样是出自钱铭雄，但却明显是两套话语体系。第一段话是钱铭雄作为议员在电话里跟人谈"公事"，其实是他自己的私事，因为他本人"除了经营自己的货运企业公司也兼任海星客货运公司名誉董事长"。在这样一个官方场合里，钱议员自然是用官话，即国语。然而讽刺的是，这分明是一个假公济私、中饱私囊的贪官污吏，却堂而皇之地用"官话"在发号施令。再来看第二段话，这是董斯文回忆钱铭雄竞选议员时，在拜票场合向民众讲话时的情形。与第一段话中钱铭雄当选后的"官话"/"官腔"相比，竞选现场的钱铭雄却说着地道的台语。而且是在给一帮起哄的民众讲自己的敢作敢为，说自己既敢褪缚体（即脱上衣），也敢脱裤囊（即脱光裤子），十分滑稽。这一段话的讽刺效果也非常明显：一是揭露钱铭雄利用台语拉取选票；二来讽刺台湾民众在民主政治初期的不成熟。台湾人口中超过75%的是"台语系台湾人"（林央敏，1997：15），而台语也成了政治候选人在拜票过程中最多使用的语言，因为这样可以争取到占人口多数的"台语系台湾人"的选票。我们可以在钱铭雄第二段讲话的周围，听到许多台语系台湾人选民的声音，如：

　　台下一个小女生惊讶得非常地叫："爸！你看他没穿衣服！哎唷！羞羞（ㄑㄧㄡ）脸！羞羞脸！"（王祯和，1986：42）

选民看不到好戏，又喧腾起来。

　　"当众换衫，算什么敢嘛！"
　　"是啊！在公众面前褪衫，什么稀罕！大家都敢的事情嘛！"
　　"也不见得哦！你看查某人敢唔敢？"
　　"那里不敢！跳脱衣舞的查某，连三角裤都脱得离离离！"
　　妇女选民立时有人尖声叫骂：
　　"夭寿呢！"
　　"膨肚短命呢！讲这款话。"

"讲这款话,唔怕将来生个没屁股的儿孙!"(王祯和,1986:43—44)

诸如此类的台语围绕在钱铭雄话语的前后。所以,在台湾这样一个杂语化的社会里,在政治语言上,要选择在合适的场合讲合适的话。这种情形在今天依然普遍存在。

由此我们可以看到,在同样一个角色的语言里,也会出现这种差异巨大的现象,这本身就出自不同的社会交际目的和功能。在《玫瑰玫瑰我爱你》这部小说里,对台语与国语之间的关系,作者自有他的见解。根据上面的语言现象分析,我们不能否认杂语的建构对于作者的写作意图是有直接的关系的,而这种写作意图,必然与作者的语言、文化身份和政治认同是紧密联系在一起的。对于这类政治语言的杂语现象,林央敏总结指出,"选前讲台语,选后讲国语;选战用台语,当选用国语"(1997:83)。钱铭雄当选后,根本就没有兑现自己的承诺,而且假公济私地牟取个人私利,这在后面得到回应。在小说最后的第十六章里,钱议员被邀请上台给培训班的吧女们讲话,在他开口前,却被一个山地小姐质问:"钱议员!竞选时你说你会叫客运的车走我们丰滨,讲得像真正的。嘿!到现在连个车影都没见到!"(王祯和,1986:219—220)

如果台语和国语的杂语式结合,对于塑造一个典型人物这么重要,对于表现作者的写作意图这么明显,那么在翻译的过程中,就应该注意到这一现象,并且寻找合适的方式来再现或补偿这种语言模式。然而,在译文中,我们看不到这样的痕迹。译文如下:

(1a) "The police have dropped the charges? Good, good. Why thank me? Oh, by the way, I've been meaning to tell you I've already worked things out. Starting from the fifteenth of next month, the highway buses will discontinue service to Beipu Airport. Seastar Trucking will have the route all to itself – they still want to pass a budget, don't they? They wouldn't dare say no now – right! Tell Ah-zhu and that bunch to get everything ready. The fifteenth of next month will be here before you know it, not many days left – as for the right to operate on the Huadong Highway, the county head and I – " From here on, Councilman Qian, who ran his own trucking company and was honorary chairman of the board of Seastar Trucking, dropped his voice so low it sounded like pillow talk, words not meant for other's ears. (Wang, 1998: 22)

(2a) "Stripping to the waist is no big deal, you got that right. Now if…" Qian Mingxiong lowered his voice and rubbed his belly. Everyone held their breath as their eyes snapped open wide. "Now if…" he repeated in a low voice as he pointed to his waistline. "Now if I took off my pants, would that be a big deal? Is that something anyone might do?" (Wang, 1998: 29)

从译文我们可以看出，这两段话在修辞和词汇上，都没有明显的差异，所以原文中这两段话语之间的差异被抹去了。而这种杂语带来的语言差异、文化焦虑和政治暗示，也随着译文的不加区别而被遮蔽了。从这个层面上来说，这个杂语所带来的效果还是应该引起译者的关注，并且应该寻找合适的方法来解决这个问题。如果说，在原文语言文化语境下，存在这样的独特现象，那么在很难找到匹配的译入语文化语境中，应该通过注释或者其他的方式，将这层意义带给读者，从而才能保证小说的充分理解和把握。

所以，在一个语言呈现多样性的社会里，各种族群的语言与官方语言之间，很多时候会呈现出非常特殊的关系，而这种关系背后则是非常激烈的意识形态冲突。正是这种语言的多样性和意识形态的争斗，为小说语言提供了丰富的素材，使作者可以游刃于这些杂语之间，充分发挥这些杂语的建构力量，在文学作品中表现出强烈的社会关注和反思。同样，在翻译的过程中，也应该关注这种语言多样性带来的挑战，特别是当语言与语言之间呈现对抗时，要利用各种方法和译入语资源，来表现、再现、维护或补偿这种对抗的张力。从上面的例子我们可以看出，在小说《玫瑰玫瑰我爱你》中，台语作为方言与作为官方主流话语的国语之间所体现出来的张力，是非常成功地将社会杂语组织进入小说的个案，在翻译中，不能不重视这种杂语的效果。

第三节 《玫瑰玫瑰我爱你》中叙述视角的转换与杂语建构方式的变化

除了在人物的直接引语中利用方言和国语之间的强烈对比来制造杂语的效果之外，原文还通过叙述视角的转换，以假托叙述者的形式引入社会杂语，形成更为复杂的杂语建构模式。另外，原文中有很多时候是采取准直接引语的方式，将人物的话语表现出来，但是译者在翻译的时候，改用直接引语的方式表现出来，从而在一定程度上改变了杂语的引入模式，其中有何得失呢？笔者将分别举例来说明。

一 叙述视角的转换

在长篇小说里，作者经常采用假托作者/叙述者的视角来转换叙述角度，这一点巴赫金有详细的论述，[①] 而这种叙述角度的转换也自然而然会带来新的杂语建构模式。首先，假托作者/叙述者的出场，带来新的社会杂语，也就是说这个假托作者/叙述者会带来自己的语言；其次，这个假托作者/叙述者会引用和转述其他主人公或其他社会杂语，从而构成更加复杂的杂语建构模式。这些方面都会为我们分析原文提供有利的分析模式，也保证在翻译过程中能充分注意到这些问题。我们来看一下《玫瑰玫瑰我爱你》中是如何利用这种策略的。

---

① 参见巴赫金的《长篇小说的话语》，《巴赫金全集》第3卷。

本书前面提到，王祯和在接受丘彦明采访时认为，只从董斯文老师的观点来写太受拘束，而且使自己的笔被"绑得死死的"。于是，在《玫瑰玫瑰我爱你》中有几个章节就完全不理会那个爱放屁的董斯文，反而用小说中的其他主人公的视角来叙述。如通过龟公大鼻狮和其姘妇阿恨的隐性对话来回忆一天发生的事情，等等。这种间接交代事情的手法得到姚一苇的肯定：

> 作者除了用正面手法来处理像开训典礼这种场景外，同时他还用另外一种手法间接的来交代事件。举例来说，大鼻狮把他这天的经过，用口述的方式，来讲给他的姘妇阿恨听。因为通过大鼻狮的口说出来，也就是通过他的知识条件、理解能力，从他的观点来叙述这件事情，就显得非常有趣，和滑稽化了。这里面包括的各种误会，都是可能的，毫不牵强。如"Nation to nation, people to people"在他听来就变成"内心对内心，屁股对屁股"。诸如此类。由此可以看出，董斯文的一些东西在通过大鼻狮的口里说出时就被扭曲，这种扭曲的方法也正是一种喜剧的方法。（姚一苇，1986：9）

小说主人公董斯文的话，却是从另外的人物口中传出来的；然而，在被引述的过程中，由于引述主体的个人视角，导致被引述人话语的扭曲。所以，在小说的第六章（王祯和，1986：80—102）和第十二章（163—205）等章节里，作者改变了原来的叙述模式，让大鼻狮出来说话。借助他同姘妇阿恨的对话模式，大鼻狮以回忆的口吻叙述发生的一切。在语法结构上，这两个大的章节并没有采用其他章节里惯用的主人公话语的杂语引入模式，而是采取开放话语两端的模式，使大鼻狮从原来主人公的位置，转换成叙述人的角度。这两个章节里，大鼻狮成了主要的叙述人，以他的口吻来叙述发生的一切，而且还穿插对其他主人公话语的转述和讽刺性模仿。这种叙述视角的转换，使小说中的人物跳出被描写的被动地位，转而取代了原来叙述者的地位,成为新的发言人。这样一个假托叙述者,使小说的叙述语言与其他部分产生对照,也即突出表现大鼻狮作为一个叙述人的视角所进行的事件回顾。大鼻狮的身份告诉我们,他是一个甲等妓院的龟公,而且又没有受过多少教育,所以他的话语带有了与作者或董斯文叙事的不同特征,特别是表现为浓重的台语方言特征。这种语言与小说其他部分的国语叙事产生大的结构上的杂语对照。

然而,在译文中,这种结构上的杂语特征,却被译者的策略遮蔽掉了。在译文中,这两个章节的内容,都被译者以直接引语的形式,完全纳入话语主体大鼻狮的表述中。在译文中,我们看不到如原文中的那种叙述视角的转换,直接引语的标志,即引号给读者的感觉就是,这依然是主人公的话语,只是篇幅大了一些而已。所以,仍然是巴赫金所指出的小说引入和组织社会杂语的方式之一——主人公话语。这样一来,叙述视角的转换也就被抛弃了,依然延续原来的作者叙事,而没有了在结构上与周围章节的杂语性对比。

同时,在大鼻狮的叙事过程中,他还模仿了其他人物的话语,而这个转述的过程,是对他人话语的重读(accentuate),使这个话语同时具有了两个话语主体的意味。这种重读不可避免地会带来杂语的效果。举例来看。在第十二章中,大鼻狮向阿恨叙述过去一天发生的事情。虽然是以对话的形式向我们传达内容,但是,我们看到的却是大鼻狮的"独白",是作者假借大鼻狮的口吻在进行叙述。而这中间,夹杂着大鼻狮对其他主人公话语的转述和模仿。在文本表面上,我们看到的同样是以大鼻狮独白的形式出现,但却能解读出其转述和模仿的痕迹。

……以后他怎么讲,你听哪!他讲:好,我们已经确定要推销的商品是吧女,那么吧女的销售对象又是什么?是美国阿兵哥对唔对?!我们商品的销售对象确定了以后,也就是说把商品定位以后,(对,那老师弹了一大堆美国话,就伊娘祖公这句话"定位"的美国话我记下来。你要听莫?——你听好哪!叫做破理想。好笑嚛？破理想［这英文字应该是POSITION，大鼻狮听成"破理想"，不能怪他。你听POSITION和破理想唸起来多像！］）干脆叫莫理想唔是更好！——

然后呢？然后他讲：好，把商品破理想后，我们商品的制造以及商品的包装是不是要照销售对象的爱好与口味来设计。换句话说，我们这次生意要成功，一切就要依照美国阿兵哥的口味，美国阿兵哥的喜好来制造和包装我们要推销的产品。（王祯和，1986：169—170）

我们可以看到，在大鼻狮的叙述当中，插入了对董斯文话语的转述和戏仿。通过第一段的铺垫，我们可以看出，第二段开头虽然有"然后他讲："这个标志，但这后面的话语，并非是对董斯文话语的直接转述，而是大鼻狮根据自己的知识能力和理解程度进行的"重读"（re-accentuate），因为"把商品破理想后"这句话告诉我们，这并非董斯文的直接话语，因为大鼻狮已经在前面解释了，董斯文是说美国话的，那就应该是"把商品position之后"这样的混合编码的形式，这才是董斯文的话语，也符合他的话语习惯。那么，第二段开头的这个转述，只能是大鼻狮对董斯文话语的间接转述，也即一种"重读"，在这个重读的过程中，就将这个表述的明确归属给模糊掉了。也就是说，这个话语不再是董斯文的话语，而是经过大鼻狮理解和加工后的间接转述。如此一来，这个表述就构成了一个杂语的效果。也就是说，在这一表述中，主体是董斯文的话语模式和习惯，但"破理想"这个大鼻狮的词汇告诉我们，这里面有了一个新的话语主体的痕迹。所以，这个杂语化的话语同时属于大鼻狮和董斯文两个人。这也符合巴赫金所强调的杂语的特征：

引进小说（不论用什么形式）的杂语，是用他人语言讲出的他人话语，服务于折射地表现作者意向。这种讲话的语言，是一种特别的双声语。它立刻为两个说话人服务，同时表现两种不同的意向，一是说话的主人公的直接意向，二是折射出来的作者意向。在这类话语中有两个声音、两个意思、两个情态。（巴赫金，1998c：110；Bakhtin，1981：324。着重号为中文译文所加）

所以，在上面这个例子中，虽然是假借了大鼻狮这个主人公来进行叙述，但这个杂语的建构还是服务于不同的主体意向。只是由于多了叙述角度转换这层因素，使这个杂语的背后话语主体多了一层含义，即有作者所认同的大鼻狮的"破理想"的含义，又包含董斯文的"position"的本意。那么，对于这样一个具有双声语性质的杂语结构，在译文中又是如何处理的呢？我们来看译文：

……Then, what did he say? Just hear me out. He said, "OK, we all agree that bar girls are the product we want to sell. Now then, who are the clientele for our bar girls? American soldier boys, right? OK, now that we've identified our clientele, in other words, we've po-sitioned our product" – right, our dear teacher peppered his speech with lots of American, but that fucking word is the only one I jotted down. Do you want to listen to me or don't you? OK, listen. It came out po-li-xiang (smashing ideals). Isn't that a riot? "Smashing ideals" (the English word is position, but to Big-Nose Lion it sounded like po-li-xiang. But you can't blame him, since position and po-li-xiang sound so much alike.) He might as well have said mo-li-xiang [no ideals]!

Then what? Then he continued: OK, now that we've po-li-xiang-ed our product, we need to work on its manufacturing and packaging, to fit the desires of our clientele. In other words, the success of this business venture depends entirely on our ability to manufacture and package our product to fit the tastes of the American soldier boys … （Wang, 1998：114-115）

第四章　众声喧哗的杂语世界——王祯和的《玫瑰玫瑰我爱你》及其英译本研究　131

首先，译者将整个段落用引号标出，也就意味着，这个话语是大鼻狮的直接话语，从而导致作者假借大鼻狮做叙述人的效果没有了，完全变成了主人公的直接话语来引入社会杂语。而更为重要的是译者在第二段开头的"然后他讲：好……"改变成了直接引语内的直接引语，也就是说，在大鼻狮这个大的直接引语里面，董斯文的话也被用引号以直接引语的形式标出来。但是，按照我们上面的分析，董斯文作为一个中学英语老师，他是不会说出'po-li-xiang'这个词的，因为这个词根本就不属于他，而是属于模仿转述其话语的大鼻狮。从杂语建构这个层面上来讲，原文作者用准直接引语的形式使大鼻狮把董斯文的话转述出来，使其同时具有了两个话语主体的层面，但是在译文中，却因为译者使用直接引语符号，而把这个原本是"混合语式"的杂语建构模式，转化为主人公话语的杂语引入模式。虽然都还是杂语的建构方式，但却因为"破理想"的双声语效果，使这两种杂语引入模式之间不能简单替换。

因此，由于叙述视角的转换而带来杂语的建构方式发生变化。当然，有的时候，各种方式之间是不能简单替换的，我们上面分析的个案就是一个很好的例子。那么，在叙述视角转换的情形下要注意杂语的建构方式，特别是直接引语与间接引语的使用，因为这会影响到杂语建构模式是用主人公话语还是采取混合语式，很多时候，这二者之间会产生不同的文本效果。

二　直接引语与间接引语：不同的杂语建构模式

在上面一个部分，笔者讨论了转换视角对杂语建构模式的影响，也特别提到了转换叙述视角之后对直接引语和间接引语的不同把握和处理。其实，在《玫瑰》中，作者使用了大量的准直接引语来制造杂语的效果，这种准直接引语的使用可以建构起杂语的混合语式。但是，在翻译的过程中，译者也将这些准直接引语转变为直接引语的形式。上面提到的第六章和第十二章是非常典型的例子，因为这在大的结构上对杂语的建构产生了影响，我们上面已经有所论述。那么，在小说的其他部分，作者所使用的准直接引语也被译者用直接引语替代了。我们来看几个例子。

  他要四名大专毕业的助理即时展开工作，务必把册子编得尽善尽美，赶在美军来临以前制印出来。再三再四地，他强调不计一切花费，只求达致完美，Understand? Just think of it（想想看）我们这是在替国家办外交咧！务必拿我们最好的去款待人家。让人家愉快度假。我们要尽我们所能让人家带一个没有污染的好印象回家去（OK?）（王祯和，1986：104—105）

  在原文中，我们可以看出，这段叙述好像是出自作者/叙述者之口，但是，如果我们仔细分析一下其中的结构，就会看出，这里采用了混合语式的杂语建构模式。像"Understand? Just think of it 我们这是在替国家办外交咧！务必拿我们最好的去款待人家。让人家愉快度假。我们要尽我们所能让人家带一个没有污染的好印象回家去（OK?）"这样的话语是来自主人公之一的董斯文，因为他在整个小说中不时都会用这种中英混合编码的语式来说话，可以说，这成了他的一个语言标志。可是，在原文中，作者却没有用引号把这段话标出来，而是将它与小说叙事的其他部分融合在一起，构成一个没有语法标志的"完整段落"。但是，译文中却将董斯文的话语用直接引语的符号标出来：

  He told his assistants, all junior college graduates, to get to work right away, making sure the handbook was absolutely perfect, and to see that it would be ready before the first GIs arrived. He stressed repeatedly the point that money was no object, that quality was the only consideration. "*Understand? Just think of it*, we're performing a diplomatic function for the nation! We are obliged to treat our guests with the very best, ensuring them a pleasurable holiday. We must do everything in our power to ensure that our guests take home with them an unblemished impression.Ok?"（Wang，1998：71）

所以，原文中的"完整段落"被拆解开来，形成归属明确的主人公话语。原文中的杂语建构，即混合语式的利用，使原文有很强的双声语效果，即同时表达主人公的看法和作者的讽刺态度。但是，译文中，却将这种双声语的效果降低了，使其变成主人公的直接意向，而减弱了作者意向的流露。同样，混合编码在下面这段话中也发挥着构建杂语和双声语的作用。

明天就要举行的吧女速成班开训典礼，是不是要仿照学校的周会——开始时要来套全体肃立、唱国歌、向国父遗像行三鞠躬礼……的仪式？如果不唱国歌，不向国父遗像行礼，开训典礼不是显得不够庄重？他到底是把训练吧女的工作当件正经事办呀！可又怕惧别人要捲骂他这样搞太荒唐了吧！怎能让 prostitute 唱国歌，向国父遗像鞠躬？用力拧了一把涂满肥皂的颊。OK，就是有人反对也不必怕。See 宪法也无规定 prostitute（妓女）不可以唱国歌，不可以向国父遗像敬礼。她们也是人呀！谁能否定她们的基本人权？这一结论，叫他惬怀至极，当然也叫他放了一个响屁，一声庆祝的爆竹。（王祯和，1986：206）

原文中出现了混合编码的现象，即："怎能让 prostitute 唱国歌，向国父遗像鞠躬？用力拧了一把涂满肥皂的颊。OK，就是有人反对也不必怕。See 宪法也无规定 prostitute（妓女）不可以唱国歌，不可以向国父遗像敬礼。"之前，董斯文一直都把妓女称为"准吧女"（bar-girls-to-be）、"学员"，而且在这句话之前，还把明天的活动叫作吧女速成班开训典礼。但是，这里董斯文是面对普通大众的质疑和迁怒，"怎能让 prostitute 唱国歌，向国父遗像鞠躬？"所以，这个 prostitute 发挥着重要的作用。作为混合编码首先是把杂语引入小说的方式之一，而更为重要的，按照巴赫金的看法，这个词汇正是归属不同主体的焦点词汇。大众会质疑为什么让"妓女"唱国歌，这是大众的用语，所以"妓女"属于大众的话语；然而从董斯文的嘴里说出来，就已经是用主人公的话语说出的他人话语，这个词汇既有大众的声音，也有董斯文的声音，是个典型的双声语。但是，从董斯文的嘴里说出来，就已经不是"妓女"，而是叫 prostitute。其作用是很明显的：一来可以与大众的话语产生共鸣，二来可以回避董斯文不情愿把他的吧女学员称为"妓女"。但是，在译文中，译者只是以斜体的形式把这个词汇标出来，但并未能达到原文中混合编码所带来的阅读效果。

> Should he adopt the school's weekly assemblies as a model for tomorrow's opening ceremony of his crash course for bar girls-start with everyone standing at attention, followed by the singing of the national anthem and three bows to a portrait of Sun Yat-sen, the Father of the Country? If we omit the national anthem and bows, the opening ceremony will lack solemnity, won't it? While he sought respectability for his bar-girl training course, he was somewhat bothered by the thought that people might accuse him of excess. How could he think of having *prostitutes* sing the national anthem and bow before a portrait of the Father of the country? He clutched a soapy jowl. *OK. Let them disapprove, I'm not afraid. See*, the Constitution doesn't say that *prostitutes* can't sing the national anthem or bow to a portrait of the Father of the country. They are people too! Who can deny them their fundamental rights? This conclusion resulted in enormous satisfaction and, of course, a celebratory explosion of wind from his back side. (Wang, 1998: 139-140)

在这一章里，我们借助巴赫金的杂语理论，分析了王祯和的长篇小说《玫瑰玫瑰我爱你》中的杂语建构及其在翻译中的处理策略。首先，我们通过文献回顾了评论界对王祯和这部小说的语言特色所给予的肯定，并且在此基础上，分析了小说中的方言和翻译的关系问题。在小说中，用方言来塑造人物和展开叙事并不是少见的现象。但是，在这部小说里，方言的问题变得突出，因为在当时台湾的语境下，语言成为意识形态斗争的场域。在这种情形下，就要特别关注方言（指台语）和国语之间的杂语建构所带出的社会意识形态冲突。文中对此进行了详细的论述，在此不再赘述。

虽然笔者在文中指出了这些问题，并且对一些情形进行了详细的描述，但本书并不旨在给出一个针对方言的翻译模式。这是因为，方言在杂语建构方面会因为各自不同的社会文化语境而发挥不同的作用，并且会在不同的层面上发挥作用，因此很难一概而全地解释所有的情形。而另一方面，方言翻译在实际操作层面上也有其自身的难度。比如，在萧伯纳的小说《卖花女》中，就出现了语言的前后变化非常强烈的对比。而我们在阅读《玫瑰玫瑰我爱你》的时候，不难发现，译者很多时候是对方言进行了创造式的翻译，比如，原文中的很多台语方言词汇"夭寿"就被译成"drop dead"。方言的翻译在技术层面上值得进一步研究，但是在本书中，笔者所关注的是由方言与标准语的杂语建构所引起的意识形态冲突，以及这种冲突在翻译中的重要作用。另外，本章还讨论了由于叙述视角的转换所引起的杂语建构方式的改变，以及这种改变对于传达作者意向所带来的损失。

其实，杂语不仅仅在原文中发挥着作用，在译文中同样以不同的形态出现。在译文中分析杂语，对于我们理解翻译中的对话、主体间性，以及由此引起的身份变化，更加具有方法论的意义。而这些问题，本书将在最后一章结合身份认同等概念加以详细论述。

第五章

翻译中的声音、对话与主体间性

翻译研究近年来开始关注翻译中的主体研究，也有相当数量的研究摆脱单主体研究的局限，尝试从主体间性的角度，阐释文学翻译过程的复杂性和特殊性。但是，在人主体与文本之间，怎样才能比较好地联系起来，却一直是一个悬而未决的问题。在这个问题上，巴赫金为我们提供了一些新思路。本章主要关注巴赫金思想中有关于声音的论述，并结合罗宾逊对巴赫金双声话语理论的发展和修正，尝试进一步阐释翻译过程中所涉及的各个主体之间的关系，以声音为突破口和切入点，反观翻译过程中，译者的介入和叙述在场（discursive presence）如何在译文中得以实现。在此基础上，借用巴赫金的对话性理论，进一步肯定和论述翻译过程中的多主体现象，以及主体之间的相互作用，也即翻译中的主体间性问题，同时也是巴赫金意义上的对话关系，从而将翻译过程中涉及的主体联系起来，也把主体与文本联系起来，揭示文学翻译过程的复杂性。

第一节 声音与翻译过程中译者的叙述在场

本书之所以关注声音，是从关注译者的主体性作用开始的。然而，反观历史，我们不止一次地发现，译者这个积极主动的因素在翻译过程中，不断被遮蔽。所以，在进入声音的讨论之前，笔者先简单地回顾译者的主体地位的丧失，再回到近期对译者主体性的肯定和张扬。在此基础上，本书将结合巴赫金的声音观，进一步阐述译者是如何通过声音介入在翻译中实现其主体性作用的。

一 译者主体地位的丧失

翻译是一个复杂的过程,而译者在这个过程所发挥的作用,一直以来是处于被遮蔽的状态。各种各样的忠实观和译者"守则",都要求译者要"隐形",不仅如此,还要"隐声"。翻译的忠实论调,大多都毋可置疑地会导向译文缺陷论。以往的研究多从语言层面上对原文和译文进行对比,从而尽可能地发现译文对于原文的相似度有多大,从而判断译文对于原文是否忠实,其实就是想揭示译者是否做到了对于原文和原作者的忠实。什么是忠实?用什么样的标准来衡量忠实?谁忠实于谁?这些都是要首先解决的问题。这些忠实论的持有者,多从译文与原文的不同之处,总结出译文的缺陷和译者的不忠实,从而进一步指出,译者在翻译过程中和翻译结果中都应该是保持"隐身"的,所以"好的译文应该就像原文读者阅读原文时候的感觉"。当然,这种对于译文期盼是可以理解的,但是,原文和译文的生产者不同,原作者和译者的生产目的不同,所以,不应该不考虑二者之间的差异,而将译者视作"透明人",更有甚者期盼译文也应该是透明的。在这种理论指导下,对于译者本身就是存在一种敌视和排斥。

首先,译文总是被拿来与原文比较,同样译者总是被拿来与作者相比较,而作者的权威和原文的地位却不容怀疑,由此,译者和译文的境地就可想而知了。译作被认为是原文的复制品,译者所做的也只是如同复印机一样的拷贝工作,这也是原文至上论和译文缺陷论两种论调持有者不断攻击和否定译者以及译作的法宝。为了满足读者读到"异国情调"之需,为了读者彻头彻尾地了解异域文化,译者只能隐形,要"让译作看起来象是原作",不容许阳光下有译者的身影。而译者的隐形也就与译文的"可读性"(readability)和"流畅性"(fluency)联系在一起。在原文至上论和译文缺陷论持有者那里,似乎译者的隐形才能达致译文的"可读性"和"流畅性",

其次，既然文学作品是作者的精神产品，那么作者就不折不扣地拥有版权，而且译作上赫然印着作者的名字，也就成为无可厚非的事实。译者却能将自己的名字印在译作上。当然，也有例外。比如，女性主义者阿伍德（Susanne de Lotbinière-Harwood）在她一本书的前言里解释说："我的翻译实践是一项政治活动，目的是使语言替女人说话。因此，我在一个译本上署名意味着：这一译本使用了所有的翻译策略，要使女性在语言中清晰可见。"（Gauvin，1989：9）。

另外，也有时候，译者是迫不得已而"自愿"隐形的。当原作所体现出来的意识形态与译入语社会的主流意识形态发生冲撞时，译者要么将其改头换面的进行调整或者改写，要么就冒天下之大不韪而忠于原文。前者会适者生存，而后者却要面临头颅搬家的危险。历史上为此而招惹杀身之祸的也不乏其人啊！对于译者来说，往往也是顺我者昌，逆我者亡。前者如中国历史上的佛经翻译家玄奘，而后者则有被烧死在火刑柱上的英国宗教翻译家廷戴尔（William Tyndale，1494—1536）和法国宗教翻译家多莱（Étienne Dolet，1509—1546）。①

二　译者"归来"

就是在这种种无奈所迫之下，译者不断消失在人们的视野中，译者的隐形也不断地被建构出来。但是，译者真的隐形了吗？译文真的变得透明了吗？其实，对于译者隐形的反思，就是对译者主体性的追问。

20世纪70年代之后，随着翻译研究逐渐成为一门独立的学科，其理论体系不断成长和完善起来。随后所出现的各种流派的译论，对于译者的主体性有什么样的态度呢？其实，我们可以看出，特别是在"文化转向"之后的翻译研究已经逐渐突破了原来那种原文和译文比较从而发现译文缺陷的理论模式，转而把视野投放到翻译过程上来，

---

① 相关研究参见王东风的文章《一只看不见的手——论意识形态对翻译实践的操纵》，载《中国翻译》（2003）。

重点也更集中于译者这个翻译中的决定性因素身上。哈提姆（Hatim，1997）指出，翻译是译者做出决定的过程，译者在这个过程中发挥着重要的作用，也即调解人的功能，力图在两种语言、两种文化之间做出协调和沟通，以期望能达到完整、成功的交际目的。随着翻译研究从原文向译文的重心转移，译者这一翻译活动中的最活跃因素也开始得到越来越多的重视。这种重心的转移将译者推到台前，越来越多的研究也开始跳出传统的研究思路，重点考察译者是怎样进行翻译的。译者在翻译过程中受到众多因素的影响，有语言文化差异，有意识形态冲突，有规范的约束，所有这些都体现在译者的翻译过程中。翻译研究呈现出新的思路和发展态势。与以往的规定性研究不同，通过译文与原文的差异，现在的研究者力图发现这些"不忠实"后面有什么样的动因和社会根源。

与传统的翻译忠实观不同，后期的翻译研究逐渐开始接受将翻译视为一种社会活动，是处在文化大背景下的社会活动，而不是单纯地在真空中进行的语言转换游戏。这些后期翻译研究包括兴起于20世纪70年代的操纵学派（manipulation school）和多元系统理论（polysystem theory）、80年代的目的论（skopos theory）以及80年代后期到90年代早期的后殖民理论（post-colonial theory）等。

在20世纪70年代，一批学者摆脱传统的翻译观影响，开始将翻译投射到更广泛的社会视野下，重点讨论翻译操作的社会文化背景与政治意识形态影响。这些学者的理论观点逐渐被认可为多元系统理论、描述翻译研究（descriptive translation studies）或者操纵学派，其代表人物包括巴斯奈特（Bassnett）、勒菲弗尔（Lefevere）以及埃文—佐哈尔（Evan-Zohar）等。这一派系的理论者始终坚称，翻译是受目的语文化所掌控和影响的。他们不着墨于各种形式的对等，而是坚持认为目的语文化中的信仰结构、价值体系、文学和语言传统、道德规范以及政治意识形态等，都会影响到翻译的形成，同时也影响着译者的对等观和忠实观。同时，在研究方法上，他们也不再延续原有的规定性模式，即翻译应该是怎样的，转而关注翻译为什么会是这样的，也即采用描写式研究模式，考察翻译如何与周边社会文化相互钳制和互动。

但是，这一学派的理论也遭到了质疑。西蒙（Simon）指出，贝尔曼（Berman）特别强调主体的创造作用。他反对多元系统（polysystem）理论家的功能主义态度，认为他们遵从"规范"（norm）的至上权威，并以此解释翻译与写作实践的相互作用。在贝尔曼看来，译者永远不是一个消极地将接受文化中的规则复制出来的中转站。译者的主体性必须被理解为传介活动复杂过程的一部分，这种活动为积极的和批判的干预留下了空间（Simon，1997：37）。[1] 尽管如此，他们对译者在翻译过程所发挥的主体性作用都是持肯定和赞成的态度。

目的论则更能凸显译者的主体性作用，因为这派理论将翻译视为一种"有目的性"的行为，也即决定任何翻译过程的首要原则就是整个翻译实践的目的驱动（Nord，1997）。从功能主义角度出发，他们认为"好的"翻译是能够实现翻译目的的翻译，而不是刻意强求原文与译文在语言层面上的对等。当然，他们的对等观是建立在功能主义基础上的对等，也即功能对等。这种功能对等也是建立在翻译目的之上的对等。赖斯（Reiss）指出，现实中很多情况下，对等是不可能的，也并非（翻译目的）所能企及的。当预期中的原文与译文所要达到的目的不同时，译者有必要采取相应的翻译策略进行改写。

与以上理论观点相比较，解构主义翻译理论就更加具有革命性质了。长久以来，萦绕在译者和翻译批评者心头的一块阴云就是所谓的对等（equivalence）：要有同样的审美经验、语言结构/动态对等、相应的文学功能等。解构主义理论彻底解构了原文，对原创性（originality）、作者权威（authorship）、阐释（interpretation）等概念进行了修正。福柯（Foucault，1973）解构了"原初"（original）这个概念，并指出，原文不断地被重写，而每一次的阅读/翻译都是对原文的重

---

[1] 译文参见许宝强（2001：352）。

构。在这一意义上，原文不再是静止的，其意义依靠于读者的阅读和阐释。对于同样一个原文，不同时代、不同地域、不同文化下成长起来的读者会有不同的理解和解读，有的时候还会出现理解相去甚远的情况。如果放置在翻译情景下，有可能会产生与原文大相径庭的译文。所以，没有纯粹的原文：任何翻译都会产生对原文的疏离，所以也不要期盼创造所谓的纯粹对等。解构了原文的至高无上的地位，也就解构了原作者的无上权威。自此，原文至上论和译文缺陷论可以被相应打破，译者依附于原作者的"仆人观"以及"忠实观"才得以驳斥。

福柯以及德里达等解构主义学者显示出对作者（author）和明显意义（explicit meaning）的冷漠，在这一点上，解构主义翻译观点与目的论翻译理论有很多相似之处：降低了原文的地位，把视点从原文转向译文，这也是与以"对等"为基础的理论有极大差别的地方。随着重心向译文的转移，译者的主体性作用也逐渐凸显出来。解构主义翻译理论通过对"原初"（original）本质的探讨指出，译者的主观感情和所处的社会背景将会对译者解读原文产生影响。这在解构原文至上和译文缺陷同时，将译者的主体地位突出出来，也从另一个侧面为译者的主体性介入提供了理论支撑。

对于译者主体性的肯定和阐发，最集中地体现在女性主义译论者那里。西蒙（Sherry Simon）在其著作《翻译中的性别》（*Gender in Translation*）一书中，对女性译者的主体性给予了充分肯定，"戈达尔德主张女性'以笔发挥主观能动作用'（subjective agency）。女性主义写作和翻译相通，都极想在意义生产中突出女性的主体性"（1996：13）。戈达尔德同时指出，"女性主义译者坚持维护她那根本性的差异、她那无穷无尽的再阅读和改写的快乐（her delight in interminable re-reading and re-writing），把自己对操纵文本的标记昭示天下。翻译中女人驾驭（Womanhandling）文本意味着她要取代那个谦虚而自惭形秽的译者"（同上）。这种观点与解构主义消解原文"明显意义"的观点有共通之处。

以上我们简单回顾了近期译论中有关于译者主体性的论述，这些观点综合起来表明，译者的主体性作用不容忽视，译者主动介入文本的再生产也是值得肯定与理解的。译者的主动介入则必然导致译者在译文中的在场，所以，译者的隐形才是真正值得怀疑的。

三　译者的声音介入与巴赫金的声音观

既然译者的隐形是痴人说梦，那么，译者又是怎样在译文中表现出其在场的呢？在这方面，有关声音的论述为我们提供了好的佐证。以口译为例。我们在口译现场会听到两个声音，而对于不懂原文的听众来说，听到更清晰的却是口译员的声音，尽管很多时候，他们看到的是原来讲话人的形象，如同声传译。在即席口译的时候，很多时候却是讲话人和口译员二者同时在场。那么，这种声音效果在笔译中会是怎么一种情形呢？施雅为（Schiavi）指出，"翻译与原文的不同之处就在于，译文中有译者的声音，这个声音部分站在作者的立场，而部分则完全是译者自己的观点"（1996：3）。施雅为从叙述学的角度出发，引入了与"隐含作者"（implied author）相对应的"隐含译者"（implied translator）这个概念，以此"追踪译文中译者的声音；关注其是否被纳入文本结构中；并且思考其是否能成为译文的一部分，或者成为译文的外包装（parcel），从而使得译文在结构上有别于原文"（Schiavi，1996：1）。

在施雅为所建立的分析模式基础上，赫曼斯（Hermans）以翔实的个案分析，进一步论证了在译文文本之内，译者是如何实现自己的叙述在场的。赫曼斯（Hermans，1996：26）质疑："我们在阅读翻译小说的时候，听到的是谁的声音？"这恰好与罗宾逊（Robinson）提出的问题一致，罗宾逊也反问："谁的声音？"（1991）赫曼斯认为，"当我们阅读译文的时候，我们听到的不仅仅是原文作者一个人的声音。译者的叙述在场在某些情形下变得不可或缺"（1996：23）。

译者的叙述在场，正是从声音的角度获得解释，这也是分析译者实现其主体介入和主体性作用的有效方式和途径。译者可以以隐性或者显性的方式，在文本中凸显自己的声音。这方面，赫曼斯的个案分析提供了可供参考的模式，在此不展开赘述。但是，严复翻译《天演论》时所采取的众多翻译策略，如按本，却是译者声音在文本中存在的最好佐证。另外，赫曼斯也肯定了副文本研究对揭示译者声音介入的意义，所以，各种译者引言、后记、注释等，都应该成为翻译研究所关注的对象。

声音成为我们这里关注的焦点，因为正是从声音的角度，可以有效地帮助我们重新理解翻译过程中译者的主体性作用，以及在此基础上，重新思考翻译中译者主体与他者主体的共存与对话关系。有关这一点，本书将在后面详细论述。在此，我们首先解释为何将声音引入；同时重点指出，我们所关注的声音，正是来自对话主义宗师的巴赫金。

巴赫金关注文本中的声音，或者说是关注话语/表述的声音，因为"每个声音总有其特殊的声调/语调，或者是强调/着重，这反映出说话者意识背后的价值观"（Morris，1994：251）。这样一来，巴赫金就将声音、意识与主体联系起来，为下一步探讨对话性思想提供了理论基础，而这些论述，在很大程度上对理解和解释翻译有很大的启发意义。

格林诺（Greenall，2003：231）认为，杂语（heteroglossia）这个概念的提出，首先就对作者对原文的完全"所有权"提出质疑和挑战。正如巴赫金所指出的，词汇总"有一半是他人的"（Bakhtin，1981：293），因为他者的声音也存在于其中，这就意味着，原文不仅仅"属于"作者，同时也是"其他人的"。同样，译文也是杂语性的（heteroglossic）：它必然是多声音的（multi-voiced），因为译文也是由语言词汇构成的，这些词汇也不可避免有一半是他人的。而基于语言的杂合性，译文不可避免地打上了多声的痕迹。①

按照巴赫金的看法，"我们的言语，即你们的全部表述（包括创

---

① 有关这一点，笔者将在最后一章里从杂语的角度展开论述。

作的作品),充斥着他人的话语",所以,作品也成为一个语言相聚的竞技场,是各种话语之间对话、交流、争执、反诘和较量的场所,在这种对立和冲突中潜含着各种不同的社会力量和意识形态的交流和对话。从这个观点出发,我们也可以看到其解构性力量的一面,因为,这首先就解构了作者对文本完全权威的观点。一直以来,翻译中的忠实观要求译者要忠于原著、忠于原文、忠于作者,其实就是预设了文本的先在性,而作者对这个文本拥有百分百的所有权,所以,译者所要做的就是要探寻和再现作者的意图。

然而,巴赫金却提醒我们,即使是原文本,作为作者的一次表述,却已经注入了另一个表述的回声和对他人表述的回答,所以,它总是要求有先于它的表述,也要求有后于它的表述。没有一个表述能成为第一个,所以,作者的文本表述,也不是第一个,其中总是渗透着先于它的表述,因为其中回荡着对另一个表述的回声;同样它也不是最后一个,因为它召唤他人的回答,而译者的阅读也就参与了这种召唤与应答的对话过程。同样地,当译者将原文翻译成目的语文本之后,译文成为一个更为复杂的语言竞技场。这个渗透着作者表述的声音、先于作者的他者表述的声音及译者应答的声音的新的表述,模糊了原文与译文的界限,而它本身作为一个新的表述,即体现和渗透着众声喧哗,却也始终以开放的姿态对译文读者发出召唤,吸引译文读者参与到新一轮的应答和对话中来。

巴赫金"杂语"概念的提出,对于翻译研究具有非常重要的意义。关于这一点,本书在第三和第四章已有详细论述。如果词汇总有一半是他人的,那么小说中的语言/词汇,也不可避免地融入了他者的声音。因而就将声音与语言结合起来。在小说创作中,语言是非常重要的,特别是在刻画人物形象的时候,语言从很大程度上可以反映出一个人物的身份、社会地位、教育背景、成长环境等,从而能够刻画出一个活生生的人物形象。也就是在这个意义上,巴赫金提醒我们,"在历史存在的任何已知时刻,语言从上到下具有杂合性,它表示了现在与过去,过去的不同时代,现在的不同社会意识集团、不同倾向、学派、团体等之间的社会意识矛盾的共存，各有自己的体现形式。这些具有杂合性的语言以种种方法互相交叉，形成了新的社会上典型的语言"（Bakhtin, 1981: 191）。因此，在研究语言时必须考虑语言杂合性这个因素，即一个语言中有这么多时间方言、地区方言、社会方言，千头万绪，而这也是小说语言的一个特征。

语言杂合性的特征，充分体现在文学作品中，特别是小说语言中。在翻译的过程中，译者一定要捕捉这一语言特征，充分了解作者创作人物的这种努力，而在翻译过程中，也应该尽量恢复这种语言效果，从而丰富对典型人物形象的刻画。这是一个说起来简单、做起来难的工作。首先，要很好地把握原文产生的语言文化背景，比如，了解作者刻画的人物的生活环境、教育背景及个人语言习惯等。在此基础上，译者应该尽量在译文中恢复或者说重构这种语言的杂合性特征。比如，可以对典型人物的语言进行特别处理。但是，这其中也牵涉到很多其他问题。就拿方言来说，我们是否可以以目的语中的某种方言来代替原语中的方言呢？比如，托马斯·哈代的《德伯家的苔丝》、高尔斯华绥的《争强》、索米宁讨论的《无名的士兵》和梅莱厄所讨论的芬兰个案，都能很好地说明这个问题。①

再次回到有关翻译中声音的问题上来。目前，翻译研究领域内，对这一课题进行深入研究的，当属美国翻译理论家罗宾逊。他不但仔细阅读和分析了巴赫金的双声话语理论（double-voice），并且结合翻译研究对巴赫金的理论进行了修正，特别是从翻译的角度进行了有针对性地调适。在他看来：

  巴赫金可以帮助我们看到明显的过程，有精心的对声音改变进行带有修辞的控制，并且译者脑子里的声音混乱也融入到译作中去。静态语言学坚持翻译与改变或者说是重写或者是戏拟之间的僵化的差异，并不能帮助我们看到上面提到的过程。巴赫金式

---

① 相关内容参见本书第三章中的讨论。

的双声行动计划理论可以帮助我们了解翻译过程中,译者做了些什么;这是分析性的,而且比类似的静态语言学模式更具解释力,可以进行更多的分析性工作。(Robinson,2003:114)

在此基础上,罗宾逊提出了自己的双声翻译理论(double-voiced translation),并且他认为,"利用巴赫金的这一计划或者说原理,我们可以追踪构成文本的各种声音"(Robinson,2003:114)。而这也为下一步探讨翻译过程中他者声音背后所隐含的主体之间的对话性交往提供了理论基础。

在这一部分里,我们从声音开始,追述了译者被迫隐形、隐声的历史缘由,并且反思了翻译研究中对译者主体性的不断肯定和张扬。但是,在译者介入文本再生产的这个复杂过程中,译者怎样体现其主体性,却少有研究给予相应的关注。本书从声音的角度,肯定了译者通过叙述在场而实现其主体性介入。声音在巴赫金那里得到了应有的重视,也是巴赫金不断推向其对话性原则的基础。巴赫金对声音的关注,在翻译研究者(比如罗宾逊)那里得到了共鸣,并且被充分挪用和发展。通过以上的论述,我们不难发现,沿着巴赫金的对话性思维走下去,我们既肯定了翻译过程中的其他主体的存在,也暗示了这些主体之间通过对话而实现主体间共存的可能。但对话的展开是有条件的,我们在下面将会结合翻译这一特殊的交往实践,具体考察其中对话展开的条件和隐藏的对话的可能性。

第二节 对话的前提

肯定译者在翻译过程中的主体性作用,并不意味着要否定其他主体的存在,毕竟,翻译并不仅仅是一个译者对着毫无生命的文本进行文字搬运的工作。我们可以看到,越来越多的研究关注翻译过程中,译者主体是如何不断地与他者主体进行主体间互动,从而展开对话,完成复杂的翻译过程。那么，这个对话是什么意义上的对话？而这种对话的展开，需要什么样的前提呢？在这一部分里，我们将集中讨论这个问题，而对于对话的展开和涉及的内容，笔者将在后面进一步讨论。

一 巴赫金意义上的对话

一说到对话，就让人联想到现实生活中人与人之间通过语言进行直接对话的情景。但巴赫金的对话性概念，既建基于这种直接对话基础上，又高于这种或者说不局限于这种直接对话形式。当我们谈论翻译中的对话的时候，一方面考虑到翻译整个过程中，人与人之间的直接对话的可能性。比如说，译者有可能会与原作者进行直接对话，并且通过这种对话确认作品中某些模糊意义，或者二者可以就作品的某些观点进行交流和沟通；而另外一组主体之间也可能产生直接的对话，即译者与译文读者之间，可以通过书面语言等形式就译作内容和反映出的思想观点进行协商和沟通。

但是，我们知道，无论是译者和作者、译者与译文读者这两组主体之间的对话，在现实层面上的意义并不太大，也不是我们所研究和讨论的翻译中的对话的重点。就这一点上来说，我们应该更加关注巴赫金所提出的对话性的概念，也即"对话性是具有同等价值的不同意识之间相互作用的特殊形式"。那么，在翻译研究中，怎样体现出这种具有相同价值的不同意识——或者说主体——之间的相互作用呢？虽然我们知道，意识并非等同于主体，但是，就对话性这个层面来说，与其说是意识之间的相互作用，毋宁更具体地说是体现在这些意识之后的主体之间的相互作用。

也正是在这个意义上，巴赫金的对话性原则，可以帮助我们更好地反思翻译研究中的主体关怀。肯定翻译过程中的单主体研究，也即译者主体研究，是翻译研究所取得的重大进展。然而，随着研究转入纵深，应该在这个基础上，突破这种单主体研究的局限，也即超越单主体，走向主体间交往也就具有非同寻常的意义。而巴赫金的对话性原则，则有助于我们在主体间性理论视野下，对翻译过程中所涉及的主体进行全面考察，也体现出文学翻译这一特殊人类思维活动的复杂性。

二 三个对话的前提

然而，在此我们要讨论的是对话何以得以展开，特别是在翻译这一特殊人际交往中，对话的展开需要满足什么样的条件呢？对话哲学在理论上必须解决的一个重要课题是：对话得以开展的基本前提是什么？对话是否可能和怎样展开？张开焱（2000：108—129）认为，巴赫金对这个问题做出的思考和回答是"深刻而周密的"，并且在他的主要著作的基础上，总结为以下三条：即"第一对存在差异性的确认；第二对存在未完成性和片面性的确认；第三对人的社会性的确认"。我们结合翻译研究的视角具体情况，对这三点分别展开论述；同时，也希望借此指出，翻译作为一种交往行为，也符合对话哲学中的这些前提条件，所以翻译过程中才有对话的可能。

首先，对存在差异性的确认。在《长篇小说的话语》中，巴赫金提出了一个重要观点：小说的语言是"杂语"，即由很多不相同的、众多的语言现象构成，语言的差异性共存是小说语言的根本特征。巴赫金所关注的，正是这些差异，而这些差异直接导致对话的可能。这一点，从巴赫金的"意义不确定性""杂语""复调"等概念中可以找到踪迹。巴赫金的超语言学（translinguistics），关注的也正是现实生活中的语言，即话语（utterance），他认为话语的意义是在具体的语境中产生的。而每个话语后面，都有一个意识在支撑着。也就是说，巴赫金不但看到了文本表面上的差异，而且联系到话语背后的意识的存在，也即人主体的存在，从而进一步证实了其哲学思想中，人的存在是对话性的。因为人的差异，导致意识的差异，从而进一步影响到话语的差异。

如果在单一语言和文化内，已经存在这样的差异和对话潜能，那么，将视野投放到跨语际、跨文化实践的翻译中来，我们会发现同样的逻辑。人的差异性普遍存在，体现在翻译过程中就是各个主体之间的差异性，作者、译者乃至译文读者，都是社会存在的人（这也是对话存在的另外一个条件，将在后面有所论及)。各个主体的社会存在，决定了主体的意识差异性，而这种差异性也就促成了翻译过程中，各个相关主体的对话的可能性，也必然会反映在对话的场所，即文本语言中。我们在此关注的是对话存在的条件，而对于具体对话是如何展开的，以及其后果如何，本书会在后面展开论述。

其次，是对存在未完成性和片面性的确认。承认差异性的存在还远远不够，而对话进行的另外一个基本前提就是，对存在的未完成性和片面性的确认。巴赫金告诉我们，"作为个体，我们每一个人的自我都处于未完成的状态，而且永远也无法凭自我最后完成"，而在他看来，"未完成性是任何世界的一种积极状态，因为它意味着变化、新生和发展的可能性"（张开焱，2000：115）。而人的这种存在的未完成性，也直接导致了生存的片面性和局限性。巴赫金在《审美活动中的作者与主人公》中，对每一个"自我之我"生存的片面性和局限性从多种角度进行了论述，指出，"人之所以有片面性，除了他的生理结构、心理结构、生存的特定时空位置外，还有个很重要的原因，就是它是一个未完成的个体"（张开焱，2000：117）。

那么，确认人的未完成性和片面性与对话理论有什么关联呢？张开焱指出：

> 对话必定是有差异的个体之间的交流，对话的目的就是为了沟通、融合、相互理解和相互提升，在对话中，对话者通过对话必定能使自己的某些方面得以改变，某些片面得以克服。这就要求对话者承认自己的未完成性和片面性。一个把自己的生存看成是最完美无缺的生存、把自己的思想看成是终极真理的个人和群体，必定会拒绝对话、拒绝对自己的生存和思想做出任何微小的改变。而对话总是意味着在对话中不断地丰富、拓展、改变自己的生存状态和思想观点。（张开焱，2000：120）

以此反观翻译这一现象，也颇值得玩味。作为作者这个个体，其存在是未完成性的，并不能因为作者的离开而标志着其完成性。恰恰相反，在翻译过程中，作者个体的意识却通过其文本得以体现和延续，而这种延续为即将到来的作者与译者的对话提供了基础。作者个体的未完成性，也直接体现在其片面性和局限性中，其生理结构、心理结构、生存的特定时空位置，都影响到其意识存在的状态，而这些也将体现在作品之中。

同样地，译者个体，也是一个未完成的存在，影响作者存在未完成性的各种因素也同样体现在译者个体身上，特别是译者的特定时空位置，因为翻译的跨时空特征而体现得尤为明显。译者生存的这种片面性，或者说局限性，也在相当大程度上为翻译带来挑战。比如，当译者面对与自己生存的特定时空位置相去甚远的作者的时候，其所面临的困难，还不仅仅局限于语言和文化的差异，一不小心，就会陷入时空谬误的陷阱。然而，正是这样的一种未完成性和片面性，为翻译过程中的各个主体，带来对话的机会，也使翻译过程变得丰富和多彩。

同时，原语和目的语也可视为两个存有差异的个体，二者之间也需要交流，翻译便发挥了这个功能。这二者之间的对话，目的也是为了沟通、融合、相互理解和相互提升。当然，不可避免地，在对话过程中，二者都要承认自己的未完成性和片面性，从而在对话过程中，使自己的某些方面得以改变，某些方面得以克服。如果二者之间有一个把自己看得非常完美无缺，那必然会产生对对话的抵制。如果目的语社会或文化作为一个系统，视自己为完美无缺，而且把自己的思想看作是终极真理，那么其自然会拒绝对话，同时也拒绝对自己的生存和思想做出任何微小的改变。放在翻译的语境下，其就会拒绝将其他文化的思想翻译进来，也不会对自己的生存和思想作任何微小的改变。

最后，就是对人的社会存在的确认。回顾哲学发展史，特别是人的主体性确认的发展史，会发现很多不同的认识阶段。浪漫主义人学和一切主观唯心主义哲学都把个体的差异性、自主性和自由性做了最大限度的强调，但他们几乎都拒绝承认差异性个体之间进行对话的必要和可能，浪漫主义人学中的人的主体性得到了充分的高扬，这一特征在20世纪的存在主义哲学那里得到继承和发扬。但是不管是浪漫主义还是存在主义,尽管都强调人的个性、不可重复性和自主性,但他们对于自我之外的他者却给予极低的评价,甚至看成是自我实现的绝对性的消极力量。尼采对浪漫主义对主体性的强调做了新发展,"我思故我在"充分体现了对个体主体性的肯定和张扬,却同时透露出一种不屑与众为伍的清高和孤傲,所以,"尼采的超人,是绝世无双、独一无二的个体,他与其他人的差异性鲜明强烈,但却没有对话,依然只有他精神的独白和沉思"(张开焱,2000:124)。同样,"萨特的主体自我,是一个在本质上自由和未完成的主体,他是独一无二、不可代替的主体,但这样一个与他人有明显差异的未完成的主体却无法与他人建立对话关系,因为这个主体把他人看成是自己的地域,是一种绝对异己的消极性的敌对存在"(同上)。

基于对以上主体观的批判,巴赫金在强调差异性的同时,也突出地强调人的社会性和共同性。他认为,人的心理,包括潜意识的构成过程中外在的社会生活起着决定性的作用,主体正是在和外在生活的应答之中建构起自己的心灵世界的,因而,心灵的建构规则和社会的建构规则就具有内在的同一性。

近年来,翻译研究中凸显出一股主体性研究的热潮,原本隐形的译者被不断地挖掘出来,其在翻译过程中的主体性作用,不断地被肯定,甚至在某些时候到了高度张扬的境地。而反观这些主体性研究的哲学基础,不难发现,与浪漫主义人学、存在主义主体观及尼采、萨特等哲学宗师的思想不无直接的关系,而这种张扬译者主体性的思潮,在很大程度上得到了学界的积极认可。客观地说,这种张扬是对译者长期被迫隐形的一种积极反拨,我们应该承认其历史作用和意义。但同时,在肯定译者主体性作用的同时,学界是否忽视了翻译过程中其他主体的存在呢?简单的文献回顾可以发现,已经有相当多的研究开始摆脱单主体的研究范式,而转向以间性理论为依托,通过充分发掘翻译过程中其他主体的存在,而进一步探讨译者与他者主体是如何共在的,从而更加客观、积极地肯定译者的主体性,同时又不至于坠入主观主体性的牢笼。而主体间性的讨论，则必然带出众多的哲学问题，比如主体的存在、主体间的交往为何以及如何得以实现等。在这个层面上，巴赫金的对话主义哲学提供了强有力的理论支撑，也是本研究关注的重点问题之一。

三 语言的对话性

本书在第二章专门讨论了翻译过程的本质，特别借鉴了巴赫金的话语观和言语交际观，由此将翻译界定为基于表述的主体间言语交际过程。在讨论过程中，主要突出了巴赫金对以索绪尔为代表的结构主义语言学观点，以及以次为基础的言语交际过程。在巴赫金看来，将话语交流当做是说者的独白，这种描述是不真实的。真实的情形是，说者在说话时总要考虑听者的各种因素，并据此而选择说话的话题、语调、表述方式，因而，在说者的表述中，总暗含了听者的因素；而听者在言谈中也绝不只是一个被动的接受者，他也总在积极揣摩说者的意图及其他相关因素，并对此做出反应，从而影响说者。所以，任何表述都是双向的，都具有对话性，言谈的双方的关系是"说者听，听者说"（张开焱，2000：135）。

巴赫金关于言语交际的情景描述，对翻译研究者来说很有启发意义。说者在说话时总要考虑听者的各种因素，并据此而选择说话的话题、语调、表述方式，因而，在说者的表述中，总暗含了听者的因素。那么，同样，作家在书写的时候，也是在进行一种言语交际，但却是在读者似乎缺席的情况下进行的。但是，这种"缺席"并不影响对话的进行，作者还是会考虑到读者的因素，而进行选择性地写作，在这一点上，似乎与读者反应理论有很大的相似性。[①] 从另外一个角

[①] 与形式主义在文本内寻找意义不同，读者反映理论重视读者在文本意义形成中的重要作用。这一理论认为，在一定意义上，文本只有在被阅读的时候才存在，所以读者在创造文本的过程中发挥着重要的作用。见 Wilfred L. Guerin [et al.], *A Handbook of Critical Approaches to Literature*, (4th version), Oxford University Press, 1999, p. 356。

度来看,听者在言谈中也绝不只是一个被动的接受者,译者恰恰在这个时候充当了第一听者的角色。译者在这场对方相互似乎缺席的对话中,也不是消极被动的接受者,他也总是积极地揣摩作者的意图及其相关因素,并因此做出反应。这在一定程度上,既肯定了译者以积极的态度参与到文本解读的过程,又没有抹杀原文作者的存在,在更广阔意义上体现了对话性的存在。

然而,考虑到整个的翻译过程,对话并未到此结束。在翻译的意义上来说,真正的对话才刚刚开始,因为译者参与到文本解读的过程,只是翻译的起始,而不是结束。当译者开始转向文本再生产,也即制造译本的时候,却又进入到另外的一个对话语境中去,也即进入文本再生产这一过程中,即译者与译文读者的潜在对话过程。译者的这种积极对话姿态,更能彰显译者主体的积极能动性,而这种能动性是在对话基础上的主体性。

四 阅读中的应答

在讨论艺术与生活之间的关系时,巴赫金指出,"对我从艺术中所体验所理解的东西,我必须以自己的生活承担起责任,使体验理解不致在生活中无所作为。……生活与艺术,不仅应当相互承担责任,还应当互相承担过失"(1998a:1)。因此,张开焱认为,"我作为一个观赏者面对艺术的时,就是与艺术中的世界和潜藏在艺术中的作者对话,这种对话是一种召唤,它要求我予以创造性的应答。我只有通过创造性地应答,才可能对艺术有所体验和领悟,而我的应答必须是根植于自己对生活的体验和理解,没有这个基础,我也就无力应答"(张开焱,2000:92—93)。

首先,从译者的角度出发,来看译者作为原作的欣赏者或接受者的这种应答性。翻译的过程,是从译者阅读原文开始的,而译者作为观赏者阅读原文,就是要与艺术/原文中的世界和潜藏在其中的作者对话,这种对话是一种召唤,来自文本和文本中作者的召唤,要求译者给予创造性地应答。译者只有通过自己的创造性应答,才可能对原文有所体验和领悟。然而，译者的应答，是要基于译者对自己的生活的体验和理解，否则，译者也无力应答。

　　这实际上给译者提出了很高的要求。我们看到，众多翻译理论中，都有对译者能力的规定，比如，译者不仅要熟练把握两种语言，包括两种语言中各自的变体和主要语言特征，而且要深谙原语和译入语两种文化。只有深刻了解两种语言和文化，译者才有可能在自己对生活的体验和理解的基础上对原文所描绘的内容做出应答。这样的一个应答过程，对译者是一个很大的挑战。作者在创作的时候，并没有考虑过作品会被翻译，并被另外一种语言和文化的读者阅读。所以，当译者（我们假定是目标语文化中的一员）阅读原文的时候，要凭借自己的生活体验，对原文进行深刻解读和应答。但是，不能否认，译者的生活体验和理解，由于生活方式和语言的差异，可能会与原文读者的体验和理解有所出入。当然，我们也不能假定所有的原文读者都有同样的生活体验和理解。为什么会产生这样的阅读效果呢？董小英认为：

　　　　文字不可能把方方面面都说到，能够做的只是描述特点，其本质是对所描述形象做不完全叙述，因此在文本中以文字出现的不完全叙述，本身不能构成形象，仅仅是个提示。它需要读者根据文字的提示，根据记忆同时性的原理，补充人的音容笑貌和补充当时场景：时空感觉，也根据格式塔的原理补充序列，给这个形象作自己的填充，让形象活起来，因此形象的很大一部分是由读者自己构制的一个幻觉形象，所以才有一千个哈姆雷特。作者的技巧就在于，通过简单的几个字，甚至就是通过名字，给读者一个关键性的提示，让他来完成想象中的形象塑造。（董小英，1994：52—53）。

　　在单一文化和语言内，读者可以根据生活体验或者说记忆同时性原理，通过文字的提示，重构人物形象，或者说构成文化内意向重组，从而产生原文/作者期待的相应程度的联想。但是，在跨文化、跨语际语境下，这一切都变得相对复杂。译者首先要产生这种预期联想和理解，或者巴赫金意义上的应答，就应该有相应的语言和文化解读能力。当然，译者的优势就在于，可以通过语言学习和文化习得，积累这样的经验，也即阅读经验，并非真实生活体验（能够长期生活在国外，积累这种直接经验的译者并不是大多数，至少在中国语境下是这样）。但是，这种间接的体验对于译者达致理解并产生记忆联想，也即巴赫金意义上的应答，已经足够了。

巴赫金关于艺术与生活的关系的论述，对于我们理解翻译过程，特别是译者解读原文，或者预期译文读者阅读译文，都有很好的启发意义，而这其中也隐含着一种潜在或者显性的对话关系。而这个对话是怎样展开、涉及那些内容、对话期待什么样的结果等问题，还有待于进一步的研究和探索。

第三节　对话与翻译中的主体间性

从译者的声音介入，到肯定翻译过程中他者主体的存在，本书所一直关注的，正是这个复杂的翻译过程。当我们将之诉诸巴赫金的对话性原则的时候，已经在相当大程度上印证了主体间性的存在。那么，对话与主体间性是什么关系呢？译者主体与哪些他者主体展开对话呢？而这些对话又关乎哪些内容呢？这些将成为接下来这一部分进一步探讨的问题。

一　对话与主体间性

对话性原则指导下，我们肯定了译者主体的存在，也将与之对话的其他主体挖掘出来。与此同时，要相应地对他们之间的关系进行讨论。在翻译活动中，多个主体共在，也就出现了主体间的交往。杨恒达将翻译视为一种交往行为，并在此基础上对翻译中的主体间性问题进行了探讨，他指出：

> 翻译中的主体间性的问题不仅体现在译者主体与作者主体的关系上，而且体现在译者主体与读者主体的关系上，另外，如果作者在文本中描述的是人，不管是实在的还是虚构的人，他也构成一种主体，在译者与这一主体之间也存在主体间关系。（2000：101）①

同时，许钧也指出，"译者的主体作用不是孤立的，而是与作者和读者的作用紧密相连。现代阐释学尤其是伽达默尔的阐释理论与哈贝马斯的交往理论为这种认识提供了理论基础，翻译活动不再被看作一种孤立的语言转换活动，而是一种主体间的对话"（2003：290）。②

在哈贝马斯的交往行动理论的基础上，高术也对翻译中的主体间性问题进行了深入探讨。交往行动理论中的主体间性进一步打破了译文与原文二元对立的翻译观，强调译者与原文作者的文化互动和对话。翻译不再停留在一个单调的平面上，对话的层次进一步扩大，译者与原文作者，原文读者与原文作者，译文读者与译者之间发生了联系，译者与原作作者的前理解相互交融，产生了意义的生成性，而译文读者与译作的视域也交融在一起。（高术，2003：41—42）

罗宾逊也提到了翻译中的对话，"正如我前面提到的，译者的客体是别的人和事物——当然是译者想象中的。这是我在《译者登场》

---

① 巴赫金的对话性原则，正肇始于其对作者与主人公关系的关注。在这个意义上，杨恒达关于翻译中主体间关系的论断则是相对完整的。只是由于译者与作品人物之间的对话更加复杂，而且我们更加关注的是译者主体在翻译过程中与作者以及译文读者之间的关系，从而体现翻译过程的复杂性。所以，本书在此不打算进一步讨论译者与作品中人物，即主人公之间的关系。但是，这并不是否认这对主体之间对话关系的存在。

② 伽达默尔（Hans-Georg Gadamer, 1900—2002），德国哲学家，因其哲学阐释学思想而备受重视；哈贝马斯（Jürgen Habermas, 1929），德国哲学家，因其交往行为理论而备受关注。

第二部分讨论的阐释学意义上的'对话'：与想象中的他者的对话，假想的原作者和译文读者……"（2001：164）。①

以上观点都肯定了翻译过程中多个主体的共存，而且也都提到主体间的对话活动。当我们反反复复提到对话与主体间性的时候，我们不禁要问，二者之间是什么关系呢？蔡新乐认为，"对话必有对方，而'双方'意味着对话，尽管对话不一定是语言的对话，对话的实质也不一定在于语言。但是，对话一定是主体之间的对话。因此，对话的问题就是主体间性的问题"（2001：162）。由此，我们可以在巴赫金的对话性原则的基础上，进一步讨论翻译过程中主体间交往活动的实质。

二 巴赫金的对话性理论及其对翻译的影响

那么，这个对话意味着什么？是表现为文本内以引号为特征的对话内容吗？显然不是。在这方面，巴赫金的对话性理论对我们有很大的启发意义。巴赫金对"纯粹的对话"和对话性之间的区分和阐述对于我们认识翻译过程的本质有着重要的指导意义。巴赫金将这种对话者之间"同意和反对的关系、肯定和补充的关系、问和答的关系"称之为"纯粹的对话关系"。而我们所说的主体之间的对话，则是被巴氏称为"对话性"意义上的对话，也即"不是在对白中，而是在独白陈述中，在人与人的意识的关系中""出现这种同意和反对的关系，肯定和补充的关系，问和答的关系"（董小英，1994：18）。

这种意义上的对话性研究，可以应用到翻译研究中主体间的交往中。比如，我们说"译者与作者之间的对话"，并不是说译者与作者面对面的谈话，或者是通个电话、发个电子邮件所进行的对话。要知道，巴特喊出"作者死了"之后，我们无论如何也无法从纯粹的对话关系意义上去探讨二者之间的关系。那么，译者与作者，正是在对话

---

① Douglas Robinson, 1991, *The Translator's Turn*, Baltimore & London: John Hopkins University Press.

性意义上展开对话与协商的,而且在这种对话的基础上达成"视域融合",完成翻译过程,也赋予原作以新的生命,也即译作是原作的"后起的生命"(afterlife)(Venuti,1992:7)。然而,译者的翻译过程却不是在真空中完成的,译者心中也时刻装着那个预期的读者,并且随时与之展开对话,倾听来自读者的心声,从而完成翻译过程的。

格林诺在讨论"人工翻译与机器翻译中的对话性与独白性"的时候,① 明确指出,"在作者与译者,以及译者与读者之间都有很明显的对话"(2003:232),除了作者与译者之间的对话(Pinti,1995),② 还有译者与译文读者之间的对话(Peterson,1999)等。③ 下面,我们对译者与作者、读者之间的对话分别展开讨论。

(一) 译者与作者之间的对话

译者与作者之间的对话,首先体现在译者对原作的理解过程中。这种理解就是一个阐释的过程。传统译论在二元对立认识论哲学的影响下,作者中心论和原著中心论占据了统治地位。作者权威不容置疑,原作的本意不容改变。译者和读者只能是消极地、被动地传达本书本意或者作者本意。然而,哲学阐释学针对"原意"说的三个假定,相应地提出与之不同的三个见解:

1. 作品的意蕴出现在作品与解释者的对话之中;
2. 作品的意蕴不能离开解释者的解释而独立存在;
3. 作品的重要性依时代而改变,作品的意蕴也应依时代而异。

---

① Ann Jorid Kungervik Greenall. "Dialogism and Monologism in Human and Machine Translation", in *Translation Studies at the Interface of Disciplines*, (eds.) Joo Ferreira Durate, Alexandra Assis Rosa and Teresa Seruya. Amsterdam: John Benjamins, 2006.

② Daniel J. Pinti, 1994, "Dialogism, Heteroglossia, and Late Medieval Translation", *Translation Review*, No.44/45.

③ Derek Peterson, 1999. "Translating the Word: Dialogism and Debate in Two Gikuyu Dictionaries". *The Journal of Religious History*, Vol.23, No.1, pp. 31–50.

（殷鼎，1988：58）

从中我们不难看出，作为阐释者的译者在解读和理解原文的过程中发挥着重要的作用。作品与解释者的对话反映在作者与译者的对话中。所以，"我们对于某一作品的理解，就是与作品的作者在某事上取得相互一致的意见，与作者达成相互理解"（洪汉鼎，2001：281）。这也正是伽达默尔说的，"所谓理解就是在某事上取得一致意见，而不是说使自己置身于他人的思想之中并重新领会他人的体验"（同上）。

不少译者在选择原作时，都是很挑剔的，对他们来说，选择原作就是选择作者，就是"选择朋友"（许钧，2003）。译者往往会选择与自己性格脾气、兴趣爱好、生活经历、审美情趣等相似的作家的作品，因为这样更容易找到两个人对话的契合点，更容易找到对话的空间，更容易分享审美感受，更容易产生共鸣，更容易将对话进行到底，更容易实现"视域融合"。

正如上面提到的，对话并非都是一片和声，也会听到反对的声音。比如，美国译者 Evan King 在翻译老舍的《骆驼祥子》和《离婚》时，就听到了来自作者——老舍不同意的声音。对于译者对原文在结局和写作风格上的改动，作者老舍提出了自己反对的声音。但是，译者还是把翻译进行到底，而且其译作也得到了译文读者群的肯定和认可。在这个否认与接受的过程中，译者与作者之间的对话以否定告终，而译者与读者之间却是达成一致，相互认可。也就是说，在翻译这个复杂的过程中，存在着多个主体，自然而然也就存在多重的对话关系。而这些对话在不同层面上展开，而且也并非一定都是以同意告终。

同样，我们有时也会听到译者不同意作者的声音，比如，巴金在翻译意大利作家亚米契斯的剧本《过客之花》时，"他清醒地意识到亚米契斯与他的思想之间'显然有一条鸿沟'，明确地表示他完全不能同意作品中所描述的女主人公安娜与她的恋人阿尔贝托之间的'永别',最后消极地让'安娜在宗教的信仰中度她最后的日子'"(黎舟,1998:54)。当然,译者巴金并没有把这种"不同意"反映在译文中,而是在译文序言中体现出来。这首先是对作者的尊重,但又表明译者并非毫无理性的"搬运工",不是消极地把一种语言文字转换成另外一种语言文字,而是在翻译过程中突出译者的主体性作用,将自己放置在与作者对话的环境中,说出自己心中的话。

(二)译者与读者之间的对话

谷仁(Guerin)指出,考虑到他人"意味着与他们谈话;否则,他们马上就会向我们呈现出他们被客体化的一面:他们会陷入沉默,封闭起来,凝结成完成的、客体化了的意象"(1999:353)。这里可以用来论证译者与译文读者之间的对话关系。考虑到他人,正如彼得森(Peterson,1999)的研究中所指出的,译者在翻译的时候,会经常问这样一个问题:"这对读者意味着什么?他们能明白吗?"诸如此类的问题。在此时,译者已然将读者视为自己的对话对象,也即承认了译文读者的主体地位,而不是将他们客体化为被动的接受者。这样的一种翻译态度,实际上是在译者和译文读者之间展开了一种潜对话的形式。当然,彼得森的研究更直接地利用了译者与其对话者(interlocutor)之间的对话来映射这种对话关系。

其实,翻译理论中的功能派(functional approach)和目的论(Skopos theory),从一开始就注重翻译的目的性:

> Skopos theory focuses above all on the purpose of the translation, which determines the translation methods and strategies that are to be employed in order to produce a functionally adequate result. This result is the TT, which Vermeer calls the *translatum*. Therefore, in Skopos theory, knowing why an ST is to be translated and what function of the TT will be are crucial for the translator. (Munday, 2001: 79)

所以,目的论的焦点就集中在翻译的目的上,这个目的决定了翻译的方法和策略。只有通过这样的翻译方法和策略，才能达到预期的翻译目的，也就是译文才能发挥预期的效果。所以对于译者来说，选择原作、选择翻译方法和策略以及译者的实际翻译行为，都是有目的导向的。这就是说，译文读者始终在译者的心中。

这样一种功能，虽然表面上是对译文文本的考虑，但实际上是超越译文文本本身，而跨越到文本读者的一边，将译文读者视为自己的对话对象，从而与之协商、沟通、交流，并在此基础上做出决定，制造出二者协商结果的译文。唯有如此，这样的译文才能在最大范围内发挥其作用、才能被接受。尽管如此，正如胡功泽所言，"就和许多西方学者一样（例如 Nida），他们所说的交际理论（theory of communication）几乎等于信息理论（Theory of Information），重点放在讯息（message）上，主要关注之处，在于如何传达正确之讯息"（胡功泽，1994：79）。① 所以，主体却无形中被忽视了，也就是说没有关注主体之间的对话和协商，反而过于关注文本形式上的对等与否。

译者在选择原作时，是有着特定的目的的。此时，译者已经将译作的潜在读者作为自己对话的主体，与之展开对话、商讨。译者会以潜在读者为目标，将他们的阅读目的和审美预期纳入自己的视野中来，从而选择原作进行翻译。译者的这种选择动机，常常反映在译者的序言和后记中。傅雷在译《人生五大问题》时说："丁此风云变幻，举国惶惶之秋，若本书能使颓丧之士萌蘖若干希望，能为战斗英雄添加些少勇气，则译者所费之心力，岂止贩卖智识而已哉？"（2002：339）另外，在译《约翰·克利斯多夫》时他说：本书"不止是一部小说，而是人类一部伟大的史诗……愿读者以虔敬的心情来打开这部宝典吧！"（2002：342）在译《贝多芬传》时他说："当初生的音乐界只知训练手的技巧，而忘记了培养心灵的神圣工作的时候，我重译《贝多芬传》对读者该有更深刻的意义。"（2002：351）我们可以看到，译者不仅说出自己选择原作的动机，而且对潜在的读者发出呼

---

① 基于以上批评，胡功泽尝试建立自己的翻译沟通理论，参见胡功泽（1994）。

求，企盼能与读者进行交流、对话与沟通。

以上，我们对翻译过程中的三个主体之间的对话进行了简单的分析。其实，翻译是一个非常复杂的过程，单纯的译者与作者或译者与读者之间的对话是为了分析的方便，而不是现实翻译中的情景。在实际的翻译过程中，这种对话是复杂和共时的，而且作为混杂文本（hybridity）的译文中，不但有作者的声音，还有译者的声音，译文读者与作者也存在着对话的可能性。我们说，在这个复杂的翻译过程，也即对话过程中，译者发挥着重要的调节作用。正如施莱尔马赫（Schleiermache）指出的，"译者要么尽可能地不打扰作者，而将读者带到他的面前，要么就是尽可能的不打扰读者，而将作者带到他的面前（leave the writer in peace and move the readers to him, or leave the reader in peace and move the writer to him）"（Lefevere，1992：149）。这实际上又回到了"译者的隐形"这个讨论焦点问题上来（Venuti，1992/1994）。而对于这个问题的进一步探讨，也会牵涉到有关于"归化"与"异化"的争论。笔者认为，完全的"归化"和"异化"都是不可能的，也是不现实的。这就需要译者不断在作者与译者之间进行协商、沟通，尽可能地达到相互之间的妥协和共存。

三 翻译过程中主体间对话的内容

在翻译过程中，作者、译者和译文读者之间进行对话的内容非常广泛。可以说，作为文学翻译来说，只要是语言所能负载的内容都能成为对话的内容。

首先，我们从文化层面来谈。我们常说，语言是文化的载体。而作为文学语言来说，更能体现出这种载体功能。原语和目的语分别作为两种文化的载体，而两种文化必定存在这样或那样的差异，这种差异也就体现为两种语言的通约性冲突上。在翻译过程中，译者如果要在作者与译文读者之间进行协调，并且保证原文文化信息得以最大限度的传达，同时保证译作能被译入语文化语境所接受，被译文读者所接受，那么，最基本的条件就是，译者既要了解两种语言，又要对两种语言所处的文化有很好的把握。

　　文化是个非常宽泛的概念，可以说其内涵包罗万象。不同的译者在处理同一个文本时，也会由于自己所处的文化不同，产生不同的对话结果。比如说，在文学巨著《红楼梦》的翻译中，杨宪益和霍克斯的译本就存在很大的不同之处。由于二者的文化背景不同，在与原作作者对话中，就会产生不同的对话效果。在翻译"怡红院"（贾宝玉的寓所）和"怡红公子"（贾宝玉的别号）时，反映出两者的不同。杨的译文分别是 Happy Red Court 和 Happy Red Prince，而霍氏的译文则分别是 The House of Green Delights 和 Green Boy。这是译者与作者和译文读者对话的结果。杨的译文是出于自己同意作者的观点，因为在中国传统文化中，红色寓意着喜庆、富贵、兴旺等；霍氏的译文是出于对译文读者的审美期待的反映，因为在西方文化中，红色往往与流血联系在一起，象征着危险、死亡，而绿色则是表示快乐、健康（冯庆华，2000：335）。所以，两者比较起来，我们可以简单地总结为：杨的做法是"将读者带到作者面前"，而霍氏的做法则是"将作者带到读者面前"。[①]

　　其次，我们看看在意识形态方面的冲突。勒菲弗尔（Lefevere）指出，影响翻译的三要素是"诗学"（poetics）"意识形态"（ideology）和"赞助人"（patronage）。[②] 原语与目的语的不同也集中体现在两种语言所处的主流意识形态的差异上。怎样处理这种差异，有时成为保障译文能否继续生存下去的关键。这就要求，译者不仅要深谙两种语言所处的主流意识形态，又能通过自己的主观努力，促成两种意识形态的相互理解和交流。以佛经的翻译为例，任继愈指出：

　　　　佛教传入后，不断接受中国的封建宗法制度，君臣、父子、纲常名教思想也成为佛教宣讲的内容。……佛教在中国早期传播

[①] 有关这两种翻译翻译方法，参见施莱尔马赫（Schleiemacher, 1977）。
[②] 参见 Lefevere（1992）。

中,佛经汉译时,已译进了不少中国儒教思想,儒家的伦理观、价值观有的通过译文写进了翻译佛经,成了佛的教导。(任继愈,1998:303—304)

另外,勒菲弗尔注意到一个现象,在阿里斯托芬的名剧《吕西斯忒拉忒》(Lysistrata)中,女主人公要求把Spartan带到她的面前,她说,"En mē dido tēn cheira, tēs sathēs age(直译为:如果他不肯把手伸给你,你就牵拉着他的阳具吧)"。然而,在历史上众多译本中,原文中的"阴茎"却被"鼻子、腿、把手、生命线"(nose, leg, handle, life-line)等词语代替。勒菲弗尔认为,这种讳饰翻译"在很大程度上是特定时期、特定社会中主流意识形态的一种反映"(Lefevere, 1992)。[①]

勒菲弗尔将这种讳饰看作是意识形态的表现,其实,这也是不同社会中对伦理道德的一种认识不同。作为伦理道德,也是翻译中的主要对话内容之一。这一点,我们可以从蟠溪子和林琴南译哈葛德的《迦茵小传》中看出来。蟠溪子为了迎合当时中国的传统礼教,在评述过程中可以隐去了男女主人公邂逅登塔取雏的浪漫故事,删除了迦茵与亨利相爱私孕的情节,把亨利为了爱情,不顾父母之命而与迦茵自由恋爱的内容也删而不述。而林琴南的译本则对这些情节做了完整的译述。由于两个译本的处理方式不同,得到的评价也不同。蟠译本中的迦茵被认为是"为人清洁娟好,不染污浊,甘牺牲生命以成人之美,实情界中之天仙";而林译本中的迦茵则被认为是"为人淫贱卑鄙,不知廉耻,弃人生义务而自殉所欢,实情界中之蟊贼"(邹振环,1996:186—187)。同样的原文,可两个译本却有如此不同的命运。究其原因,就是两个译者在处理与译文所处社会的道德冲突时,采取了不同的方式。

再比如同性恋文学的翻译。意识形态可以反映在个体译者的身

[①] 译文参见陈德鸿、张南峰(2000:177—184)。

上，克纳甘（Keenaghan，1998）的个案研究可以说明这一点。西班牙同性恋诗人 Federuci Lorca 写过一首诗《致惠特曼》（Oda a Walt Whitman），而惠特曼的身份同样是同性恋诗人，可以说这在一定程度上反映出西班牙诗人对惠特曼的身份认同。而这首西班牙语写成的诗歌，被美国的同性恋诗人 Jack Spicer 译成英文，从中可以看到译者在意识形态上与作者的认同是很清晰的。比如，原文中作者使用了"hermosura virile"（virile beauty）和"muslos de Apolo vigrinal"（Apollonian virginal thighs）这样的表达，而译者则采取了"tight-cocked beauty"和"your muscles of a virgin Apollo"来做相应的翻译。这种明晰化的处理方法，与哈维（Harvey，2003）提出的"加强同性恋性"（gayedness）如出一辙。

在讨论美国和法国之间在同性恋文学的翻译问题时，哈维根据自己的观察提出了两个概念，一个就是"加强同性恋性"（gayedness），另一个是"去同性恋化"（degayedness）。因为原语和目的语的主流意识形态不同，美国的同性恋文学在进入法国社会的时候和法国的同性恋文学在进入美国社会的时候，有着截然不同的遭遇。保守的法国社会在同性恋问题上是一个禁忌（taboo），因此，美国的同性恋文学在译入的时候，就要遭遇到删节和改写，从而减少其中的同性恋描写，也就是"去同性恋化"。与此相反，法国的同性恋文学在译入美国社会的时候，却因为目的语社会对同性恋态度的更高容忍度，而进行了加强同性恋成分的改写。①

无独有偶，笔者在研究中也有类似的发现。台湾作家白先勇的小说《孽子》描写了在台北新公园提供同性性服务的几个年轻人的生活状态。故事涉及同性恋成分，但却以家庭、父子关系等为主题。然而，这样一部文学作品，在译入目的语社会美国的时候，却因为出版社的原因，而出现明显加强其同性恋成分的现象。这家出版社是美国有名的同性恋文学出版社，英文是 gay sunshine press，从中不难看出

---

① 相关讨论参见 Harvey（2003）。

其意识形态和政治动机。因此,反应在翻译上的问题,就是出版机构的意识形态认同,同样会影响译者的翻译策略选择。①

第四节　本章小结

本章所关注的重点,是怎样理解翻译过程中的主体间性和翻译过程的复杂性,而切入点,则是巴赫金关于对话的论述,特别是他所提出的"声音"这一概念。本章一开始,我们就翻译中的译者主体性的问题展开论述,特别是追溯了译者主体被遮蔽的历史,从而指出,有必要为译者的主体地位而奋臂疾呼。但当我们借助各种主体性理论对译者的主体性地位和作用进行阐释的时候,却发现,很难在文本中为译者的在场定位。于是,我们将焦点转向巴赫金的对话性理论,特别是他有关"声音"的论述。巴赫金关注活生生的话语,或者说是现实生活中生动的语言。而当现实生活语言进入文本,则形成了表述。这些由语言构成的表述,由于其本身的对话性特征,决定了表述的对话性特征。这一点充分体现在巴赫金所提出的,每个话语背后都有一个意识的存在,而这个意识则来自一个独立的个体,或者说应该是主体。这样,就充分肯定了文本中主体的存在。翻译研究领域内已经有相当多的研究,主要利用巴赫金的"杂语"(heteroglossia),或者"多声音"(multi-voice)等概念,突出了文本的多声音性,特别是有的研究已经用实例证明了,译文中总有译者的声音,译者在译文中总会发出自己的声音,比如赫曼斯(1996)和施雅为(1996)等。所以,那种期待译者的"隐形"乃至"隐声"的想法,只是一厢情愿的无奈之举罢了。

译者的声音体现在译文中,也证实了译者的"叙述在场"(discursive presence),但是,巴赫金的普遍对话性原则提醒我们,在充分

---

① 有关讨论详见 Li (2006)。

肯定译者主体地位的同时，不能忽视其他主体的存在和作用。有鉴于此，本章进一步探讨了翻译过程中的对话性问题。对话是要有前提的，在翻译这个特殊的人际交往实践中，对话的展开也是要满足一系列条件的。所以，本章对此作了详细的论述，以"存在的差异性"、"存在的未完成性"以及"人的社会存在"三个基本条件，分别论述了翻译中对话的前提。除此之外，本章还就"语言的对话性"和"阅读中的应答"这两点，分别进行了论述，进一步论证和支持翻译过程中对话存在的条件和可能性。

当我们做好了这些准备工作，开始将重点转向对话与主体间性的讨论。巴赫金意义上的对话与主体间性之间有什么关系？这是本章最后一部分所关注的问题。在这个基础上，进一步讨论了翻译这个复杂过程中所涉及的多个主体，而这种多个主体的共存，可以诉诸巴赫金的"多声音性"，或者"杂语"来给予解释。多个主体的共存，提供了对话的基础，而作为翻译这个复杂的对话或主体间共在的过程，对话也变得异常复杂。本章详细讨论了译者作为翻译活动的主导主体与作者以及译文读者之间的对话关系，并就他们之间的对话内容进行了详细的讨论。

第六章

翻译中的杂语与身份认同

在前面几章里，笔者详细讨论了有关小说中的杂语及其翻译的问题，并且提到译者如何表现出自己的叙述在场。在这一部分，笔者将就翻译作为引语，来论证译者的叙述在场，并将结合严复译《天演论》所采用的策略进行详细讨论。在此基础上，本章将着重考察译者的叙述在场，在翻译文本中形成新的杂语建构模式，从而影响到有关身份认同的变化等问题。

第一节 翻译即引语

班迪（Pinti）考察中世纪后期的翻译时，运用了巴赫金的对话性和杂语这对主要的概念，通过作品中的插入语，如 quod he 表明译者在某种层面上是在转述他人话语。因此，班迪总结认为，首先，任何翻译都或隐或显地表示出"她说"或者"他说"；所以，从定义上来解释，翻译可以视为一种间接转述话语（indirect reported discourse）。其次，任何的翻译都是对先前文本的一个回应，因此也就具有了对话性质（Pinti, 1994：16）。班迪回顾了艾默生1983年的文章《翻译巴赫金：其话语理论是否包含一种翻译理论?》（Translating Bakhtin：Does his Theory of Discourse Contain a theory of Translation?）文章的主要问题就是巴赫金的话语理论对翻译有没有理论启发和影响呢。艾默生的回答是肯定的，因为"在宏观意义上，是的，不可避免的：翻译本质上来说是所有人都要做的事情"（1983：23）。对于这一点，艾默生在文章中一开始就有所论及，特别是谈到多民族语言（polyglossia）和单一国家语言内部的杂语（heteroglossia）现象时，已经将一条轴的两端都有所涉及：一端是多民族语言，对应于雅科布森所指出的语际翻译（interlingual translation），而另一端则是单一民族语言内的交际形态，对应于雅科布森的语内翻译（intralingual translation），因为艾默生指出：

> 事实上，他（巴赫金）将民族语言之间的边界视为一个连续体上的一端，而在这个连续体的另一端同样需要翻译，才能保证同一城市里的一个社会群体可以理解另一个群体，一家人里面孩子才能理解父母，今天的人们才能理解昨天的人们。
>
> In fact he viewed the boundaries between national languages as only one extreme on a continuum, at whose other end translation processes where required for one social group to understand another in the same city, for children to understand parents in the same family, for one day to understand the next. (Emerson, 1983: 23)

对于巴赫金来说，国家语言之间的边界，其实就是一个连续轴的一端，而在这个连续轴的另外一端，翻译也是必不可少的。其隐含的意思就是，在这个连续轴的一端，是国家语言之间的差别，也就是说需要跨语际翻译来维持沟通与联系；而在这个连续轴的另外一端，则是同一国家语言内部的语言分野，即杂语的存在。在这一端，同样需要翻译，才能保证同一城市里的一个社会群体可以理解另一个群体，一家人里面孩子才能理解父母，而今天的人们才能理解昨天的人们。

但是，班迪认为，巴赫金思想里面与翻译联系最紧密的内容出现在巴赫金有关"引语"（reported speech）的讨论中。他一直认为，翻译就是译者对作者话语的一个引用，也即译者是在转述作者的话语。班迪指出，在《马克思主义与语言哲学》中，沃罗希洛夫写道，引语语录是"话语中的话语，言谈中的言谈，同时也是关于话语的话语，关于言谈的言谈"（1986：115）。① 笔者也非常赞同这种"引语"观，特别是杜克洛（Ducrot）借用巴赫金的"复调"这个比喻来描述"说者"（法语是 sujet parlant）这个实体的复杂本质：

[即使]是在一个单句这样一个语言单位内，机械意义上制造这个话语的人，并不等同于要为这个话语的措辞或/和内容负责的人。

[E]ven within a short linguistic message, such as a single sentence, the human being who produces the utterance in the technical sense of the term need not be identical with the person responsible for its wording and/or content. (Tabakowska, 1995: 72)

就是说，即使是在非常小的语言信息内——甚至是一个单句，表面上生产这个话语的人，并不等同于为这个话语的措辞或/和内容负责的人。本书在第三和第四两个章节内详细讨论了杂语的建构形式，其实，上面这句话的意思也就是说，表面上看似出自一个说话人的话语，其内部必定隐含着他者的意图。这些表现为字面形式的语词，总有一半是他人的。从宏观层面上来看，译者是接着作者的表述继续进行自己的表述，看似好像是译者在重复作者的话语，但却是经由译者的表述而存在。所以，译者和作者同时应该为这个表述的措辞和内容负责。有的时候，译者认同作者的看法，就会与其走的近一些；而有的时候，译者则不同意作者的观点，那么就会表现出一定的疏离。

巴赫金也反复强调，在一定意义上，整个文学作品其实可以看作是作者的一次表述，也就是一个话语，这个表述进入了与其他言语主体的交际过程。关于这一点，我们在前面有过详细的讨论，此处不再赘述。现在，我们关注的是，在这个转述的过程中，发生了什么？译

---

① 原文为：Reported speech is speech within speech, utterance within utterance, and at the same time also speech about speech, utterance about utterance。

者作为转述者对新的表述的生产发挥着什么样的作用呢？

有关于转述，杜克洛做了一个很好的界定，也即区分了说话者（法语中是 locuteur）和话语意图主体（法语中是 énonciateur）这两个概念。前者是信息作者，即 author of the message，而后者则是那个观点真正被表达的言语主体（即 the person whose point of view is being expressed）。举例来说。在火车站月台上，甲听到了播音员说"开往广州的 T886 次列车马上就要进站了"，乙来得晚或者是没有听清楚，于是，乙问甲播音员说了什么？甲可能会重复说"我们的车很快就要进站了"。说这句话的时候，甲可能会表现出不同的态度。他可能会认同播音员的说法，也可能对其产生怀疑，也许会戏拟，也许会调侃，等等。所以，甲作为一个转述者，可以在不改变句子词汇信息的基础上通过语气来改变自己对于原来信息发出者的态度。当然，在这个语境下，甲不可能用播音员这么严格的句式来传达信息，而会简单说成"T886 马上就要进站了"。甚至，甲会在此基础上加入自己的态度，如"T886 也许就快要进站了"，表示自己的怀疑，等等。

这种转述观与巴赫金的言语交际观非常相似。巴赫金指出，我们每个人从来都不是说出某个字的第一人，因为这是亚当的工作。我们每个人都或多或少地是在重复、或者说是转述他人的话语。同样的一个语词，经过了无数人的诉说，已经凝结了复杂的含义在里面，也包含了无数前人的意图在里面。但当其经过一个新的言语主体的时候，也会在原来的基础上，增加一层新的言语主体的语气在里面，即强调或重复（reaccentuation）。也正是在这个基础上，克里斯蒂瓦提出了互文性的概念，而巴赫金则用对话性来解释其中的主体间关系，这种对话性董小英总结为"同意或反对的关系，肯定和补充的关系，问和答的关系"（董小英，1994：18）。

笔者再举一个例子来说明这种对话关系。笔者曾经受香港浸会大学翻译研究中心的邀请，为翻译研究系列讲座做一次演讲。在演讲开始，笔者就"复述"了一段该研究中前主任黎翠珍教授不久前的一次讲话内容。在不久前深圳召开的一次学术会议上，黎教授勉励年轻的翻译研究的研究生，要做好准备迎接研究生生活的挑战，她笑言，"The life in postgraduate years will always be tough. You will lose and gain. You will probably lose weight, perhaps hair, even sleep. However, you will gain wisdom and self-confidence"。（大意是：研究生阶段的生活是非常艰辛的。你将会失去一些东西，同时也会获得一些东西。你可能会"失去"一些体重，也许会"脱"发，也许会"失"眠。但同时，你会得到智慧与自信。）

这段话被广东外语外贸大学的研究生在网页上转述，被笔者发现，进而在讲座前以这段话作为开场白。笔者只字不改地重复这段话，只是在"perhaps hair"处稍加重音，结果引来笑声。在这个过程中，笔者作为说者（locuteur）说出了原来话语主体（énonciateur）——即黎翠珍教授——的语词。也许，黎教授在说出这句话的时候，也得到了在场听众以笑声带出的回应，但是可以肯定的是，当时没有人会想到笔者。但当笔者在讲座前说出这段话的时候，特别是在"perhaps hair"这个词组上稍加重音的时候，在场听众的笑声一定是回应于他们眼前的笔者的现实状况。因为正在攻读博士学位的笔者确实出现了轻微的脱发而露出 M 字头。

按照巴赫金的观点，黎教授的这些语词都不是她个人第一次说出的，但不可否认的是，她的这个表述必定是对之前他人话语的对话性应答，也预期了随之而来的他人对她这个表述的应答。笔者在这个语境下，就成为这个积极应答式回应的主体。笔者对这个先前表述可以说是采取了认同的态度，因为笔者可以联想到黎教授的幽默风格及其在当时那个语境下生产这个表述的意图。然而，当笔者转述这个表述的时候，已经在这个表述的基础上加入了自己的声音，特别是在这个新的表述生产的语境下，通过新的交际语境和参考体系，为这些"似乎未曾改变"的语词，添加了新的言语主体的意图。此时，新的言语主体，即笔者，与原来的表述主体进入了一种对话的过程，即表现为笔者对原来表述主体的一种认同，或者更准确地说，在这个语境下，是对原来言语主体意图的加强。所以，塔巴考斯卡总结指出：

通过详细分析各种类型的话语，无论是即兴的言语交谈，还是小说叙事，都可以发现这种复调性，即说者（locuteur）在何种程度上认同话语意图主体（énonciateur）。因此，在一个单一表述的背后，隐藏着二重唱，或者更多情况下是众声合唱，这些声音可能是一致、和谐的，但也有时候是纷繁嘈杂的。（Tabakowska, 1995: 72）

因此，巴赫金有关于"引语"的讨论，① 以及由此而衍生出来的语言复调性（linguistic polyphony）② 对于我们理解翻译这种特殊的言语转述，有着很大的启发意义。对此，笔者在前面已经有很详细的论述，不再赘述。但是，不可否认的是，如果我们认同作者是表述的生产者，也即将原作视为作者的一次具体的言语表述，那么我们同样有理由相信，这个作者的表述，经历了译者的翻译之后，也即经过了译者的转述，成为一个大的引语。简单说来，我们整体上把翻译当作一个译者引用作者话语的过程。译者在这个转述过程中，有时候会以某些形式标示出这种引用的痕迹，有的时候，则完全遮蔽起来，看不出引用的蛛丝马迹。但无论如何，我们都不能否认这种转述和引用的现实存在及其意义。

巴赫金在《马克思主义与语言哲学》中指出，"在引语与引用语境之间，充满着极为复杂的互动关系和张力"。③ 如果我们将译者的翻译视为一个引用过程，那么，这种引语与引用语境之间的互动和紧张关系，势必成为译者所要仔细思考和衡量的重要因素。也正是在这个意义上，译者与译文读者、译入语文化和译入语意识形态等诸多要素进入了新一轮的对话和协商的过程。翻译理论中的目的论、功能论等

---

① 参见 *Marxism and the Philosophy of Language*。
② 参见 Tabakowska（1995）。
③ *Maxism and the Philosophy of Language*, Trans. L. Matejka and R. Titunik, Harvard University Press, p. 119. 中译本收入钱钟文主编的《巴赫金全集》第 2 卷，1998b。

都从某个侧面反映了这种引语和引用语境之间的互动关系和张力。

译者作为新的表述的生产者，已经不是简单意义上的复制与拷贝的工作，而是一个集编辑、纠偏、修正、调整等于一身的表述再生产过程。译者在新的表述生产中发挥着重要的作用，施雅为（1996）和赫曼斯（1996）分别从叙述学的角度做了详细的分析，即前者的"故事中总有一个说者"（There is Always a Teller in a Tale）和赫曼斯的"翻译叙事中的译者声音"（The Translator's Voice in Translated Narrative）。两者为我们理解翻译中译者的叙述在场及译者的声音介入提供了很好的分析模式。本书就此不展开详细论述，但二者的结论对于我们进一步理解翻译中的这种转述与引用有着启发功能。班迪也通过声音的角度指出，"翻译，既是通过原来的声音发出的，同时也是通过译者的声音传出的"（1994：18）。由此可以看出，这种理论上的对话，并不一定以时间为先后，虽然施雅为（1996）和赫曼斯（1996）的文章比班迪晚了两年，但是这种理论上的对话性意义却是非常明显的。另外，赫曼斯在其他场合也反复强调和论证了译者的这种叙述在场，并且用翔实的个案和例子进行了解释。如在 2002 年的一篇文章中，他就通过即席口译、字幕翻译和配音、小说中的双语及其翻译、小说的复译等诸多情形，反复论证了自己有关于译者的叙述在场的论点（Hermans, 2002b：15）。

由此，我们可以看到，在译文中，即刻有两个说者，即作者和译者，而面对着同一个听者，即目的语读者。这时候，我们只有通过对译文的细读和分析，才能分辨译文中的"众声喧哗"／"杂语"（heteroglossia），才能通过这些声音追根溯源，找到真正言说主体（the speaking subject），这正是罗宾逊（1991）和赫曼斯（1996）等人所追问的问题，我们在阅读译文的时候，听到的是"谁的声音?"

我们从宏观的意义上分析了翻译作为译者对原作的转述和引用，但是，实际的情形要远远复杂得多。特别是，如果我们结合前面有关杂语的论述就会发现，作者的创作已经是一个非常复杂的组织和引入杂语的过程，而这个过程中，就包含了无数的转述和引用的现象。当进入翻译的语境的时候，这些问题则变得愈加复杂和有趣。怎么样理解这些复杂的情形呢？怎样对其进行分析呢？这些成为新的研究内容和对象。其实，我们仍然可以借用杂语来对某些层面的问题进行分析和解答。因为巴赫金所强调的杂语是与声音分不开的，是与每个具体的言语表述背后的言说主体分不开的，这也为我们切入译文，对译文进行杂语式分析提供了分析模式和基础。而这种杂语式分析的结果告诉我们，译文同样是复杂的杂语构成体；原文作者的杂语建构模式，在译文中很多同样适用和有效。而译文由于作者的叙述在场，使得杂语的建构模式更加复杂和多样。同时，这些新的杂语建构模式，必然导致对某些主体身份建构的加强或改写。因此，以对话为基础，通过对译文的杂语建构模式进行分析，我们可以对译文生产过程所涉及的诸多主体进行身份认同分析，将杂语、身份（认同）和对话联系起来，进一步加深对巴赫金的思想和翻译理论的理解，并且能对两方面做出一些推进行的贡献。

在进入有关身份认同的讨论之前，本书将以严复翻译《天演论》所采用的策略，来印证有关译者的叙述在场及译者的声音这一观点。虽然《天演论》并非一部完全意义上的文学作品，但是，严复在翻译的时候提出的"信、达、雅"的标准，也并不局限于文学翻译。而且笔者认为，巴赫金的思想应用于翻译研究，既能很好地解释翻译的一些理论问题，也可以结合个案来解释实际的翻译现象。当然，这里的翻译现象，并不仅仅局限于文学翻译，可以将其扩展到文学翻译之外的其他文本类型的翻译实践中。

第二节　译者的叙述在场

可以看出，对译者声音的肯定，也即译者叙述在场的认可，是对译者之主体性的有力证明。从原作中心主义到作者中心论，再到现在对译者主体性的认同，可以说从某个侧面反映了翻译研究重心的转移。按照巴赫金的"引语"和互文性的观点，翻译可以从总体上被认同为一个转述的过程，也就是说译文是译者这个主体对原作者表述的一次转述的结果。在这个引语的生产过程中，不可避免地出现了介入主体——即译者——的声音，这对于我们理解译者主体性的实现，提供了直观的证明。

赫曼斯通过译者注释等副文本（paratextual notes）（1996：34）以及其他翻译策略印证了翻译叙述中译者的声音；班迪（1994：18）通过对中世纪文本中的"注释、傍注、纠正、阐释"（glosses, marginalia, corrections, illuminations, and so forth）等不同方式观察，来分析译者声音的介入如何造成译文中明显的多重声音的效果。在这里，我以严复翻译《天演论》所采取的诸多策略为例，同样印证译语文本中的译者声音的出现，以及由此而带来的新的文本内部之对话性效果。有的时候，译者的在场正是为了译文的容易被阅读和接受。比如，严复翻译《天演论》采取了换例、解释和按（案）语等多种手段，其目的不是突出自我，而恰恰是为了译文能被目的语读者所接受和理解。在这个个案中，原语与目的语之间的差异是巨大的，不仅体现在语言文字形式方面，在语言背后的文化层面上所体现出来的差异性尤为明显。由此产生的后果是，如果严复果真遵循自己所提出的信、达标准（当然，这种信、达标准也值得进行历史性的理解），其翻译产品将在很大程度上造成阅读障碍。比如，原文中出现大量有西方文化背景的例子，作为当时的中国大众读者肯定会出现阅读障碍。这与为了阅读的流畅性而提倡译者隐形的观点，岂不是背道而驰了吗？对此，严复采取了诸多有利于读者阅读的"非透明"式处理，比如换例、解释以及按语等，其目的正是为了增强译文的"可读性"，而不是"标高揭己"。我们来看几个例子，分析严复是如何采取合适的翻译手段和策略达到翻译目的的。

更换例子是严复在翻译过程中采用相当多的手段。原文是在西方语言文化语境下产生的，简单的字面后面负载着沉重的文化包袱，这些包袱给译者的翻译工作带来巨大的挑战。怎样处理这些文化负载比较大的语言内容，学界向来多有讨论。近些年来，这种讨论已经由原来的直译与意译，转向归化与异化的讨论。作为两种翻译策略，很多时候共存于同一翻译实践中。

在严复翻译的《天演论》里，很多时候，译者将原文中的西方文化语境下的产物转换成本土的成分，也即普遍接受的归化法翻译。此处，笔者犹豫于"对等物"和"对应"等术语的应用上。如果是对应的话，那也应该是功能上的对应/对等。这里所谓的功能，就是在译文读者身上产生原文对于原文读者所产生的那种联想和理解，或者说为了达到这种联想和理解的目的。严复为了使中国读者比较容易地接受和理解原文所传达的实旨，在很多时候采取了将原文中的典故、人名、地名等转换成中文语境下容易引起联想的概念。比如：

> 即假吾人彭聃之寿，而亦由暂观久，潜移弗知（《导言一·察变》）（严复，1998：42）

对照原文我们不难发现，彭祖、老聃是绝对不会出现在赫胥黎的原文中的。原文是描述地学专家历经查验各类化石，认识到动植物的丰富品种通常均具顺序而行的变动和迁易，只是它们的变动及其微小，它们的迁易也极其缓慢，所以短时间内是难以察觉的。原文是：

> …the state of nature of the ages during which the chalk was deposited, passed into that which now is, by changes so slow that, <u>in the coming and going of the generations of men</u>, had such witnessed them, the contemporary conditions would have seemed to be unchanging and unchangeable. (Huxley, 2003: 3)

可以看出，原文的画线部分本不会对原文读者有任何历史互文联想的提示，只是直述时间的更迭。然而，在译文中却出现了彭祖、老聃两个中国语境下传说中的长寿人物。这样给译文读者产生的直接联想就是经世已久，因为传说中的两位皆以长寿著称，彭祖更是经世800年。如此这样对原文的解释，使译文对于译文读者来说更加形象、具体，产生更为直接的联想。

再来看一个例子。原文：

The pigeons, in short, are to be their own Sir John Sebright. (Huxley, 2003: 22)

如果直译的话，我们会看到这样的译文：鸽子们将成为它们自己的约翰·塞伯莱特爵士。其中牵涉到一个非常有文化功能的符号，即约翰·塞伯莱特爵士（Sir John Sebright）。他是19世纪英国农学家，以改良家畜（家禽）和驯养鹰类及养鸽术而出名。而严复的译文则是：

今以人择人，此何异上林之羊，欲自为卜式；汧渭之马，欲自为其伯翳，多见其不自量也已。（严复，1998: 151）

直译为白话即：这如同上林苑里的羊，自己想成为卜式；汧水渭河边的马，自己想成为伯翳那样。译者在此采用了类比的手法，尽量在译文读者中产生最为直接的联想，从而达到"可读性"的目的。而把西事"移用更换中国典故，便于文言文表达，利于晚清人士之阅读"（严复，1998: 150）。

我们可以将严复的这种处理方法理解为归化处理，也可以说是意译的策略。在此，译者的声音清晰可闻，其目的和动机也是司马昭之心，路人皆知。可随之而来的一个问题就是，这样的方法肯定会带来一定的损失，也就是文化损失。因为，原文中的文化要素被译文中能发挥同样功能的文化成分所替代，虽然对于译文读者的阅读来说不会造成太大的障碍，但对于跨文化交流的目的来说，却又造成了一定程度的文化损失。而这也正是译者有时会面临的问题，就是怎样在"可读性"和文化译介两者之间达致平衡？这也是归化和异化策略运用过程中译者要三思而后行的。我们知道，翻译归根结底就是一个译者做决定的过程。在这个过程中，有太多的因素要由译者来斟酌，最后才能做出相对理智和得体的决定。所谓"理智和得体的决定"，是说译者要考虑译文读者的接受程度，要考虑译入语文化中的众多规范，要考虑译文在译入语社会意识形态下的风险，等等。

有些的译者往往会采取必要的措施，以此来补救自己的翻译策略和手法所造成的文化损失。这在某种程度上与补偿策略息息相关。所谓补偿，是指"操控文本，从而弥补翻译所带来的损失"（Hatim, 2001：228）。

补偿有不同的方式。根据上面的定义，其实改写、更换例子等都已经是隐性的补偿方式了。比如上面提到的例子，不妨再看一个例子。在阅读严复译文中遇到更换典故的例子应该不算罕见了，下面这个尤为典型。译文为：

> 李将军必取霸陵尉而杀之，可谓过矣。然以飞将威名，二千石之重，尉何物，乃以等闲视之？（《导言十四·制私》）（严复，1998：177）

如果不特别说明这是译文，读者一定以为这是些中原之事。其实，读原文才知道此处作者和译者各自的用意何为。原文是：

> And, though one cannot justify Haman for wishing to hang Mordecai on such a very high gillet, yet, really, the consciousness of the Vizier of Ahasuerus, as he went in and out of the gate, that this obscure Jew had no respect for him, must havebeen very annoying. (Huxley, 2003：29)

该段的大意是说：埃及的哈猛一定要捉拿摩德开而将他悬首高杆

以示众，这也过分了。然而他凭亚哈木鲁经略的重要官职，这犹太人是什么人物，竟敢冷漠地对待他，在大门口进进出出，仍是高傲地不向他致敬，那么他恨这个人还是人之常情呢。

可以看出，严复心中时刻装着自己的预期读者，而面对这样的原文所展示的文化典故，译文读者更是难以理解。如果译者严复按照忠于原文的翻译观，就应该将这个典故照原文译出，从而隐去自己对于译文生产的介入，也即隐去自己的在场特征。这样才能达到译者隐形论者所提倡的阅读的"流畅性"。然而，恰恰相反，严复不断将例子改头换面成了本土的典故，更在这之后进行了按语补偿，指出，"今以与李广霸陵尉事相类，故易之如此"。其目的非常明确，就是要让译文读者产生更直接的阅读联想，从而理解这些典故在文中出现的作用和目的。从功能角度来说，将原文中的典故改为本土的历史典故，可以达到相同的叙述目的。

如果说以上例证可以解释译者的出现并非美丽错误，译者的"主动"出场则更能说明译者的主体性在翻译过程中和对译作形成都发挥着重要的作用。我们上面提到，译者会以隐性的方式进行补偿，另外，译者也会以显性的方式参与文本的再生产，从而保证译文在目的语文化中的接受和生存，也即以积极的方式赋予原文以"后起的生命"。此处，所谓显性的补偿方式，可以有多种形式，比如，译文的前言、后记、各种注释等副文本。我们还是以严复为例。严复在《天演论》的翻译过程中，对原文进行了详细的译注，并在译文中不时穿插自己的评注，即发表个人之见，但更多的时候是通过按语帮助译文读者更好地理解原文，从而达到翻译的目的。比如，上面有关李将军的隐性补偿之余，严复又紧跟其后进行了显性补偿，以小于正文字体的小字体文本紧跟其后，进行注释：

李将军……等闲视之？其憾之者，犹人情也。案原本如下：埃及之哈猛必取摩德开而枭之高杆之上，亦已过矣。然彼以亚哈木鲁经略之重，何物犹大，乃漠然视之？门焉再出入，傲不为

礼，则其恨之者，尚人情尔！今以与李广霸陵尉事相类，故易之如此。(严复，1998：177)

严复对自己的隐性补偿又进行了显性补偿，交代了易例的原因。除此之外，严复还在译文中以正文字体和小于正文字体的小字体形式插入自己的观点和批评，也即按语，从而对于译文读者的阅读进行指导。如：

如是，则其所受于天必有以制此自营者，夫而后有群之效也。复案：人道始群之际，其理至为要妙，群学家言之最晰者，有斯宾塞氏之《群谊篇》、柏捷特《格致治平相关论》二书，皆余所已译者。(严复，1998：176)
复案　赫胥黎保群之论，可谓辩矣。(严复，1998：177)
又案　班孟坚曰："不能爱则不能群，不能群则胜物，不胜物则养不足。"(严复，1998：178)

当然，我们在此只能以几个简单的例子来展现译者的主动在场在翻译中的积极作用。严复的翻译为我们提供了丰富的研究资源，有必要做进一步的研究，比如翻译中叙述视角的转变等。但是，限于篇幅，本书不再就其他问题展开论述。

第三节　译文中的杂语与身份建构

本书在前面详细讨论了翻译中的主体、主体性和主体间性的问题，并且以声音为切入点，讨论了翻译，特别是在译作中，各个主体是如何通过声音来凸显各自的主体性，以及主体之间的相互关系又是如何在文本中得以确定的。翻译是一个对话的过程，我们在上面就这种对话的前提、对话的内容等进行了解析，而这个对话也必然会以某种形式体现在文本中。在本章的前半部分，笔者结合巴赫金有关转述与引语的讨论，进一步探讨了译文中译者的声音，以及译者的叙述在场，强调了译者主体性的实现方式。不容置疑，主体性的讨论与身份（认同）不可分割（Barker，2000）。在这一部分里，笔者将结合部分个案，来分析翻译这个对话的过程，如何影响身份的建构。而怎样从对话的角度切入对身份建构的剖析呢？笔者会再次回到前面有关巴赫金的杂语这个概念的讨论中，深入挖掘有失有得的译文：虽然我们在前面列举了翻译过程中，某些原文中的杂语并未能被充分传达，但是不可否认的是，译者会以这样或那样的方式，利用译入语的语言和文化参考体系，重新建构起译文中的杂语结构。而且这些新的杂语建构模式，很多时候是因为译者这个新的叙述主体的介入而引起的。

翻译是一个复杂的过程，既包括译者的翻译操作，同时又涉及译作的接受及其在目的语文化中的身份建构作用。由此，有关文化身份的问题也就逐渐彰显出来。主体性和身份是文化研究的两个核心关键词，而翻译研究的文化转向就不可避免地要涉及对翻译中的主体性和身份的讨论。可以说，主体性研究主要关注身份影响翻译的多样性问题，而翻译在目的语文化中的身份建构问题，也应该得到相应的重视。

在翻译与身份这个问题上，克罗宁（Cronin，2006）进行了深入的研究。当然，他关注的是工业和后工业经济与社会中，译者的主体性作用与译作/译者在新的身份建构过程中所发挥的作用。如果按照巴克尔（Barker）的界定，身份既包括自我身份（self-identity）又包括社会身份（social-identity），他指出，"我们对自己的见解和看法构成我们的自我身份，而来自他者的预期和观念则构成我们的社会身份"（2000：165）。在翻译的语境下讨论身份的问题就变得尤为复杂，应该分层次、多方面地展开讨论。首先，还是要结合主体性研究，因为巴克尔指出，"主体性与身份是密不可分的"（同上）。在这个层面上，译者的主体性作用是与译者的自我身份认同紧紧联系在一起的。以女性主义翻译来说，女性主义译者在翻译过程中，必然凸显其女性主义的政治动机和目的（political agenda）。此时，译者的主体性发挥与其身份认同是一致的，可以说，主体性的发挥首先是服务于自我身份的建构。当然，这可以算是翻译研究中相当极端的个案。但是，不可否认，从功能主义的角度来看，任何的翻译都是由某个目的驱动的，而这个目的的实现很大程度上取决于译者的身份认同。

不能忽视的是，译者的自我身份建构，也会受到诸多因素的影响和限制，特别是目的语社会的主流意识形态和诗学等因素。严复提出翻译的"信达雅"三原则，"雅"字就已经清楚地彰显了其身份定位，其译文要达到"雅"就是要符合主流意识形态和诗学的标准，其目标读者是受过教育的士大夫。严复对自己的定位就是要认同士大夫阶层的阅读习惯和接受能力，这很好地体现了严复作为一个译者对自己的身份的确认和建构。

如果上面讨论的是译者的自我身份认同，其社会身份的建构又是什么情形呢？克罗宁在其著作的第三章[1]以口译员为例进行了详细的阐释。简言之，译者/口译员在各种利益集团争斗过程中，扮演着重要的角色。电影 *The Interpreter* 就是一个很好的例子。[2] 该片在台港及大陆地区出现了不同的译名，如《双面翻译》《口译员》《翻译风波》《叛译者》等。仅仅从这些译名就可以看出，译者的身份本身就是一个值得思考的问题。故事描述一名在非洲出生的联合国口译员席薇亚布伦（Silvia Broome）（妮可·基德嫚饰），有一天在无意间听到有人用只有包括自己在内的少数人听得懂的非洲土语讨论一项暗杀阴谋，暗杀对象是即将在联合国大会发表演说的一位非洲国家元首。当席薇亚听到这个惊人的秘密之后，很快就发现自己也成了凶手追杀的对象。于是，她就向相关单位报案，密勤局（U.S. Secret Service）则指派托宾凯勒（Tobin Keller）探员（西恩潘饰）负责保护席薇亚的安全。但是在他的调查过程中却发现他所保护的证人拥有神秘复杂的背

---

[1] Michael Cronin, *Translation and Identity*, London and New York: Routledge, 2006.

[2] The Interpreter, directed by Sydney Pollack, 2005.

景，而他也开始怀疑她并没有完全说出实情，而且她很有可能也涉及这项暗杀阴谋。因此他对她产生的不信任感越来越强烈。席薇亚到底是受害人还是嫌犯？或者她另有所谋？当这场诡谲多变的政治暗杀行动日益逼近之时，席薇亚的人身安全也受到威胁。二人在互相猜疑同时又互生情愫之余，必须携手合作查出真相，及时阻止一场可怕的国际政治危机发生。

其实，现实生活中，我们周围都可以观察到这种对翻译/口译员的社会预期和想象，除了罩在译员头上的光环之外，译员有时却担当了替罪羊的角色。各种选美比赛中，选手会将自己的落败归咎于口译员的失职；国际文学奖评比中，社会有这种看法：某某不能入围是因为没有好的翻译；等等。香港特别行政区前特首曾荫权在发表施政报告后，因最低工资立法的问题受到质疑。此时，可怜的译者又被推出来做挡箭牌。难怪，无论是翻译还是口译，多数情况下都会谨小慎微，唯恐越雷池半步。也正因为如此，译者很多时候宁愿选择"隐形"，比如在译作中隐藏译者姓名等。与此相比，口译员就要面临抛头露面的压力和尴尬了。

以上主要围绕译者/口译员的身份展开讨论，特别是与译者主体性相联系的诸多问题。但是，不能忽视的是，翻译活动也会涉及对他者的身份建构，这也是克罗宁所关注的，即工业和后工业经济社会的身份建构过程中，翻译发挥了什么样的作用。(Cronin, 2006: 2) 在翻译研究视野下，他者的身份建构也颇有意义。他者所建构的自我身份，可能由于翻译而发生改变和被改写。这方面，陈嘉焕（Chen, 2006）的文章《外交、国家身份和翻译：中英早期外交信函的个案研究》，就是一个很好的例子。[①] 英国在18世纪末期的自我身份建构体

[①] Eric Chia-Hwan Chen, 2006, "Diplomacy, National Identity and Translation: A Case Study of Early British-Chinese Diplomatic Correspondence", in *Norwich Papers: Studies in Translation*, Vol 14, special issue on *Identities: The Role of Translation in Global and National Contexts*, Norwich UK: University of East Anglia.

现在其写给中国的外交信函中,而这种自我身份却在翻译过程中,被翻译改写,以期更好地适应当时中国社会的世界版图观。所以,体现在中文本中的英国身份,是被操控的他者身份,是被改写了的他者身份。比如,原文中的"The King of Great Britain"和"embassy"就分别被译成"红毛英吉利国王"和"贡差"(Chen,2007:5)。王祯和在《玫瑰玫瑰我爱你》中也用到"红毛"这个意象,他写道,县长身边的人"都跟县长同款样,只认得孔子公,不识红毛番——"(王祯和,1986:24)。在英文版中,这个"红毛番"被译成"red-haired barbarians"(Wang,1998:15)。所以,"红毛"这个意象有贬义的内涵。而"贡差"这个词不同于"特使",满足朝廷皇帝的世界版图观,也就是说英国是派来进贡的,而不是平等主权国间的交往。

本书前面提到了杜克洛所区分的说话者(法语中是 locuteur)和话语意图主体(法语中是 énonciateur)这两个概念,这对于我们理解巴赫金意义上的引语有很大的启发作用。而且当我们把翻译视为一个转述过程,并且把译作当成一个引语之后,就更加能理解说话者和话语意图主体这两个不同主体在译文意义建构上所发挥的不同作用。

本书第一章曾经介绍过罗宾逊的双声语翻译理论。罗宾逊在西方翻译理论界是较早借鉴巴赫金思想来研究翻译问题的学者之一,他从早期的《译者登场》(1990)到近期的《言有所为语言学》(*Performative Linguistics: Speaking and Translating as Doing Things with Words*)(2003)一直都借用巴赫金的对话和双声语概念,来发展自己的对话性翻译理论。在《译者登场》一书中,他提出了"翻译的对话学",认为译者不可避免地"与[原语]作者展开阐释学意义上的对话"(Robinson,1990:xv)。虽然罗宾逊提出了"六大比喻模式"(six master tropes),但是班迪认为他只是借用了马丁·布勃(Martin Buber)的对话理论,并没有深入地借鉴巴赫金的著作和思想(Pinti,1994:17)。这种观点也得到了国内学者陈历明的认同,而陈历明也同时指出罗宾逊"过于突出译者的主体性,赋予其几近无限的裁定权,难免又矫枉过正了"(2006:62)。

但是，在罗宾逊2003年的著作中，却对巴赫金的思想进行了新的借用和发展，特别是借鉴了巴赫金对话性和双声这两个概念。在翻译的身体学理论基础上，罗宾逊进一步从"言有所为语言学"（performative linguistics）的角度来讨论话语的这种内在对话性，以及其中所折射出来的声音杂合。由此，罗宾逊提出了双声翻译的理论（double-voiced translation），对巴赫金的双声理论进行了修正，并且进一步在翻译研究领域内借鉴和挪用巴赫金的双声理论。①

无论是杜克洛对 locuteur 和 énonciateur 的区分，还是罗宾逊的"双声语"翻译，都是从巴赫金那里找到理论来源的。那么，当我们对译文进行分析的时候，就会发现，译者作为一个言说主体，在译文中留下了自己的声音，而这又是通过自己的杂语建构模式来实现的。巴赫金在分析长篇小说引入杂语的模式的时候，提出了几个非常实用的分析方法，而作者在这个过程中发挥着重要的作用。比如，混合模式可能会出现在作者的叙事中，或者出现在假托作者和叙述人的叙事中，也可能出现在人物的对话话语或镶嵌体裁中。② 而巴巴拉斯在讨论语言复调性的时候，第一个类别也是讨论作者有能力将各种不同的社会杂语引入小说。由此，我们不难看出，译者作为新的表述的生产者，同样会在译文中建构起新的杂语模式。也就是说，我们在译文中听到的所谓译者的声音，是译者通过新的杂语建构模式表现出来的自己的声音，而双声语是最为直接的表现形式之一。

巴赫金在讨论小说语言的时候，特别强调人物语言的社会杂语性特征。即使是同一个词汇，但因为发音的不同，也可能会带来不同的艺术效果。在屠格涅夫的《父与子》中，虚无党人同他们的父辈一样关心"原则"。但年轻的激进党人说 printsip（德语：原则），而老一辈保守派则"用柔和的法国腔"说 principe（法语：原则）。在这种辅音的微小差别背后，是全部哲学和政治的差异：一代人转向德国的科

---

① 有关罗宾逊的双声翻译理论，参见第一章第二节的相关讨论。
② 参见第三章相关内容的讨论。

学主义，另一代人则仍旧信奉法国的自然神论。用两种方式讲一个词，其间的差别揭示了 19 世纪 60 年代俄国主要的政治和思想斗争。这意味着，即使表述中双方表面上没有激烈的冲突，但内在的对立和差异依然时时处处存在。①

　　同样地，在译文中，译者可以使用不同含义的词汇来代替原文中的某些词汇，这个替换的过程表面上看起来是非常简单的，但是如果对其进行细致的考察就会发现，很多词汇的选择，凸显了译者的某种意识形态心理，或者说是译者某种程度上的操纵，使自己的声音在译文中表现出来，从而达到某种政治、文化或意识形态的目的。当然，这种操纵也会直接影响到译文中的身份建构。这个身份，既包括某个人物、某个社会群体、某个阶层的身份，也可能会反映出译者对自身身份的反思或批判。

　　下面，笔者通过《玫瑰玫瑰我爱你》中的几个例子来详细说明。在小说的一开头，介绍主人公董斯文的时候，有这样一段描述：

　　　　原文：攻读外国语文学系的他，也许过度用功吧！竟连自己讲的国语都躲不掉西潮的影响。谈话对象知识水平越高，他的话就越似拙劣翻译小说里的词句，像：多么胡说——我很高兴你跟我同意——这是我的认为——他不知道他在说什么——我为你感到很骄傲——我被愉快地惊异了……（王祯和，1986：5）

　　　　译文：Owing, perhaps, to his industry in studying a foreign language, even Siwen's Mandarin had a decided Western twang. And the greater the intellect or educational background of the person to whom he spoke, the more inclined he was to pepper his speech with words from translated novels: *What rot-I'm delighted you share my view-This is my considered opinion – He simply doesn't know what he's saying – I am so very proud of you – I was pleasantly surprised.* (Wang, 1998：4)

---

① 详细的讨论内容，参见 Bakhtin（1981：357）。

在翻译的过程中，译者的一些决定可能会体现在文本中，而这种决定是译者的一种认同和态度。在上面这段翻译中，原文与译文之间有一个很小的差异，如果不仔细阅读是难以察觉的。原文中，作者写道"他的话就越似拙劣翻译小说里的词句"，但在译文中，"拙劣"这个词就已经没有了。怎么样去解释这一点呢？其实很简单。译者是一个非常有经验的译者，非常了解中国语言和文化，而且他本人对翻译也是抱着极为正面的态度，知道翻译中有很多的难点，即便如此，也筚路蓝缕地去从事这项艰苦的翻译工作。而据资料显示，作者王祯和也是从事过翻译工作。他曾经将《英格丽褒曼：我的故事》翻译成中文。① 那么，王祯和是否就对文学翻译持有否定的态度呢？其实也未必。因为小说中的叙述者未必就是作者本人，所以，很难因为这句话就判断作者对翻译文学报有负面的态度。其实，这句话应该是一种普遍的态度，也可能包括作者本人，也可能不包括。如果用巴赫金的分析，那就是来自未知来源的社会杂语。现在的问题是，译者应该不会没有注意到"拙劣"这两个字，但在翻译中，却选择将其省略。这不是语言的问题，因为这个词很容易找到对应的译法，比如"poorly translated"或者"badly translated"等。但是，译者在这里选择放弃翻译这个词，是因为他认为并非所有的翻译文学都是拙劣的。可以说，他对翻译文学或文学翻译还是秉持积极正面的认同态度。

从一个方面来说，作者所提供的那几句话，特别是第二句和最后一句，对我们现在的汉语读者来说，依然觉得有些怪异，散发着浓厚的翻译腔。难怪作者将这些称为"拙劣翻译"。但是，对于另外几句，笔者想很多人都还是比较能接受的，比如"他不知道他在说什么"和"我为你感到很骄傲"。就翻译文学对于民族语言的影响和冲击，文学和语言研究领域还存在各种不同的看法。我们不能否认晚清和五四时期西洋文学翻译对于白话文发展所发挥的重要影响作用。所以，译者可能是在同样的思维影响之下，认为这些译文未必就是难以接受的翻

---

① 王祯和译，台北远景出版事业公司，1985年。

译腔，也并不能算是"拙劣的"翻译。由此，译者采取相对中立的态度，去掉"拙劣的"这个词，而仅仅描述这个现象。所以，无论是有意为之，还是不经意的笔误，都已经暗示给我们，译者作为话语权的操纵者在这个问题上的立场，或者说，反映出译者对于翻译这种工作的一种认同。

在翻译的过程中，经常会出现这种增增减减的现象，而这些现象的背后，透露着不同的意识形态考量。上面这个例子中，是译者通过删除的手法，来改变作者或者作者所代表的社会惯常的看法。在下面这个例子中，就更加明显地体现了译者的声音介入，或者说是译者通过自己的选词来影响读者的看法。

原文：钱老大身子结棍，虎背熊腰，胸口又像洋人那样般遍生汗毛。他这半裸照一张贴出来，便有好多人以为是什么强精补肾丸的广告！（王祯和，1986：38）

译文：Chief Qian had a taut, muscular body – the back of a tiger and the waist of a bear, and the hairy chest of a European. When the revealing posters first went up, people thought they were advertisements for a virility tonic. (Wang, 1998: 25)

原文中有"洋人"二字，而这个词在前面也反复出现过。之前，译者基本上都翻译成 foreign 或者 foreigner。但是，很奇怪的是，在这里，却将其译作 European。为什么？当然，如果仅仅翻译成 foreign 或者 foreigner，不足以产生原文般的联想，因为对于台湾人来说，中国以外的任何一个国家的人都可以称为洋人，比如日本、韩国等东亚国家或南美洲的很多国家。但是，在此洋人主要是指欧洲和北美洲的白种人，而英译中的 foreign 不足以产生这种联想。而且原文中很多地方都提到美国，如美国烟、美国货币、美国大兵（阿凸仔）等；同时，这次吧女培训班的目的，也是为了接待来花莲度假的美国大兵，也就是说自己的"商品是卖给美国的阿兵哥"（王祯和，1986：169）。所以，这里不难联想到原文中的"洋人"，应该主要是指与台湾地区关系密切的北美国家，特别是美国。但是，作为美国人的译者却并没有按照这个逻辑把"洋人"译成"American"，这是为什么呢？

其实，也不难理解，这与译者的身份认同有关系。在这里，钱议员的形象并不是正面的，而是作为被讥讽和嘲笑的对象。特别是把他描写成一个"脱裤"议员，一个靠脱成名的候选人。而且在这里的描述中，他的形象被拿来当成卖"强精补肾丸"的广告。所以，这么一个负面的形象描写，当然不会被作为美国人的译者认同，也不会让他将这个形象与美国人的形象联系在一起。所以，译者经过内心的协商过程，将这个被讽刺的对象描写为"欧洲人"，将这种讽刺转嫁到"欧洲人"身上。

我们有理由相信，在译文中，European 这个词汇即刻就包含了作者和译者两个人的声音在里面，是一个典型的双声语现象。而且不能否认的是，这个词是由译者带入的，而且是按照译者的身份认同机制来引入的译者的词汇，所以，我们可以将译文视为一个杂合建构的结果，也就是说，在这段看似来自单一叙述人声音的语句里面，虽然没有明显的语法上的标志，但是我们却可以通过其所发挥的作用，将其视为有直接来源的译者的声音，所以是一种杂语的杂合建构模式。这种效果类似于前面笔者所举的"perhaps hair"的例子。当然，在这个例子中，笔者在转述和引用原来信息发出者的时候，是抱着一种赞同、甚至是强调的态度，所以，体现在其中的是笔者与原来信息发出者的统一的对话结果。然而，在这个例子里面，因为译者与作者的身份不同，导致二者在这个协商中是以不同意而告终。

所以，我们不能够小看译文中的任何一个小小的词汇，这可能就是意识形态争斗的场地。笔者下面所举的这个例子，同样是非常典型和独特的。董斯文从恽医生那里回来，打电话给钱议员，提议要增加男妓来招待有同性恋倾向的美国大兵。这一大段表述，非常有意思。原文中没有引号来表明人物话语，但译者却将其明晰化，即根据自己的解读把某些话语以直接引语的形式划归到某个主人公名下，这在一定程度上造成了原文中的那种杂语建构模式的损失。关于这一点，在此不再赘述，但笔者感兴趣的是中间一个部分在翻译过程中的变异。

原文：他恳请老大莫要小看这个四分之一。一百的四分之一，是二十五。三百的 quarter（四分之一），就是七十五。质言之，来花度假的三百名美国大兵，至少，at least 有七十五名是黑摸（HOMO）。相信数目要比七十五名多！GI 嘛！又在战地嘛！这是很自然的现象吗！……若是也把这七十五名黑摸（也是几年以后，玻璃、玻璃圈、一号零号……才叫开来）列入营业对象，那么营业金额不是一定要比原来更为增加了吗？在这点上，他不厌其详反复剖析，非让他老大见到一座金山在眼前不可似地。（王祯和，1986：140）

译文：He urged the Chief not to take that number lightly. "A hundred one-out-of-fours is twenty-five. Three hundred *quarters* is seventy-five. Which means that for every three hundred GIs who come to Hualian on R&R, at least, *at least* seventy-five will be *homos*. I'm sure it will be more than that. They're GIs! From a war zone. It's a natural phenomenon. If we include these *homos* (it would be several years before they were called *crystal boys*) in our business plans, that will automatically increase our income, won't it?" He tirelessly underscored this point in his analysis, determined to show the Chief that there was a pot of gold at the end of this particular rainbow. (Wang, 1998：93)

译文中，译者按照自己的逻辑推理将部分内容以直接引语的形式标出来，这对于原文中的杂语建构模式来说是一个改变，在此不再赘述。这里，想引起读者注意的是有关括号中的这段文字。原文中的括号，是作者的一种策略，这一点萧锦锦曾经注意到："除了不同语言过渡间的讽刺，以及活用台语外，王祯和在这部小说里的文字，另有一番杰出的成就。他刻意把'语言的进化'（今昔的不同说法、用法和做法）接在一起"（王祯和，1986：284），并且举出我们这里看到的这个例子，如："at least 有七十五名是黑摸（HOMO）（也是几年以后，玻璃、玻璃圈……才叫开来）"。

巴赫金强调，文本中的每一个词，都带领我们走出文本，回到文本生产的那个时代里去。在这里，就出现了一个因为翻译而产生的时空混淆的现象。原文中提到的黑摸，实际上是根据同性恋（homosexual）这个词的英语发音音译过来的，作者给出了这个词的词源，即 HOMO。但是在括号的注释中，作者提醒我们，"（也是几年以后，玻璃、玻璃圈、一号零号……才叫开来）"。这些新的叫法是台湾 20 世纪 80 年代才开始流行的一些说法，所以，作者把词今昔不同的说法写出来，是刻意反映这种"语言的进化"，而这种语言的进化是与社会杂语的发展密不可分的。然而，在译文中，我们可以看到，不但原文中的"黑摸"不见了（这是第一层意义上的杂语消失），而且后面括号中的新用法也被译者用 Crystal Boys 代替了。其实，Crystal Boys 这个说法，在 20 世纪 90 年代之前并不存在于英语中，而恰恰是《玫瑰玫瑰我爱你》的同一译者葛浩文，在翻译台湾作家白先勇的长篇小说《孽子》时新造的一个词汇。① 译者在解释这个题目的翻译时指出，自己并没有将孽子翻译成 infalial sons，主要是考虑到这部小说的题材，涉及几个在台北从事色情服务的年轻男性为主。而这些同性恋者在台湾被称为"玻璃"，而同性恋的圈子则被称为玻璃圈。鉴于此，葛浩文将这个题目译成 *Crystal Boys*,② 取水晶的透明与坚韧，而放弃直接翻译成 Glass boys 或其他。当然，这个翻译也涉及翻译过程中的对话、主体性与身份建构的问题。但是，我们通过这个背景可以看到，Crystal boys 这个称谓是到了 20 世纪 90 年代，才经由翻译进入

---

① 白先勇：《孽子》，台北允晨文化实业股份有限公司 1990 年版。
② *Crystal Boys*, Howard Goldblatt 翻译, San Fransisco, Calif.：Gay Sunshine Press, 1990。

英语中，其指涉功能也才相应得以发挥。所以，译者在选择一个词汇的时候，是要对诸多相关参数做出衡量，然后在一个变动范围内选择一个能够将读者带出文本、并且产生相应联想功能的译入语。

从原文括号当中的具有贬义含义的用语，转变成译者笔下具有褒义功能的词汇，这中间就透露出译者的一种社会评判的态度，同时也是对同性恋者身份的改写。原文中多处出现对同性恋者的贬义的称呼，比如"黑摸"、脚仔仙等：

> 喝，那个斯文老师讲：除了准备查某招待美军外，还需要几个男性陪酒——干么？他讲美国大概有四分之一的查埔人（男），是脚仔仙！——脚仔仙，你听莫？玩脚仓的（屁股）！知道了吧？（王祯和，1986：200—201）

而且董斯文早就看出恽医生是个同性恋者，所以在推开他"性骚扰"的手后，指着他的鼻子说，"我就知道你有这个毛病！嘿！还以合法掩护非法！"（王祯和，1986：137）。所以，以董斯文的口说出的社会上对同性恋的一种评判，那就是同性恋是一种"病"，而且是"非法"的。

然而，在译文中，译者却通过互文性指涉，用一个较为正面的词汇代替了原文中的较贬义的说法。Crystal Boys 这个译名是专门为《孽子》的英译本而设计的，而这个英语译本是在美国的 Gay Sunshine 出版社出版的。[①] 由于这种出版社的影响，译者在选择题目的翻译时，选取了较有正面含义的 Crystal Boys 来处理，一来满足出版社的出版目的和动机，二来改变原文题目中的"社会评判"的含义。如果按照哈维（1998、2000）的说法，这种译法"加强了原文的同性恋"内涵，

[①] 译者 Howard Goldblatt 教授在接受笔者访问时曾经指出，出版社在译本的生产过程中发挥着重要的作用。在这个个案中，不可否认该出版社将《孽子》这部小说当作"亚洲第一部同性恋小说"的出版动机和目的。

使译文更加"同性恋化"了[①]。

所以,在译文中再次出现了杂语的混合模式,即作者的叙述与译者的声音纠缠在一起。原文中,这段话语并没有明确的话语主体,但是译者根据上下文,将部分内容以直接引语的形式划归到人物董斯文的名下,但这却并不阻碍括弧的作用。括弧中的内容是作者的提示,告诉读者当前社会是怎样称呼同性恋这个群体的。在原文中,用"玻璃、玻璃圈、一号零号……"将读者带出文本之外,与当时的社会背景相联系。巴赫金强调了对听者产生意义的"言外之境",他指出,言外之境由三部分组成:其一,对话者共同的空间(可见视域的统一);其二,对话者的共识和对情景的理解;其三,两者对情景的共同评价[②]。所以,原文作者与原文读者之间,即刻形成了二者对话的共同空间,即可见视域的统一,二者都理解和明白"玻璃、玻璃圈"意味着什么。

然而,在译文中,由于原文作者不是直接独自与译文读者对话,而是通过译者这个中间环节。所以,原文作者、译者与译文读者形成的共同空间里,可见视域并不统一:译文读者并不能即刻抓住"玻璃、玻璃圈"的含义。然而,此时,译者开始介入对话,用译文语境中的"Crystal Boys"来与译文读者对话。这样才能达到话语对听者(此时是译文读者)产生意义。这样,能很好地解释翻译中经常出现的"归化"与"异化"之争。但同时,我们也不应该忽视这种处理模式所带来的后果。在这个个案中,原文中带有较为负面含义的内容,被译者用译文中带有较正面含义的内容来替换。我们不能从本质主义(essentialism)的角度来评判译者的性取向,但却可以看到,来自以译者为代表的社会他者的预期和观念,构成了同性恋群体的社会

[①] Keith Harvey 用 "gayed" 来描述法国同性恋题材小说在美国的英语译本,而用 "de-gayed" 来描述英语中的同性恋小说在法语译本中的遭遇。关于这一点,笔者结合中国语境下的同性恋文学的翻译,曾经做过详细的讨论,参见 Li(2006)。

[②] Freudianism: A Marxist Critique, Trans. I.R Titunik, New York, 1976, p.99.

身份。原文中来自作者为代表的社会他者的预期和观念所构成的同性恋的社会身份，已经在翻译的过程中发生了改变。这也是本书此处想要说明的一个问题，即译者的社会杂语介入，可能会影响对他者社会身份的界定。在我们这个个案中，译者是明显改变了同性恋他者在译入语文化中的社会身份。

朱立立（2002）[①] 以台湾现代派小说的两种语言策略，即纯化与杂化来分析现代派小说语言实践所隐藏的后殖民语境中的文化身份政治，其中王祯和的《玫瑰玫瑰我爱你》就是语言杂化的一个典型代表。语言实践与文化身份政治是紧密联系在一起的。如果作者可以通过语言策略来实现这种文化身份政治，那么，经过转述者译者的再表述，也不可避免地会成为实现新的文化身份政治的工具或途径。笔者上面提到的几个例子就能很好地说明这方面的问题。

当然，《玫瑰玫瑰我爱你》及其英文译本为我们提供了丰富的文本素材，可以观察到这种作者与译者所采用的不同语言策略来达致不同的文化身份政治目的。除了上面提到的对翻译或译者的这种自我身份的斟酌，以及对涉及本民族形象的塑造和对同性恋社会群体的身份认同，小说还提供了文本证据以反映译者或译者所代表的出版社及出版商，在国家身份认同上的态度和立场，比如对小说中"国家"这个概念的理解和传达。同样的分析模式，我们可以借用巴赫金的"杂语"来进行分析，从而揭示这些选择背后的社会、文化以及政治动因。

杂语的建构模式是复杂和多样的，这一点在巴赫金的分析中已经显示出来。同样，在译入语文本中，杂语的建构模式同样丰富，因为译者主体的介入，不可避免地会带来这个转述者新的声音和意图。对这些双声话语进行杂语建构模式的分析，可以发现译者决策背后的诸多因素，包括文化、政治、意识形态等。笔者上面举的几个例子主要

---

① 有关内容，参见网上资料，http://guxiang.com/xueshu/others/shijiao/200212/200212260007.htm。

局限在译者的叙述在场引发的双声话语。其实，译文中杂语建构模式复杂得多。我们可以从主人公话语、假托作者话语、镶嵌体裁等多个角度，重新分析译入语文本的杂语建构模式。囿于空间的限制，本书无意在此展开详细讨论，希望这样的分析模式和路径能引起学界更大的兴趣，对这方面的问题进行深入的研究。

结　　语

　　翻译研究已经逐渐成为一门独立的学科，研究领域在逐渐扩大，研究方法也在不断地完善。与此同时，巴赫金研究在世界范围内，也逐渐吸引越来越多的目光和注意力，为语言学、文学、文化研究、哲学等相关或相邻学科提供了丰富的理论资源。在这样一个大背景下，本项研究采取了跨学科的研究模式，力图在二者之间寻找相互借鉴和挪用的契合点。本项研究一开始就对研究范围做了限定，并且提出了相应的研究问题和方法。整个研究过程是艰苦而又充满挑战性的，同时也带给笔者诸多的惊喜。现将研究过程中的发现总结如下。

一　研究发现

　　本项研究在开始阶段做了大量的文献回顾的工作，除了涉及巴赫金研究领域内对翻译问题的探讨，更加关注翻译研究领域内对巴赫金思想的借鉴和挪用。巴赫金思想在世界范围内的传播，很大程度上是依靠翻译来实现的，这一点毋庸置疑。然而，巴赫金思想在不同国家和语言中的翻译，如同其他类型文本的翻译一样，存在着诸多的困难和挑战。巴赫金思想的理论体系非常庞杂，内容涉及多个学科和领域，所以，在翻译过程中不可避免地会出现这样或那样的问题。这也就给目的语国家的研究者理解、接受以及应用巴赫金思想带来了诸多问题。在中国语境下，这个问题也同样存在。这就要求我们对现有的翻译进行批评和反思，不仅要鼓励俄研究人员对从俄语直接翻译的巴赫金著作进行改进，还要加大对其他语言——特别是英语——巴赫金研究著作的翻译和批评①。

翻译研究领域内对巴赫金思想的借鉴和挪用已经取得了阶段性的成果，这也是本项研究出发的起点。在本项研究的过程中，笔者对这些研究——特别是英语和法语中的相关研究——进行了相对全面的文献回顾和批评，并且将其融入本项研究，做到立论有基础。但是，笔者通过文献回顾发现，在中国语境下翻译领域对巴赫金思想的借鉴还是处于起步阶段，这与巴赫金思想在中国的译介和研究不成比例。我们很"骄傲"在1998年就将《巴赫金全集》在中国翻译出版，但是，这样丰富的理论资源并没有得到中国翻译研究学者相应的关注，也没能产生出有影响的研究成果，这也成为笔者进行本项研究的主要动机和出发点。

在文献回顾的基础上，笔者对巴赫金思想的中文和英文译本进行了反复的阅读，并在此基础上，结合翻译中的某些现象和问题，对巴赫金思想进行了合理的挪用，从而解释这些翻译现象，揭示现象背后的本质问题。这个过程，不但是对翻译研究做出了相应的理论贡献，也对我们从翻译研究的视角推进和丰富巴赫金思想研究做出了贡献。

翻译不是简单的词汇转换和对等的问题，而是涉及文化、社会、政治、外交等诸多领域的跨文化的交际行为，在这个过程中必然要涉及主客体、理解与诠释等诸多问题。如何来理解和解释这些现象和问题呢？笔者在巴赫金思想中找到了相应的理论资源。巴赫金有关于表述和言语交际行为的理论观点，为我们理解翻译这个复杂的过程提供了很好的解释基础。基于此，笔者将翻译界定为基于表述的主体间言语交际过程。巴赫金批判了早前对言语交际伙伴间关系的消极理解

---

① 目前，国内对巴赫金研究的主要语种来源包括俄语（主要是巴赫金著作原文和俄罗斯学者的有关巴赫金思想的研究成果）、英语（主要是英美等英语国家的斯拉夫语学者对巴赫金思想的研究成果，如 Michael Holquist、Caryl Emerson 等人）以及法语（主要是以法语译介和发展巴赫金思想的学者，如 Todorov、Kristeva 等人）。

(1998d：150)，提出了应答性的概念。这也就从根本上否定了传统翻译观中从作者到译者、再到译文读者的信息单向度流动。如此一来，就将作者、译者、译文读者以至于作者之前的主体和译文读者之后的主体，放置在无限和开放的交际过程中，使意义的产生和流动呈现动态的特征，这就具有了解构主义的特征。另外，巴赫金的这种表述观和言语交际观，对于我们理解人主体与文本之间的关系，提供了很好地分析模式。在本项研究中，笔者对翻译过程所涉及的主客体进行了界定，除了关注作者、译者、译文读者等主体之外，还将文本视为主体化的客体，从而使主体、客体与意义处于一个有机的动态整体之中，而发挥主要作用的就是巴赫金所强调和反复论证的"表述"这个概念。基于巴赫金对"理解和解释"之间关系的讨论，本项研究将理解、语境、互文性等概念与翻译结合起来，对某些翻译现象进行了分析。巴赫金的这种应答性理解和基于此的主体间言语交际特征，为我们理解和把握翻译过程提供了理论基础；巴赫金思想中的这种解构主义特征，又通过翻译这个特殊的主体间言语交际过程而充分彰显出来，这也体现了本项研究题目所传达的对话性意图。

巴赫金在《长篇小说中的话语》等文章和论述中，提出了"杂语"这个非常有用的概念。之所以说是有用，是因为它为我们理解文学翻译——特别是长篇小说的翻译——提供了很好的分析基础。当然，这个分析首先是对语言的分析，虽然这并不是巴赫金这一思想的主要目的，它同样为我们理解和把握翻译文学提供了分析模式和解释的基础。本项研究不惜笔墨，以较大的篇幅介绍了杂语这个概念的含义，特别是结合翻译个案，分析了巴赫金所提出的长篇小说组织和引入杂语的这些模式。根据对这些模式的分析和对个案的考察，本书提出了翻译过程中要注意和再造伪连贯语言特征的这个论点。巴赫金提出的长篇小说组织和引入杂语的模式，最基本和最重要的就是"杂合构建"（hybrid construction）。这种模式最为普遍，也最容易给译者造成假象。在表面上看起来连贯的语言后面,① 隐藏着不同的话语主体。译者要充分认识到这些不同的主体以及相互之间的关系,才能对文本的这种伪连贯特征给予相应的关注。在这个基础上,译者才能在译文中,通过利用译文的语言和文化资源,来再现或补偿这种语言特征,② 从而更好地体现小说文本的这一文学特征。巴赫金的"杂语"概念,被文本语言学学者用语言复调性进行了总结和发展。③

为了更好地理解和把握巴赫金的"杂语"观,本项研究结合台湾作家王祯和的长篇小说《玫瑰玫瑰我爱你》及其英语译本进行了分析。台湾特殊的历史和语言文化背景,为作者提供了丰富的社会杂语基础。而作者王祯和又成功地将这些杂语组织和引入小说中,丰富了小说的内涵,对于表达小说的主旨发挥着不可替代的重要作用。这些社会杂语的巧妙使用,使《玫瑰玫瑰我爱你》成为"意识形态争斗的语言场域"。朱立立认为,王祯和的这种语言杂化的处理策略,与美学意识形态有着内在的联系,而且是隐藏着"后殖民语境中的文化身份政治"。④ 本书通过个案研究发现,在翻译的过程中,译者可以通过利用译入语的语言和文化资源,再现这些杂语的不同建构模式;但同时,我们也不得不承认,原文中的某些杂语建构模式,因为语言和文化的差异而在翻译的过程中遗失,这就需要译者整合译入语资源,对这种损失进行适当的补偿。简言之,这个个案表明,巴赫金有关杂语

---

① 巴赫金使用的概念是"没有语法标志",也就是说,在一个文本、段落、长句乃至一个短语中,表面上看不出有任何的语法标志,表明其中的不同话语的主体来源,从而造成一种连贯和单一话语主体的假象。

② 我们不能期望在语言和文化对 language pair or culture pair 之间寻找到这种完全的对等,也就是说,由于原语和目的语之间的语言特征和文化上的差异,很难保证在两种语言之间达到完全的再现,或者说是在译文中用相同的杂语建构模式来体现这种杂语特征,比如我们在后面的分析中就指出《玫瑰玫瑰我爱你》的英语译文中存在着这种杂语的丢失。但是,译者可以利用译入语中的语言和文化资源,进行相应的补偿。

③ 参见巴巴拉斯(Barbaresi, 2002)以及第一章的相关讨论。

④ 参见朱立立(2002)。

的建构模式,可以加深译者对原文的理解,充分把握原文中所体现的意识形态争斗,从而在翻译过程中再现和补偿这些杂语建构模式,因此对翻译实践具有参考价值。同时,这个分析模式还可以应用于我们对既成作品——即译作——进行新一轮的杂语建构模式分析,用以解释译者的叙事在场,以及由此而带来的身份认同的改变。①

针对近年来翻译研究领域内对主体的关注,特别是对译者主体性和翻译中主体间性问题的讨论,笔者借用巴赫金有关声音的观点,对这个问题进行深入的研究和探讨。对于译者主体的迷失和回归,本书进行了详细的文献回顾。但是,怎样理解译者在译文中的叙述在场呢?怎样理解译者与翻译过程中其他主体之间的关系呢?巴赫金有关声音的讨论,为我们提供了阐释的理论基础。巴赫金认为,"每个声音总有其特殊的声调/语调,或者是强调/着重,这反映出说话者意识背后的价值观"(Morris, 1994: 251),并且词汇总"有一半是他人的"(Bakhtin, 1981: 293),所以,要讨论译文中的杂语建构模式,就不能忽略译者主体的介入这一重要层面。译者总是以这样或那样的方式,介入文本的再生产过程,从而在译文中发出自己的声音②。承认了译者的叙述在场和声音,就要来合理解释翻译过程中,这些主体之间的关系。本书借用巴赫金的对话,来理解翻译过程中的主体间性的问题。对于对话的前提,本书进行了详细的讨论,并在此基础上对翻译过程中涉及的主要主体之间的对话关系进行了分析和讨论,并结合部分个案给予详细的说明。③

最后,笔者再次回到杂语这个概念上,通过杂语来讨论翻译、译者声音介入以及翻译中的身份(认同)的问题。巴赫金有关于"引

---

① 这个方面的讨论出现在第六章的讨论中。
② 这种译者的叙述导致新的杂语建构模式,本书在第七章中有详细的论述。
③ 翻译是一个复杂的社会过程,其涉及的主体众多,比如有的理论研究对翻译发起人、赞助人、出版商等主体给予了特别的关注。本书将主体集中在作者、译者和译文读者上,并不代表笔者否认上述主体的存在。原则上来说,巴赫金的对话性可以应用于对上述主体的讨论,只是限于篇幅,本书中并未就此展开讨论。

语"的论述，对于我们理解翻译是非常有启发意义的。如果原作是作为作者的表述而存在，那么，译者这个对话者，而且是积极应答式的对话者，在很大程度上是在转述作者的话语给第三方，即译文读者。因此，译者新的表述，实际上是对作者话语的一个"引语"。有鉴于此，笔者借鉴杜克罗有关于 locuteur 和 énonciateur 的区分指出，译者这个转述者，在转述的过程中，已经将自己的声音加入新的文本，也即译文中去了。译者的这种声音的介入，有的时候是有意为之的，有的时候是潜意识使然。笔者以严复译《天演论》所采用的策略表明，译者的声音在译作中是清晰可见的。从另一个方面来说，如果我们承认巴赫金所分析的原文的杂合建构模式，那么，我们不能否认，译作的生产者，即译者在新的表述生产过程中，不可避免地要加入个人的声音。这样就形成了一个新的"作者"/译者与译文读者的关系，即两个说话人（addressers）向一个受话人（addressee）说话，而这两个说话人就是作者与译者。这样，在新的文本中，就形成双声语的现象。这个双声语的文本，同样可以用杂语来进行分析，而且对于译文杂语建构模式的分析，使我们不能回避翻译中的身份（认同）的问题。本书结合《玫瑰玫瑰我爱你》等个案，对这个问题进行了详细的解释。

　　总之，本项研究在回顾以往研究的基础之上，提出了新的研究问题和假设，充分借鉴巴赫金思想，来解释和阐释翻译研究中存在的诸多问题和现象。本书提出的从基于表述的主体间言语交际来看翻译过程、从杂语的角度来分析原文和译文、从声音的角度来看译者的叙述在场及其主体性实现、从对话的角度来看翻译中涉及主体之间的主体间性、从声音和杂语的角度来思考翻译与身份认同的问题，这些对于我们理解翻译的过程实质、理解翻译过程的艰难、理解翻译中译者的主体性与翻译中的主体间性、理解翻译与身份认同的关系等，提出了很好的分析模式和思考路径。在这个意义上来说，本项研究对于推进翻译研究是有一定的理论贡献的。

二 局限与研究前景展望

罗宾逊阅读巴赫金已经有 20 多年的经验（Robinson，2003：99），在此基础上，他将巴赫金的语言学思想向前推进了一步，提出了相对于静态语言学（constative linguistics）的言有所为语言学（performative linguistics）（Robinson，2003：4）；而早在 20 世纪 90 年代初期，罗宾逊就将巴赫金的对话性思想应用于翻译研究，提出了翻译的身体学理论（somatics）理论。① 如果说研究与时间成正比，可能会遭人诟病，但是，谁也不能否认，人文学科需要的就是扎实、广博的阅读和思考。笔者阅读巴赫金的时间不算长，前后也不过才三年多的时间；所以，笔者不否认自己在阅读巴赫金、认识巴赫金思想上，还存在着很多不足和缺陷。而且巴赫金思想体系庞杂，需要不断地阅读和反思，才能逐渐把握其思想的核心和真谛。

但是，我们就是要在不断地阅读、总结、再阅读的过程中，才能达到思考、借鉴、再思考、修正乃至改进的目的。笔者在研究暂时告一段落的时候，不断地回头思考自己所理解的巴赫金是否正确，这些理论资源对于我们理解和解释翻译现象和问题是否具有相应的有效性？这些担心和思量不断让笔者回过头来一而再、再而三地阅读巴赫金。从上面总结的理论贡献来看，巴赫金思想应用于翻译研究是有着极大的关联性和有效性的，而丰富、深邃的巴赫金思想为我们进一步借鉴、挪用，从而推进翻译研究留下了巨大的空间。

在阅读和借鉴巴赫金思想的过程中，笔者主要是依靠《巴赫金全集》和相关研究文章的中文和英文译本。然而，在研究开始的时候，笔者就提出了巴赫金思想的译介本身，还存在着诸多问题，这不但应该成为巴赫金思想研究者的关注点，也应该成为翻译研究者所应该思考的问题。笔者并不懂俄文，所以不能直接阅读巴赫金的原文，这对

---

① 虽然罗宾逊的研究，特别是关于翻译的身体学理论（Somatics）受到质疑，如 Pinti (1994)，但是其开创性的研究视角和发现，还是值得我们进一步学习和批评的。

于笔者认识和理解巴赫金造成了一定的障碍。虽然巴赫金解构了原文的终极神化,①但我们无法否认这个既定文本的存在。所以,如果有可能,笔者愿意尝试学习俄语,至少能在基本阅读的层面上理解和认识巴赫金,这对于把握巴赫金思想应该具有重要的意义。

巴赫金思想的庞杂,对于我们认识和把握它是一个挑战,但从另一个层面上来说,为我们借鉴和挪用其思想提供了广阔的空间。巴赫金有关于长远时间(chronotope)和狂欢节(carnival)等的论述,也对我们研究翻译问题有着启发和借鉴的意义。只是囿于时间的限制,本项研究并没有能做到"全面"、"完全"乃至"终结性"的借鉴和挪用,这种穷尽式的思维本身就与巴赫金思想所强调的未完成性背道而驰。这种想法是对自己的一个安慰,但却成为激励自己继续研究和阅读的动力。

同时,巴赫金思想在世界范围内也受到挑战和质疑,比如,与很多研究者把巴赫金"圣人化"的趋向相反,俄国和西方也有为数不少的学者对巴赫金的现有地位持一种怀疑的态度,他们批评的核心是巴赫金理论的"独创性"问题。为此,他们追寻巴赫金思想的新康德哲学和基督教渊源,如蔻斯(Ruth Coates)的著作《巴赫金与基督教:上帝和退场的作者》(Christianity in Bakhtin: God and the Exiled Author),甚至直接指斥巴赫金理论的重复性、"乏新可陈"和抄袭(如卡西尔)。②

总而言之,巴赫金本身关心的并非翻译的问题,但却为我们进行翻译研究提供了丰富的理论资源。巴赫金思想对于翻译研究来说有其固有的局限性,比如其庞杂的理论术语和艰涩的论证过程等。另外,

---

① 巴赫金认为,我们每个人都不曾第一个说出某个词汇,因为这个命名的工作是亚当完成的。巴赫金认为,我们每个人只是在不停地重复、引用、转述他人的话语,而这个过程中,会将自己的声音加入到这个转述的话语中,这就是双声语的含义。而克里斯蒂瓦将巴赫金的思想引申、发展成互文性的概念,在理论界备受关注。我们前面已经有所涉及,不再赘述。

② 参见网上评论,http://www.culstudies.com/rendanews/displaynews.asp?id=2377。

巴赫金思想的呈现也存在许多障碍，除了巴赫金写作本身的笔记式体裁，其思想在译介过程也存在这样或那样的问题。这些都造成我们对巴赫金思想的理解和把握存在一定的难度。另外，在跨学科的理论借鉴过程中，也会存在这样和那样的问题。本项研究的初步成果表明，巴赫金思想在翻译研究领域有很明确的适用性，但是在理论借镜过程中还存在着许多问题，比如对巴赫金思想的理解和把握的问题，比如相关性的建立问题；另外，翻译研究本身也处在不断完善和发展的过程中，这也提醒我们要在理论借鉴过程中，不断反省翻译研究自身的发展。

但是，这一切都不能阻止我们继续从巴赫金丰富的理论体系里面寻找资源用于翻译研究；同时也希望世界范围内对巴赫金思想研究的不断推进，能为翻译研究提供越来越多的借鉴资源。从对话性的角度来说，翻译研究在不断借鉴和挪用巴赫金思想的过程中，也可以推进巴赫金思想的研究。

参考文献

英语部分:

Aixelá, Javier Franco, "Culture-Specific Items in Translation", in Román Álvarez and M. Carmen-África Vidal (eds.) *Translation, Power, Subversion*, Clevedon: Multilingual Matters, 1996.

Anderson, Donald Lee, *Dialogism and Organizational Change: Discourse and Intertextuality in a High-Tech Corporation* (electronic resource), University of Colorado at Boulder, 2002.

Baker, Mona (ed.) *Routledge Encyclopedia of Translation Studies*, London and New York: Routledge, 1998.

Bakhtin, M.M, *The Dialogic Imagination: Four Essays*, ed. by Michael Holquist, trans by Caryl Emerson and Michael Holquist. Austin: University of Texas Press, c1981.

Barbaresi, Lavinia Merlini, "Text Linguistics and Literary Translation", in Alessandra Riccardi (ed.) *Translation Studies: Perspectives on an Emerging Discipline*, Cambridge University Press, 2002.

Barker, Christopher, *Cultural Studies: Theory and Practice*, London: Sage Publications, 2000.

Bassnett, Susan and André Lefevere, eds. *Translation, History and Culture*, London; New York: Pinter Publishers, c1990.

Bassnett, Susan, "The Translation Turn in Cultural Studies", in Susan Bassnett and André Lefevere (eds) *Constructing Cultures: Essays on Literary Translation*, Clevedon: Multilingual Mattters, 1998.

Bauer, Dale M. and Susan Jaret Mckinstry, *Feminism, Bakhtin and the*

Dialogic, Albany, N.Y.: State University of New York Press, 1991.

Beasley-Murray, Tim. *Mikhail Bakhtin and Walter Benjamin: Experience and Form*, New York: Palgrave Macmillan, 2007.

Benjamin, Walter, "The Task of the Translator: An Introduction to the Translation of Baudelaire's Tableaux Parisiens", in Lawrence Venuti (ed.) *The Translation Studies Reader*, London and New York: Routledge, 2000.

Benjamin, Walter, "The Task of the Translator", in Marcus Bullock and Michael W. Jennings (eds) *Walter Benjamin: Selected Writings Volume 1: 1913 - 1926*, Cambridge, Massachusettes, London, England: The Belknap Press of Harvard University Press, 1996.

Blank, Paula, *Broken English: Dialects and the Politics of Language in Renaissance Writings*, New York: Routledge, 1996.

Bostad, Finn, et al, ed. *Bakhtinian Perspectives on Language and Culture: Meaning in Language, Art and New Media*, Basingstoke, Hampshire; New York: Palgrave MacMillan, 2004.

Brandist, Craig, *The Bakhtin Circle: Philosophy, Culture and Politics*, London: Pluto, 2002.

Brown, Dan, *The Da Vinci Code*. London: Corgi Books, 2004.

Bush, Peter, "Pure Language", in Mona Baker (ed.) *Routledge Encyclopedia of Translation Studies*, London and New York: Routledge, 1998.

Ch'ien, Evelyn Nien-Ming, *Weird English*. Cambridge, Mass.; London, England: Harvard University Press, 2004.

Chan, Tak-hung Leo, "Translating Bilinguality: Theorizing Translation in the Post-Babelian Era", *The Translator: Studies in Intercultural Communication* 8: 1 (2002).

Chen, Chia-Hwan Eric, "Diplomacy, National Identity and Translation: A Case Study of Early British-Chinese Diplomatic Correspondence", in Réjane Collard and Marie Johnson (eds) *Norwich Papers: Studies in*

Translation, Vol 14, special issue on Identity: *The Role of Translation in Global and National Contexts*, Norwich, UK: University of East Anglia, 2006.

Coates, Ruth, *Christianity in Bakhtin: God and the Exiled Author*, Cambridge: Cambridge University Press, 1998.

Cronin, Michael, *Translation and Identity*, New York: Routledge, 2006.

DeGooyer, Daniel Henry, Jr, *Poignant Organizing* (electronic resource), The University of Iowa, 2000.

de Man, Paul. *The Resistance to Theory*. Nineapolis: University of Minnesota Press, 1986.

De Michiel, Margherita, "Mikhail M. Bakhtin: Prolegomena to a Theory of Translation", *European Journal for Semiotic Studies* 11: 4 (1999).

Derrida, Jacques, "Des Tours de Babel", in Joseph F. Graham (ed.) *Difference in Translation*, Ithaca: Cornell University Press, 1985.

Dickens, Charles, *Little Dorrit*. London; New York: Penguin Books, 1998.

Emerson, Caryl, "Translating Bakhtin: Does His Theory of Discourse Contain a Theory of Translation?" *University of Ottawa Quarterly* 53: 1 (1983).

Forster, E. M., *Maurice*. Harmondsworth, England: Penguin Books, 1972.

Frawley, William, ed. Translation: Literary, linguistics, and Philosophical Perspectives. Newark: University of Delaware Press, 1984.

Godard, B., "Theorizing Feminist Theory/Translation". In Susan Bassnett and André Lefevere (eds). *Translation, History and Culture*. London; New York: Pinter Publishers, 1990.

Gentzler, Edwin, *Contemporary Translation Theories*. London; New York: Routledge, 1993.

Goldblatt, Howard, Translator's Preface, *Rose Rose I Love You*, By Wang Chen-ho, New York: Columbia University Press, 1998.

Greenall, Annjo Klungervik, "Translation as Dialogue", In *Translation Studies at the Interface of Disciplines*, ed.João Ferreira Duarte, Alexandra Assis Rosa and Teresa Seruya, Amsterdam: John Benjamins, 2006.

Guerin, Wilfred L. et al, *A Handbook of Critical Approaches to Literature*. New York: Oxford University Press, 1999.

Hardy, Thomas, *Tess of the d'Urbervilles*, London: Macmillan, 1974.

Harvey, Keith, "Translating Camp Talk: Gay Identity and Cultural Transfer", *The Translator: Studies in Intercutural Communication* 4: 2 (1998).

Harvey, Keith, "Gay Community, Gay Identity and the Translated Text". *TTR* 13 (2000).

Harvey, Keith, *Intercultural Movements: American Gay in French Translation*. Manchester, UK; Northampton, Mass: St. Jerome Publishing, 2003.

Hatim, Basil, *The Translator as Communicator*. London; New York: Routledge, 1997.

Hatim, Basil, *Teaching and Researching Translation*, New York: Longman, 2001.

Hermans, Theo, "The Translator's Voice in Translated Narrative", *Target* 8: 1 (1996).

Hermans, Theo, *Translation in Systems: Descriptive and System-Oriented Approaches Explained*. Manchester, UK.: St.Jerome Publishing, 1999.

Hermans, Theo, ed. *Crosscultural Transgression: Research Models in Translation Studies* II: *Historical and Ideological Issues*, Manchester, UK & Northampton, M. A. : St.Jerome Pub., 2002a.

Hermans, Theo, "Paradoxes and Aporias in Translation and Translation Studies", in *Translation Studies: Perspectives on an Emerging Discipline*, ed. Alessandra Riccardi.UK.: Cambridge University Press, 2002b.

Holquist, Michael, *Dialogism: Bakhtin and His World* (2nd ed), London; New York: Routledge, 1990/2002 (2nd edition).

Holub, Robert C, *Reception Theory: A Critical Introduction*, London: Methuen, 1984.

Johnson, Jeffrey, *Bakhtinian Theory in Japanese Studies*, Lewiston, N.Y.E.Mellen Press, 2001.

Keenaghan, Eric, "Jace Spicer's Pricks and Cocksuckers: Translating Homosexuality into Visibility", *The Translator: Studies in Intercutural Communication* 4: 2 (1998).

Kristeva, Julia, *The Kristeva Reader*, Ed. Toeil Moi., New York: Columbia University Press, 1986.

Kushner, Tony, Angels inAmerica: A Gay Fantasia on National Themes (Part One: Millennium Approaches), London: Royal National Theatre and Nick Hern Books, 1992.

Lechte, John, *Fifty Key Contemporary Thinkers: From Structuralism to Postmodernity*, London; New York: Routledge, c1994.

Lefevere, Andre, *Translation, Rewriting, and the Manipulation of Literary Fame*, New York and London: Routledge, 1992.

Lewis, Richard O., *Conventional Functions of Black English in American Literature*, San Francisco, CA.: Austin & Winfield, 1997.

Li, Bo., "Transferred or Transformed? The Translation of Gay Literature in the Chinese Context," in Réjane Collard and Marie Johnson (eds) *Norwich Papers: Studies in Translation, Vol 14, special issue on Identity: The Role of Translation in Global and National Contexts*, Norwich, UK: University of East Anglia, 2006.

Liu, Lydia He, *Translingual Practice: Literature, National Culture, and Translated Modernity — China (1900-1937)*, Stanford: Standford University Press, 1995.

Meylaerts, Reine, "Literary Heteroglossia in Translation: When the

Language of Translation is the Locus of Ideological Struggle", In *Translation Studies at the Interface of Disciplines*, ed. João Ferreira Duarte, Alexandra Assis Rosa and Teresa Seruya. Amsterdam: John Benjamins, 2006, pp. 85-98.

Morris, Pam (ed.) *The Bakhtin Reader: Selected Writings of Bakhtin, Medvedev and Voloshinov*, London; New York: E. Arnold, c1994.

Morson, Gary Saul and Caryl Emerson, *Mikhail Bakhtin: Creation of a Prosaics*. Standford: Standford University Press, 1990.

Munday, Jeremy, *Introducing Translation Studies: Theories and Applications*, London; New York: Routledge, 2001.

Nord, Christiane, *Translating as a Purposeful Activity: Functionalist Approaches Explained*, Machester, UK.: St. Jerome Pub., 1997.

North, Michael, *The Dialect of Modernism: Race, Language, and Twentieth-Century Literature*, New York: Oxford University Press, 1994.

Oittinen, Riitta, *Translating for Children*, New York & London: Garland Publishing, Inc. 2000.

Pai Hsien-yung, *Crystal Boys*, trans. Howard Goldblatt. San Fransisco, Calif.: Gay Sunshine Press, 1990.

Peterson, Derek, "Translating the Word: Dialogism and Debate in Two Gikuyu Dictionaries", *The Journal of Religious History* 23: 1 (1999).

Pinti, Daniel J., "Dialogism, Heteroglossia, and Late Medieval Translation", *Translation Review* 44/45 (1994), The University of Texas at Dallas.

Pym, Anthony and Horst Turk, "Translatability", in Mona Baker (ed.) *Routledge Encyclopedia of Translation Studies*, London and New York: Routledge, 1998.

Robinson, Douglas, *The Translator's Turn*, Baltimore: Johns Hopkins University Press, 1991.

Robinson, Douglas, *Performative Linguistics: Speaking and Translating as Doing Things with Words*, New York; London: Routledge, 2003.

Robinson, Douglas, *Who Translates?*: *Translator Subjectivities beyond Reason*.Albany: State University of New York Press, 2001.

Schäffner, Christina, "Skopos theory", in Mona Baker (ed.) *Routledge Encyclopedia of Translation Studies*, London and New York: Routledge, 1998.

Schiavi, Giuliana. "There is Always a Teller in a Tale".*Target* 8: 1 (1996).

Schleiemaher, Friedrich, "On the Different Methods of Translating" in André Lefevere (ed.). *Translating Literature*: The German Tradition from Lufher to Rosemzweig, Assen: Van Gorarm, 1997.

Simon, Sherry, *Gender in Translation*: *Cultural Identity and the Politics of Transmission*,London: Routledge, 1996.

Snell-Hornby, Mary,*Translation Studies*: *an Integrated Approach* (revised edition),Amsterdam: John Benjamins, 1995.

Snow, Donald Bruce,*Written Cantonese and the Culture of Hong Kong*: *the Growth of a Dialect Literature*,Indiana: Indiana University, 1991.

Strazny, Philipp, ed.*Encyclopedia of Linguistics*, New York: Fitzroy Dearborn, 2005.

Suominen, Marja, "Heteroglot Soldiers",*The Electronic Journal of the Department of English at the University of Helsinki*, Vol.1, 2001. Online link, http://www.eng.helsinki.fi/hes/Translation/heteroglot_ soldiers. htm, 2001.

Tabakowska, Elzbieta, "Linguistic Polyphony as a Problem in Translation",In *Translation*, *History and Culture*, eds.Susan Bassnett and André Lefevere,London and New York: Pinter Publishers, 1990.

The Interpreter. Dir. Sydney Pollack. Perf. Tim Bevan, Eric Feliner, Kevin Misher.Universal City, Calif.: Universal Studio; Hong Kong distributed by Era Films (HK) Ltd., 2005.

Todorov, Tzvetan, *Mikhail Bakhtin*: *The Dialogical Principle*, trans by

Wlad Godzich, London; Minneapolis: University of Minnesota Press, 1984.

Torop, Peeter, "Translation as Translating as Culture", *Sign System Studies* 30: 2 (2002).

Venuti, Lawrence, ed. *Rethinking Translation: Discourse, Subjectivity, Ideology*, London; New York: Routledge, 1992.

Venuti, Lawrence, *The Translator's Invisibility: a History of Translation*. London; New York: Routledge, 1994.

Vice, Sue, *Introducing Bakhtin*, Manchester and New York: Manchester University Press, 1997.

Vološinov, V.N., *Marxism and the Philosophy of Language*, ed. and trans. Ladislav Matejka and I.R.Titunik, Cambridge MA: Harvard University Press, 1986.

Wang, Chen-ho, *Rose Rose I Love You*, Trans, Howard Goldblatt. New York: Columbia University Press, 1998.

Wang, Der-wei David, "Radical Laughter in Lao She and His Taiwan Successors", in *Worlds Apart: Recent Chinese Writing and Its Audiences*, ed.Howard Goldblatt. Armonk, N.Y.: M.E.Sharpe, 1990.

Zbinden, Karine, "Traducing Bakhtin and Missing Heteroglossia", *Dialogism: An International Journal of Bakhtin Studies* 2.1998.

Zbinden, Karine, "The Bakhtin Circle and Translation," *Yearbook of English Studies*, Vol 36: 1 (2006) 157–167, Special issue on Translation.

中文部分：

［俄］巴赫金：《陀思妥耶夫斯基诗学问题：复调小说理论》，白春仁、顾亚铃译，生活·读书·新知三联书店1988年版。

［俄］巴赫金：《马克思主义与语言哲学》，《巴赫金全集》（第2卷），河北教育出版社1998a年版。

［俄］巴赫金：《长篇小说的话语》，《巴赫金全集》（第3卷），河北教育出版社1998b年版。

［俄］巴赫金：《长篇小说话语的发端》，《巴赫金全集》（第3卷），河北教育出版社1998c年版。

［俄］巴赫金：《文本问题》，《巴赫金全集》（第4卷），河北教育出版社1998d年版。

［俄］巴赫金：《言语体裁问题》，《巴赫金全集》（第4卷），河北教育出版社1998e年版。

［俄］巴赫金：《〈言语体裁问题〉相关笔记存稿》，《巴赫金全集》（第4卷），河北教育出版社1998f年版。

［俄］巴赫金：《人文科学方法论》，《巴赫金全集》（第4卷），河北教育出版社1998g年版。

白春仁：《边缘上的话语》，《外语教学与研究》2000年第3期。

蔡新乐：《文学翻译的艺术哲学》，河北教育出版社2001年版。

陈德鸿、张南峰（编）：《西方翻译理论精选》，香港城市大学出版社2000年版。

陈宏薇：《符号学与文学翻译研究》，《外国文学研究》2003年第1期。

陈历明：《翻译：作为复调的对话》，《外国语》2006年第1期。

程正民：《巴赫金的文化诗学》，北京师范大学出版社2001年版。

崔国良：《曹禺早期改译剧本及创作》，辽宁大学出版社1993年版。

［美］东尼·库许纳：《美国天使》，孙忆南译，时报文化出版公司1996年版。

［美］布朗：《达·文西密码》，尤传莉译，时报文化出版公司2004年版。

［美］布朗：《达·文西密码》，朱振武、吴晟、周元晓译，上海人民出版社2004年版。

［英］狄更斯：《小杜丽》，金绍禹译，上海译文出版社1993年版。

董小英：《再登巴比塔：巴赫金与对话理论》，生活·读书·新知三联书店 1994 年版。

冯庆华：《论译者的风格》，载谢天振主编《翻译理论建构与文化透视》，上海外语教育出版社 2000 年版。

傅雷：《傅雷经典作品选》，当代世界出版社 2002 年版。

高术：《理性主义翻译观对译作的影响》，《江苏外语教学研究》2003 年第 1 期。

郭建中：《当代美国翻译理论》，湖北教育出版社 1999 年版。

［英］哈代：《德伯家的苔丝》，张谷若译，人民文学出版社 1957 年版。

韩邦庆（韩子云）：《海上花列传》，张爱玲国语注译，上海古籍出版社 1995 年版。

韩子满：《试论方言对译的局限性——以张谷若先生译〈德伯家的苔丝〉为例》，《解放军外国语学院学报》2002 年第 4 期。

［英］赫胥黎：《天演论》，严复译，冯君豪注解，中国古籍出版社 1998 年版。

洪汉鼎：《理解的真理》，山东人民出版社 2001 年版。

胡功泽：《翻译理论之演变与发展：建立沟通的翻译观》，书林出版公司 1994 年版。

胡壮麟：《走近巴赫金的符号王国》，《外语研究》2001 年第 2 期。

［美］华莱士·马丁：《当代叙事学》，伍晓明译，北京大学出版社 1990/2005 年版。

黎舟：《只希望把别人的作品变成我的武器——论巴金对外国文学作品的接受与译介》，《福建师范大学学报》1998 年第 1 期。

林央敏：《台湾文化钉根书》，前卫出版社 1997 年版。

刘康：《对话的喧声：巴赫汀文化理论述评》，麦田出版社 1995 年版。

刘康：《对话的喧声：巴赫金的文化转型理论》，中国人民大学出版社 1995 年版。

鲁迅:《鲁迅全集》(第 4 卷),人民文学出版社 1981 年版。

鲁迅:《呐喊》,风云时代出版股份有限公司 1995 年版。

[英]马尔科姆·琼斯:《巴赫金之后的陀思妥耶夫斯基》,赵亚莉、陈红薇、魏玉杰等译。吉林人民出版社 2004 年版。

梅兰:《巴赫金哲学美学和文学思想研究》,华中科技大学出版社 2005 年版。

欧阳桢(Eugene Eoyang):《翻译本是"神来之笔":勘破翻译理论的神话》,何冠骥译,载陈德鸿、张南峰编《西方翻译理论精选》,香港城市大学出版社 2000 年版。

彭利元、蒋坚松:《语境 对话 翻译——巴赫金语境对话理论对翻译的启发》,《外语与外语教学》2005 年第 9 期。

钱钟文:《理论是可以常青的——论巴赫金的意义》,载《巴赫金全集》第 1 卷,河北教育出版社 1998 年版。

任继愈(主编):《宗教大辞典》,上海辞书出版社 1998 年版。

任士明:《浅析奥斯汀的 performative 发展及其对翻译学的影响》,《安徽广播电视大学学报》2006 年第 1 期。

施晔:《明清的同性恋现象及其在小说中的反映》,《明清小说研究》2002 年第 1 期。

苏维熊:《英诗韵律学》,台湾商务印书馆 1967 年版。

王德威:《众声喧哗:三○与八○年代的中国小说》,远流 1988 年版。

王东风:《一只看不见的手——论意识形态对翻译实践的操纵》,《中国翻译》2003 年第 5 期。

王宁:《巴赫金之于"文化研究"的意义》,《俄罗斯文艺》2002 年第 2 期。

王祯和:《玫瑰玫瑰我爱你》,远景出版事业公司 1986 年版(三版)。

夏忠宪:《巴赫金狂欢化诗学研究:俄国形式主义研究》,北京师范大学出版社 2000 年版。

谢天振、陈浪:《在翻译中感受在场的身体》,《外语与外语教学》2006 年第 9 期。

辛彬、陈腾澜：《语篇的对话性分析初探》，《外国语》1999 年第 5 期。

许宝强、袁伟选编：《语言与翻译的政治》，中央编译出版社 2001 年版。

许钧：《翻译的主体间性与视界融合》，《外语教学与研究》2003 年第 4 期。

严家炎：《论鲁迅的复调小说》，上海教育出版社 2002 年版。

杨恒达：《作为交往行为的翻译》，载谢天振主编《翻译的理论建构与文化透视》，上海外语教育出版社 2000 年版。

杨宪益：《译者序》，载萧伯纳《卖花女》，杨宪益译，中国对外翻译出版公司 1982 年版。

姚一苇：《我读〈玫瑰玫瑰我爱你〉（代序）》，载王祯和《玫瑰玫瑰我爱你》，远景出版事业公司 1986 年版（三版）。

殷鼎：《理解的命运》，生活·读书·新知三联书店 1988 年版。

［瑞典］英格丽·褒曼：《英格丽·褒曼自传》，王祯和译，远景出版事业公司 1985 年版。

曾军：《接受的复调：中国巴赫金金接受史研究》，广西师范大学出版社 2004 年版。

张南峰：《中西译学批评》，清华大学出版社 2004 年版。

张开焱：《开放的人格——巴赫金》，长江文艺出版社 2000 年版。

朱立立：《纯化与杂化：台湾现代派小说的语言策略》，网上资料，http://guxiang.com/xueshu/others/shijiao/200212/200212260007.htm。

朱志瑜：《多元下的统一：导读》，载［爱尔兰］鲍克（Bowker, L.）等编《多元下的统一？当代翻译研究潮流》，外语教学与研究出版社 2007 年版。

邹振环：《影响中国近代社会的一百种译作》，中国对外翻译出版公司 1994 年版。